Terras baixas

Joseph O'Neill

Terras baixas

Tradução
Cássio de Arantes Leite

ALFAGUARA

Copyright © Joseph O'Neill 2008
Todos os direitos desta edição reservados à
Editora Objetiva Ltda.
Rua Cosme Velho, 103
Rio de Janeiro — RJ — Cep: 22241-090
Tel.: (21) 2199-7824 — Fax: (21) 2199-7825
www.objetiva.com.br

Título original
Netherland

Capa
Rodrigo Rodrigues

Imagem de capa
Mitchell Funk/Getty Images

Revisão
Diogo Henriques
Lilia Zanetti
Joana Milli

Editoração eletrônica
Abreu's System Ltda.

Proibida a venda em Portugal

CIP-BRASIL. CATALOGAÇÃO-NA-FONTE
SINDICATO NACIONAL DOS EDITORES DE LIVROS, RJ

O67t   O'Neill, Joseph
        Terras baixas / Joseph O'Neill ; tradução Cássio de Arantes Leite. - Rio de Janeiro : Objetiva, 2009.

        Tradução de: *Netherland*
        269p.   ISBN 978-85-60281-86-2

        1. Romance inglês. I. Leite, Cássio de Arantes. II. Título.

09-2784.   CDD: 823
                                         CDU: 821.111-3

Para Sally

Sonhei dentro de um sonho, vi uma cidade invencível sob os ataques de todo o resto da terra;
Sonhei que era a nova Cidade dos Amigos

Whitman

Na tarde anterior à minha partida de Londres para Nova York — Rachel viajara seis semanas antes —, eu estava em meu cubículo no trabalho, encaixotando minhas coisas, quando um vice-presidente sênior do banco, um inglês na casa dos cinquenta, veio se despedir de mim. Fiquei surpreso; ele trabalhava em outra parte do prédio e em outro departamento e a gente só se conhecia de vista. Mesmo assim, ele me perguntou com detalhes onde eu pretendia morar ("Watts? Que parte de Watts?") e ficou recordando por vários minutos seu loft na Wooster Street e as idas ao Dean & DeLuca "original". Não fazia o menor esforço para ocultar sua inveja.

"Não vamos ficar por muito tempo", eu disse, desdenhando minha boa sorte. Era esse, na verdade, o plano, concebido por minha esposa: ficar na cidade de Nova York por um a três anos e depois voltar.

"Você diz isso agora", ele falou. "Mas Nova York é um lugar difícil de deixar. E depois que tiver saído..." O vice-presidente, sorrindo, disse: "Ainda sinto saudades, e olha que faz doze anos que vim embora."

Foi minha vez de sorrir — em parte por desconforto, porque ele falara com uma franqueza à americana. "É, bom, vamos ver", comentei.

"É", ele disse. "Você vai ver."

Sua segurança me irritou, embora em quase tudo mais ele fosse digno de pena — como um desses petersburguianos de um passado não tão remoto cujos deveres fizeram com que fosse parar do lado errado dos Urais.

Mas aconteceu de ele estar com a razão, de certo modo. Agora que eu, também, parti dessa cidade, acho difícil me ver livre do sentimento de que a vida carrega um estigma de *aftermath*.* Esta última palavra, alguém me disse uma vez, diz respeito literalmente a uma segunda poda do campo na mesma estação. Talvez você diga, se for uma dessas pessoas propensas a observações genéricas, que Nova York insiste na ceifa repetitiva da memória — o tipo de autópsia deliberada cujo efeito, assim se diz e assim, ai de nós, se espera, é cortar o capim do passado em proporções administráveis. Pois ele continua a crescer, é claro. Nada disso significa que eu desejaria estar de volta hoje à cidade; e naturalmente gostaria de acreditar que minha própria retrospecção é, em certo sentido, mais importante do que a daquele velho vice-presidente, a qual, quando a ela fui exposto, me pareceu significar pouco mais que uma nostalgia de segunda. Mas isso não existe, nostalgia de segunda, fico tentado a concluir hoje em dia, nem mesmo se você estiver derramando lágrimas por uma unha quebrada. Quem pode dizer o que aconteceu com aquele sujeito quando esteve por lá? Quem pode dizer o que se esconde por trás de sua história da compra de vinagre balsâmico? Do jeito que contou parecia que falava de um elixir, o pobre-diabo.

    Seja como for, pelos dois primeiros anos ou algo assim após regressar à Inglaterra, fiz o melhor que pude para esquecer Nova York — onde, afinal de contas, eu fora infeliz pela primeira vez na vida. Não voltei lá pessoalmente e não me pergunto com muita frequência sobre o que aconteceu com um sujeito chamado Chuck Ramkissoon, amigo meu durante o derradeiro verão na Costa Leste e que desde então, como em geral acontece nesses casos, se tornou uma figura efêmera. Então, certa tarde na primavera deste ano, 2006, Rachel e eu estamos em casa, em Highbury. Ela se entretém com uma reportagem no jornal. Eu já li. É sobre um grupo indígena da floresta amazônica na Colômbia. Segundo a matéria, estão cansados da dura vida na selva, embora se mencione o fato de que para eles não existe coisa melhor do que comer macaco, grelhado e depois cozido. Uma foto perturbadora de um me-

---

* *Aftermath*: o período que se segue a um evento calamitoso. (N. do T.)

nino mordendo um pequeno crânio enegrecido ilustra o fato. A tribo não faz ideia da existência de um país que os contém chamado Colômbia e não faz ideia, mais temerariamente, da existência de doenças como resfriado ou gripe, contra as quais não possuem nenhuma defesa natural.

"Ei, você aí", diz Rachel, "sua tribo foi descoberta".

Ainda estou sorrindo quando atendo o telefone. Uma repórter do *New York Times* pergunta pelo sr. Van den Broek.

A repórter diz, "É sobre Kham, āh, Khamraj Ramkissoon...?".

"Chuck", eu digo, sentando na mesa da cozinha. "É Chuck Ramkissoon."

Ela me diz que os "restos" de Chuck foram encontrados no Gowanus Canal. Havia algemas em seus pulsos e ele evidentemente fora vítima de assassinato.

Não digo nada. A meu ver essa mulher acaba de me contar uma mentira óbvia e se eu pensar a respeito por tempo suficiente alguma objeção vai me ocorrer.

Sua voz diz, "O senhor o conhecia bem?". Quando não respondo, ela diz, "Li em algum lugar que ele foi seu sócio numa empresa".

"Não é bem assim", eu digo.

"Mas participaram de um negócio juntos, não foi? É o que está nas minhas anotações."

"Não", eu digo. "A senhora está mal informada. Ele era só um amigo meu."

Ela diz, "Ah... tudo bem". Segue-se um batuque no teclado e silêncio.

"Então... tem alguma coisa que o senhor possa me contar sobre o meio que ele frequentava?"

"Meio?", eu digo, surpreso de me pegar corrigindo sua pronúncia arrastada.

"Bom, sabe como é... com quem ele andava, em que tipo de encrenca pode ter se metido, alguma figura obscura..." Ela acrescenta com uma risada fraca, "É meio que incomum isso acontecer".

Percebo como estou irritado, com raiva, até.

"É", digo, enfim. "Você tem uma boa história nas mãos."

No dia seguinte uma pequena matéria aparece no caderno de assuntos cotidianos do jornal. Concluíram que o corpo de Chuck Ramkissoon ficou na água junto ao prédio do Home Depot por mais de dois anos, entre caranguejos e pneus de carro e carrinhos de supermercado, até o assim chamado mergulhador urbano fazer a "descoberta macabra" quando filmava um cardume de *striped bass*. Ao longo da semana seguinte houve um pinga-pinga de matérias adicionais, nenhuma delas informativa. Mas aparentemente é de interesse dos leitores, e reconfortante para alguns mais tradicionalistas, que o Gowanus Canal continue capaz de aparecer com alguma vítima de assassinato. O velho rio ainda tem morte pra dar, nas palavras sagazes de um colunista.

Na noite em que recebemos a notícia, Rachel, ao meu lado na cama, pergunta, "Mas quem é esse homem?". Quando não respondo imediatamente, ela põe o livro de lado.

"Ah", digo. "Tenho certeza de que já comentei com você a respeito dele. Um cara que jogava críquete comigo. Do Brooklyn."

Ela repete depois de mim, "Chuck Ramkissoon?".

Sua voz denota um tom de distanciamento que me desagrada. Rolo de lado sobre um ombro e fecho os olhos. "É", eu digo. "Chuck Ramkissoon."

Chuck e eu nos conhecemos em agosto de 2002. Eu jogava críquete no Randolph Walker Park, em Staten Island, e Chuck estava presente como um dos dois árbitros independentes prestando serviço por um honorário de cinquenta dólares. O dia estava espesso como gelatina, o ar, quente e parado como um vidro embaçado, nem uma brisa sequer soprando do Kill de Kull, que corre a menos de duzentos metros do Walker Park e separa Staten Island de Nova Jersey. Bem ao longe, para o sul, ouvia-se o murmúrio dos trovões. O tipo de tarde norte-americana bárbara e pegajosa que me fazia suspirar pela sombra das velozes nuvens de verão na Europa setentrional, suspirar até por aqueles dias em que a gente jogava críquete vestindo dois suéteres sob o céu gelado, costurado aqui e ali por uma nesga de azul — o suficiente para fazer uma calça de marujo, como minha mãe costumava dizer.

Pelos meus padrões, Walker Park era um lugar bem miserável para a prática do críquete. A área do jogo era, e continua a ser, tenho certeza, a metade de um campo de críquete oficial. A grama do *outfield* é irregular e está sempre alta, mesmo quando cortada (uma vez, perseguindo uma bola, quase tropecei num pato, criatura das mais agourentas para os adeptos do esporte), e ainda que o críquete de verdade, como alguns preferirão chamar, seja disputado num *wicket* gramado, o retângulo em Walker Park é feito de terra, não grama, e precisa ser coberto com esteira de fibra de coco; para piorar, a terra usada é a argila clara e arenosa do beisebol, não o saibro apropriado para o críquete, e depois que a bola pinga — quando pinga — você não pode contar muito com a duração do voo subsequente, muito menos com a variedade e a complexidade. (*Wickets* consistindo de terra e grama são cheios de possibilidades: só eles são capazes de desafiar e recompensar plenamente o repertório do arremessador com seus efeitos de bolas curtas, girando, pingando e rápidas, e só estes, por sua vez, podem trazer à tona e testar plenamente o repertório de um rebatedor e seus movimentos de defesa e contra-ataque, para não mencionar sua capacidade de concentração.) Existe mais um problema. Árvores enormes — carvalhos de tipos variados, liquidâmbares, tílias americanas — cobrem toda a orla de Walker Park. Qualquer parte dessas árvores, mesmo a mais ínfima folhinha, tem de ser considerada limite do campo de jogo, o que acarreta um elemento de aleatoriedade a ele. Muitas vezes a bola cai no meio dos galhos e o interceptador, ao correr atrás dela, desaparece momentaneamente, de modo que quando volta com a bola na mão segue-se um bate-boca sobre o que de fato aconteceu.

Pelos padrões locais, contudo, Walker Park é um bom lugar. Quadras de tênis que se supõem serem as mais antigas dos Estados Unidos ficam ao lado do campo de críquete e o parque propriamente dito é circundado a toda volta por residências vitorianas com jardins elaborados. Até onde todos se recordam, os moradores sempre toleraram o impacto da ocasional bola de críquete aterrissando como um gigantesco bólide cor de framboesa em seus arbustos floridos. O Staten Island Cricket Club foi fundado em 1872 e suas equipes vêm jogando nessa pequena área verde todo verão por mais de duzentos anos. Walker Park foi propriedade do clube até a década de 1920. Hoje em dia, o terreno e a sede do clube — uma estrutura de tijolos neo-Tudor remontando aos anos 1930, após o prédio precedente ter sido destruído por um incêndio — são de propriedade do Departamento de Parques e Recreação da Cidade de Nova York. Na minha época, dizia-se que um empregado do departamento, um indivíduo fantasmagórico que jamais foi visto, morava no sótão. O saguão principal era alugado para um jardim de infância e apenas o porão e o vestiário decrépito costumavam ficar à disposição dos jogadores. Entretanto, nenhum outro clube de críquete em Nova York usufrui de tanto conforto ou de uma história tão gloriosa: Donald Bradman e Garry Sobers, os maiores criqueteiros de todos os tempos, já jogaram em Walker Park. Esse antigo templo do jogo é também afortunado por sua tranquilidade. Outros campos de críquete, como Idlewild Park, Marine Park e Monroe Cohen Ballfield, ficam bem debaixo do espaço aéreo do JFK. Em outros lugares, por exemplo o Seaview Park (que, é claro, não tem vista para o mar coisa nenhuma), em Canarsie, a paisagem é conspurcada não só pelo guincho das aeronaves, como também pelo rugido inexaurível da Belt Parkway, os laços de asfalto que separam grande parte do sul do Brooklyn da água salgada.

    O que todas essas áreas de lazer têm em comum é um *outfield* cheio de árvores e outras plantas, em grande parte destinado a sabotar a arte de manejar o taco de críquete, que consiste em rebater a bola pelo solo com a elegante variedade de técnicas que um rebatedor habilidoso terá passado anos tentando dominar e reter: o *glance*, o *hook*, o *cut*, o *sweep*, o *cover drive*, o *pull* e todas as demais criações do esporte concebidas para fazer a bola sair rolando e rolando, como que por mágica, aos remotos rincões nos confins do campo. Pratique qualquer um desses movimentos ortodoxos em Nova York e a bola muito provavelmente irá parar no emaranhado espesso de mato paisagístico: o que entendo por grama, uma planta fragrante divinamente indicada para as recreações atléticas, viceja com dificuldade; e se algo verde e gramíneo foi de fato plantado, nunca é cortado como o críquete o exige. Consequentemente, atentando contra a primeira lei do jogo, o rebatedor é forçado a golpear a bola através do ar (a buscar o fundo, como diríamos, tomando emprestado um termo do beisebol) e a rebatida se torna um jogo de azar. Como resultado, o sentido de ser da interceptação também é corrompido, uma vez que os interceptadores rapidamente se deslocam de suas posições no centro do campo — *point, extra cover, midwicket* e as demais — para distantes áreas demarcatórias, onde se deixam triste e indolentemente ficar. É como se o beisebol fosse um jogo que dependesse mais de *home runs** do que dos pontos conquistados nas bases, e os jogadores da primeira, da segunda e da terceira base tivessem de se deslocar para as áreas no fundo do *outfield*. Essa versão degenerada do esporte — críquete de arbusto, como Chuck mais de uma vez deplorou — inflige um ferimento que é, mais do que tudo, estético: a adaptação americana carece da beleza do críquete praticado em um gramado de dimensões apropriadas, onde o círculo de jogadores em seus alvos trajes, desfilando graciosos no vasto oval, repetidamente convergem em uníssono na direção do rebatedor e repetidamente se dispersam de volta a seus pontos de origem, a repetição de um ritmo pulmonar, como se o campo respirasse por meio de seus luminosos ocupantes.

Isso não significa dizer que o críquete nova-iorquino seja destituído de encantos. Certa tarde de verão anos atrás, eu andava em um táxi com Rachel no Bronx. Estávamos a caminho de visitar uns amigos em Riverdale e subíamos a Broadway, que eu não fazia ideia que se estendesse tão ao norte.

---

* O *home run* é a famosa, e rara, jogada do beisebol em que o jogador consegue completar todo o circuito do diamante após uma rebatida. (N. do T.)

"Oh! Querido, olhe", disse Rachel.

Ela apontou um lugar à direita. Grupos de criqueteiros enxameavam por um parque verdejante. Sete ou oito partidas, com times de onze jogadores, tinham lugar num espaço a rigor amplo o bastante para apenas três ou quatro partidas, de modo que as várias áreas de jogo, demarcadas por cones vermelhos, trilhas batidas, tonéis de lixo, copos de isopor, sobrepunham-se confusamente. Homens de branco de um jogo misturavam-se a homens de branco de outro, e uma profusão de arremessadores simultaneamente girava seus braços naquele gesto de moinho típico dos arremessadores de críquete, e múltiplos rebatedores balançavam seus tacos achatados de salgueiro ao mesmo tempo, e bolas de críquete perseguidas por corredores da cor do leite voavam em todas as direções. Curiosos cercavam os campos. Alguns sentados sob as árvores que orlavam o parque na Broadway; outros, distantes, onde as árvores despontavam altas e densas nos limites do verde, reunidos em torno de mesas de piquenique. Crianças aos bandos, como se diz. De nossa perspectiva elevada e vantajosa, a cena — Parque Van Cortlandt em um domingo — era como uma animada algazarra, e quando passávamos Rachel disse, "Parece um Brueghel", e sorri para ela porque era exatamente isso, e ao que me lembro pus a mão em sua barriga. Era julho de 1999. Ela estava grávida de sete meses de nosso filho.

O dia em que conheci Chuck foi três anos mais tarde. Nós, Staten Island, estávamos jogando contra um punhado de caras de St. Kitts — os kittianos, como são chamados, como se pudessem todos ser os seguidores de alguma fé esotericamente aplicável. Já meus colegas de equipe eram oriundos de Trinidad, Guiana, Jamaica, Índia, Paquistão e Sri Lanka. Nesse verão de 2002, quando, impelido pela solidão, voltei a jogar depois de anos parado, e no verão subsequente, fui o único homem branco que vi nos campos de críquete de Nova York.

Um pouco antes disso, o departamento de parques havia cravado um diamante de beisebol rival no canto sudoeste do Walker Park. Os partidários do críquete não tinham autorização para entrar no campo enquanto não terminasse qualquer jogo oficial de softball. (Softball, esnobamos eu e meus colegas de equipe com um toque de desprezo, era um passatempo que aparentemente se baseava em rebater arremessos diretos — a bola mais fácil que um rebatedor já teve oportunidade de receber — e fazer almofadadas interceptações com o auxílio de uma luva, envolvendo pouco da habilidade e nada da coragem necessárias para interceptar o meteoroide vermelho do críquete com as mãos nuas.) O jogo contra os kittianos, marcado para iniciar à uma, só começou uma hora depois, quando os jogadores de softball — homens na meia-idade e acima do peso, muito ao nosso estilo, só que brancos — finalmente se mandaram. Os problemas começaram com o atraso. Os kittianos haviam trazido grande número de torcedores, cerca de quarenta, e a demora os deixou inquietos, de modo que começaram a se divertir com mais abandono do que de costume. Um grupo se formou em torno de um Toyota estacionado em Delafield Place, no limite norte do campo, os homens servindo-se abertamente de álcool em uma geladeira portátil, gritando, batucando com chaves em suas garrafas de cerveja no ritmo da *soca* estrepitosa e insistente que saía dos alto-falantes do carro. Com medo das reclamações, nosso presidente, um barbadiano de blazer na casa dos setenta chamado Calvin Pereira, aproximou-se dos homens e disse com um sorriso, "Os senhores são muito bem-vindos, mas preciso pedir um pouco de discrição. Não queremos arranjar encrenca com o departamento de parques. Posso pedir que desliguem a música e se juntem a nós ali no campo?". Os homens assentiram pouco a pouco, mas o incidente, todos concordaram depois, influenciou o confronto daquela tarde de um modo que os presentes jamais esquecerão.

Antes do início da partida, um jogador do nosso time, Ramesh, convocou um círculo para uma oração. Pusemos os braços nos ombros uns dos outros — a saber, três hindus, três cristãos, um sikh e quatro muçulmanos. "Senhor", disse o Reverendo Ramesh, como o chamávamos, "somos gratos por nos trazer aqui hoje para esse jogo entre amigos. Pedimos ao Senhor que nos proteja e nos dê forças durante a partida de hoje.

Pedimos um tempo clemente. Pedimos Suas bênçãos para este jogo, Senhor". Abrimos a roda numa vibração de palmas e nos distribuímos pelo campo.

Os homens de St. Kitts rebateram por pouco mais de duas horas. Ao longo de todos os seus *innings** seus torcedores seguiram com a usual balbúrdia de risadas, provocações e piadinhas vindas do setor leste do campo, onde haviam se juntado à sombra das copas, bebendo rum em copos de papel e comendo vermelho e frango grelhados. "Acerta a bola!", eles gritavam, e "Braço fora!", e, fazendo a pose de espantalho que sinaliza os braços do arremessador se estendendo além do permitido, "Aberto, juiz, foi falta!". Chegou nossa vez de rebater. À medida que o jogo prosseguia e a disputa era cada vez mais acirrada e mais e mais rum era bebido, o ruído de música voltou a reverberar do Toyota, onde os homens tinham tornado a se agrupar, e os gritos dos espectadores foram ficando cada vez mais exaltados. Nessa atmosfera, de modo algum rara no críquete de Nova York, os procedimentos dentro e fora do campo tornavam-se cada vez mais belicosos. Em determinado momento os visitantes passaram a desconfiar, ao que parece algo nunca fora de cogitação entre os criqueteiros dessa cidade, que uma conspiração para roubar sua vitória estava em curso, e as reclamações dos interceptadores ("Como é que é, juiz? Juiz!") assumiam um caráter amargo e contencioso, e quase teve início uma briga entre um interceptador no fundo e um espectador que disse alguma coisa.

Não me surpreendi, portanto, quando chegou minha vez de rebater, de levar três *bouncers*** em seguida, sendo que a última foi rápida demais para mim e atingiu meu capacete.

---

* Diferente do *inning* do beisebol. O *innings* (com *s* no singular) é a divisão ou período de uma partida de críquete em que um time mantém a posse do taco; significa também o desempenho de um jogador em particular. (N. do T.)

** Tipo de arremesso em que a bola pinga quase à frente do rebatedor, visando atingi-lo. Embora dentro das regras, há limites para o número de vezes que pode ser executado, além de exigir que se leve em consideração o grau de perícia do rebatedor. O mesmo que *bumper*. (N. do T.)

19

Gritos raivosos foram suscitados entre meus colegas — "Onde você pensa que está, moço?" — e foi nesse ponto que o juiz assumiu seu dever de intervir. Ele usava um chapéu-panamá e um casaco branco de juiz que lhe emprestavam o ar de um homem conduzindo um importante experimento laboratorial — coisa que, a seu próprio modo, era mesmo. "Joga o jogo", disse Chuck Ramkissoon calmamente para o arremessador. "Estou avisando pela última vez: mais uma *bumper* e te ponho pra fora."

À parte a cusparada no chão, o arremessador não respondeu. Ele voltou a sua marca, se pôs em posição de lançar e jogou outra bola na altura da garganta. Com urros e contraurros ultrajados do entorno, Chuck se aproximou do capitão da equipe. "Avisei seu arremessador", disse Chuck, "e ele ignorou o aviso. Agora não vai mais lançar". Os demais jogadores correram e cercaram Chuck ruidosamente. "Você não pode fazer isso. Ele não tinha advertência." Fiz menção de entrar no tumulto, mas Umar, meu parceiro paquistanês de rebatida, me segurou. "Fica aqui. É sempre a mesma coisa com esses caras."

Então, com a discussão no jogo e na torcida a pleno vapor — "Cê tá metendo a mão na gente, juiz! Tá metendo a mão na gente!" —, meu olhar foi atraído para uma figura caminhando lentamente na direção dos carros estacionados. Não desviei os olhos dele porque havia qualquer coisa de misterioso naquele sujeito se afastando num momento tão dramático. Não tinha pressa alguma, ao que parecia. Vagarosamente abriu a porta de um carro, se debruçou ali dentro, remexeu em algo por alguns momentos e então se aprumou e fechou a porta. Parecia segurar alguma coisa na mão conforme voltava caminhando na direção do jogo. As pessoas começaram a berrar e a correr. Uma mulher deu um grito. Meus colegas de time, agrupados na beirada do campo, dispararam em todas as direções, uns para as quadras de tênis, outros se escondendo atrás das árvores. Agora o homem diminuía o passo, com certa indecisão. Me passou pela cabeça que estivesse bêbado demais. "Não, Tino", alguém gritou.

"Ai, merda", disse Umar, disparando na direção do diamante de beisebol. "Corre, corre."

Mas, em certo sentido paralisado com a irrealidade daquele atirador hesitante, não saí do lugar, segurando com toda força meu taco Gunn & Moore Maestro. Os interceptadores, a essa altura, recuavam, as mãos semierguidas de pânico e implorando. "Abaixa isso, abaixa isso, cara", disse um deles. "Tino! Tino!", gritou uma voz. "Volta aqui, Tino!"

Quanto a Chuck, agora estava sozinho. Exceto por mim, quer dizer. Eu estava a poucos metros de distância. Isso não exigiu nenhuma coragem de minha parte, porque eu não sentia nada. A situação toda me deu uma espécie de vazio.

O sujeito parou a três metros de Chuck. Estendeu a arma calmamente. Olhou para mim, depois de volta para Chuck. Estava sem fala e suando. Ele tentava, como Chuck relataria mais tarde, compreender a lógica de sua situação.

Nós três ficamos ali parados pelo que pareceu um longo tempo. Um cargueiro com contêineres deslizou silenciosamente atrás dos jardins nos fundos das casas em Delafield Place.

Chuck deu um passo à frente. "Saia do campo de jogo, senhor", disse, com firmeza. Estendeu a palma da mão na direção da sede, num gesto de funcionário indicando o lugar em um estádio. "Saia imediatamente, por favor. O senhor está interferindo no jogo. Capitão", exclamou Chuck em voz alta, virando para o capitão dos kittianos, a pouca distância dali, "por favor, acompanhe este cavalheiro para fora do campo".

O capitão começou a se aproximar, hesitante. "Estou indo, hein, Tino", chamou. "Bem atrás de você. Nada de bobagem agora, hein."

"Pode deixar", murmurou Tino. Parecia prostrado de exaustão. Deixou cair a arma e saiu lentamente do campo, sacudindo a cabeça. Após um curto intervalo, o jogo foi reiniciado. Ninguém achou que houvesse qualquer motivo para chamar a polícia.

Quando a partida terminou, os dois times se reuniram no vestiário da velha sede e dividiram Coors Lights, Cocas com uísque e comida chinesa para viagem e conversaram gravemente sobre o ocorrido. Alguém pediu silêncio, e Chuck Ramkissoon se adiantou para o centro do grupo.

"Há uma expressão que usamos em inglês", ele disse, assim que o silêncio começou a se estabelecer entre os jogadores. "A expressão é '*not cricket*'. Quando desaprovamos alguma coisa, dizemos 'não é críquete'. Não dizemos 'não é beisebol'. Ou então 'não é futebol'. Dizemos 'não é críquete'. Isso é um tributo ao jogo que jogamos e um tributo a nós." A essa altura, toda a conversa cessara. Ficamos em volta do sujeito que falava, fitando os próprios pés com ar solene. "Mas com esse tributo vem uma responsabilidade. Olhem ali", disse Chuck, apontando o escudo do clube na camiseta de um jogador de Staten Island. "'*Lude Ludum Insignia Secundaria*', diz ali. Bom, não sei latim, mas me disseram o que quer dizer, e tenho certeza de que vai me corrigir, senhor presidente, se eu estiver equivocado", Chuck fez um aceno de cabeça para o presidente do clube, "significa 'Ganhar não é tudo, é só um jogo'. Bem, jogar é importante. O jogo é um teste pra nós. Ensina o que é companheirismo. É divertido. Mas o críquete, mais do que qualquer outro esporte, é, o que estou tentando dizer", Chuck fez uma pausa para criar um efeito, "uma lição de civilidade. Todos nós sabemos disso; não preciso acrescentar mais nada nesse sentido". Algumas cabeças balançavam, concordando. "Mais uma coisa. A gente está jogando esse jogo nos Estados Unidos. É um ambiente difícil pra gente. A gente joga onde dá, onde deixam a gente jogar. Aqui em Walker Park somos sortudos; a gente tem vestiário com armários, que dividimos com quem vem de fora e com qualquer estranho. Em quase qualquer outro lugar a gente precisa ir atrás de alguma árvore ou moita." Um ou dois dos que escutavam trocaram olhares. "Só hoje", continuou Chuck, "começamos atrasados porque os jogadores de beisebol têm direito de jogar primeiro neste campo. E agora que terminamos o jogo a gente tem que disfarçar a bebida em sacos de papel pardo. Tanto faz se a gente vem jogando aqui, em Walker Park, todo ano por mais de cem anos. Tanto faz que esse terreno tenha sido feito pra ser um campo de críquete.

22

Tem alguma instalação boa para o críquete nesta cidade? Não. Nenhuma. Tanto faz que existam mais de cento e cinquenta clubes jogando na região de Nova York. Tanto faz que o críquete seja o maior esporte de bola e taco e o que está crescendo mais rápido no mundo todo. Nada disso faz diferença. Neste país, a gente não é ninguém. A gente é uma piada. Críquete? Que engraçado. Então, se a gente joga, é de favor. E se a gente puser as asinhas de fora, podem acreditar, esse favor já era. O que isso significa", disse Chuck, erguendo a voz quando murmúrios, piadas e risadinhas começaram a percorrer os ouvintes, "o que isso significa é que temos uma responsabilidade extra de jogar o jogo direito. Temos de nos pôr à prova. Temos de mostrar pra quem nos hospeda que esses sujeitos de aspecto gozado estão fazendo alguma coisa que vale a pena. Eu disse 'mostrar'. Não sei por que usei essa palavra. Todo verão os parques da cidade são tomados por centenas de criqueteiros, mas por algum motivo ninguém nota. É como se a gente fosse invisível. Bom, grande novidade pra quem é preto ou escuro. Pra quem não é", Chuck indicou minha presença ali com um sorriso, "vocês vão me desculpar, espero, se eu contar que às vezes digo pras pessoas, 'Quer saber como é a sensação de ser preto neste país? Vista o uniforme branco do criqueteiro. Põe branco pra se sentir preto'." Alguns riram, mais de desconforto. Um dos caras do meu time esticou o punho na minha direção e eu retribuí socando de leve. "Mas a gente não liga, certo, contanto que possa jogar. Deixem a gente em paz, e o resto é com a gente. Certo? Mas eu digo que precisamos assumir uma atitude mais positiva. Digo que precisamos reivindicar nosso lugar de direito neste país maravilhoso. O críquete tem uma longa história nos Estados Unidos, na verdade. O próprio Benjamin Franklin jogava críquete. Mas não quero levantar essa lebre agora", apressou-se a acrescentar Chuck, porque um burburinho de disputa aberta começou a brotar entre os jogadores. "Vamos apenas ficar agradecidos porque tudo terminou bem, e quem saiu ganhando hoje foi o críquete."

Então o juiz parou, sob aplausos hesitantes; e logo em seguida todos partiam para suas casas — para Hoboken e Passaic e Queens e Brooklyn e, no meu caso, Manhattan. Tomei a balsa de Staten Island, que nessa época era a *John F. Kennedy*; e foi a bordo daquela enorme banheira laranja que mais uma vez topei com Chuck Ramkissoon. Avistei-o no convés principal, entre os turistas e românticos absorvidos na famosa vista da baía de Nova York.

Comprei uma cerveja e fiquei sentado no salão social, vendo um casal de pombos empoleirado em uma borda. Após minutos intoleráveis na companhia de meus próprios pensamentos, apanhei minha sacola e fui me juntar a Chuck.

Não consegui encontrá-lo. Já ia me virando quando percebi que estava bem na minha frente e ficara ocultado pela mulher que estava beijando. Mortificado, tentei me afastar sem que me notasse; mas quando você tem um metro e noventa e cinco de altura, certas manobras não podem ser realizadas muito facilmente.

"Ora, oi", disse Chuck. "Que bom te ver. Querida, este é o..."

"Hans", eu disse. "Hans van den Broek."

"Oi", disse a mulher, se refugiando nos braços de Chuck. Devia ter quarenta e poucos anos, com cachos loiros e um queixo rechonchudo. Agitou uns dedos para mim.

"Não me apresentei direito ainda", disse Chuck. "Chuck Ramkissoon." Apertamos as mãos. "Van den Broek", ele disse, pesando o nome. "Sul-africano?"

"Sou da Holanda", me desculpei.

"Holanda? Claro, como não." Estava desapontado, naturalmente. Teria preferido que eu fosse da terra de Barry Richards, Allan Donald, Graeme Pollock.

Eu disse, "E você é d...?".

"Daqui", afirmou Chuck. "Dos Estados Unidos."

Sua namorada o cutucou com o cotovelo.

"O que quer que eu diga?", disse Chuck.

"Trinidad", disse a mulher, olhando com orgulho para Chuck. "Ele é de Trinidad."

Fiz um gesto desajeitado com minha lata de cerveja. "Olha, vou deixar vocês a sós. Só saí para tomar um ar."

Chuck disse, "Não, não, não. Fique com a gente".

Sua amiga me falou, "Você estava no jogo hoje? Ele me contou o que aconteceu. Que louco."

Eu disse, "O jeito como ele lidou com a situação é que foi demais. E que discurso você fez!".

"Bom, tenho prática", falou Chuck, sorrindo para a namorada.

Empurrando seu peito, a mulher disse, "Prática em fazer discursos ou prática em situações de vida ou morte?".

"Nas duas", disse Chuck. Eles riram juntos, e é claro que me ocorreu que eram um casal incomum: ela, americana, branca, mignon, de cabelo claro; ele, um imigrante corpulento uma década mais velho e muito escuro — como Coca-Cola, costumava dizer. A cor vinha pelo lado materno da família, que se originara em alguma parte no sul da Índia — Madras, assim Chuck suspeitava. Era descendente de trabalhadores cativos* e tinha pouca informação sobre o passado.

Um evento com embarcações antigas tinha lugar na baía. Escunas, as velas muito pouco estufadas no ar parado, amontoavam-se em torno e além da ilha de Ellis. "Você não adora esse passeio de balsa?", disse a namorada de Chuck. Passamos lentamente por um dos navios, um emaranhado de mastros e cordames e velas, e ela e Chuck se juntaram a outros passageiros trocando acenos com a tripulação. Chuck disse, "Tá vendo aquela vela ali? Aquela vela triangular bem lá no alto? Aquela é a arranha-céu. Ou então é a vela mestra. Vela mestra ou arranha-céu, uma das duas".

"Desde quando você entende alguma coisa de barco?", disse sua namorada. "Tem algum assunto que você não acha que sabe? Certo, sabichão, qual é a vela do traquete, então? Ou a mezena. Me mostra a mezena, se você é tão esperto."

"Você é uma mezena", disse Chuck, passando o braço em volta dela. "Você é minha mezena."

---

* *Indentured labourers*, isto é, trabalhadores que por meio de um contrato de trabalho ficam em situação de "servidão por dívida" permanente com o patrão. (N. do T.)

A balsa diminuiu de velocidade quando nos aproximamos de Manhattan. À sombra do aglomerado de torres, a água ficou cor de ameixa. Os passageiros começaram a emergir do interior da balsa e a encher o convés. Com um baque contra as proteções de madeira do terminal, a balsa parou. Todo mundo desembarcou como um enxame no terminal cavernoso, de modo que eu, carregando meu enorme caixão de criqueteiro, acabei me separando de Chuck e sua namorada. Foi somente quando descia a rampa de saída do terminal que voltei a vê-los, andando de mãos dadas na direção de Battery Park.

Consegui um táxi e fui direto para casa. Estava cansado. Quanto a Chuck, ainda que me parecesse uma pessoa interessante, era quase vinte anos mais velho do que eu, e meus preconceitos o confinavam, aquele esquisito árbitro dado à oratória, ao meu exótico círculo de críquete, sem nenhum ponto de interseção com as circunstâncias de minha vida cotidiana.

Essas circunstâncias eram, devo dizer, insuportáveis. Quase um ano se passara desde o anúncio de minha esposa de que estava de partida de Nova York e voltando para Londres com Jake. Isso aconteceu em uma noite de outubro, nós deitados lado a lado na cama no nono andar do hotel Chelsea. A gente havia se enfurnado ali desde meados de setembro, aguardando numa espécie de paralisia mesmo depois que as autoridades nos deram permissão de voltar para nosso loft em Tribeca. Nosso apartamento no hotel tinha dois quartos e uma quitinete, e de lá dava para ver uma pontinha do Empire State Building. Também tinha uma acústica fora do comum: na quietude da alta madrugada, o estrondo de um caminhão passando num buraco soava como uma explosão, e o rugido fantástico de uma motocicleta certa vez fez Rachel vomitar de terror. Dia e noite ambulâncias voavam rumo leste pela West 23rd Street com uma escolta ululante de motos de polícia. Às vezes, eu confundia os uivos das sirenes com o choro noturno de meu filho. Eu pulava da cama, ia até seu quarto e o beijava, de um jeito ou de outro, ainda que meu rosto áspero às vezes o acordasse e eu tivesse de ficar a seu lado esfregando suas costinhas rígidas até que pegasse no sono outra vez. Depois eu saía na ponta dos pés para a varanda e ficava lá como uma sentinela. A palidez sobrenatural dessas assim chamadas trevas da noite era extraordinária. Diretamente a norte do hotel, uma sucessão de travessas fulgurava como se houvesse um alvorecer em cada uma delas. As luzes traseiras dos carros, o brilho frio dos escritórios desertos, as frentes de lojas iluminadas, o clarão alaranjado da iluminação de rua: todo esse lixo luminoso havia sido filtrado numa atmosfera radiante que pairava em um baixo amontoado prateado sobre o Midtown e introduzia em minha mente o pensamento louco de que o lusco-fusco final estava sobre Nova York. Voltando para a cama, onde Rachel deitava como que dormindo, eu rolava para o meu lado e dava com meus pensamentos forçosamente enredados em preparativos para um súbito abandono da cidade. A lista de pertences essenciais era curta — passaportes, uma caixa cheia de fotografias, os trens de brinquedo de meu filho, algumas joias, o laptop, alguns dos pares de sapatos e vestidos favoritos de Rachel, um envelope em papel-manilha com documentos oficiais — e, se fosse o caso, até esses itens eram dispensáveis. Até eu era dispensável, reconhecia com um estranho sentimento de conforto; e em pouco tempo me via presa de um sonho recorrente em que, achando-me num trem subterrâneo, eu me jogava sobre um aparato tiquetaqueante e desse modo sacrificava minha vida para salvar minha família. Quando contei a Rachel a respeito do pesadelo — ele se credenciava como tal, pois a bomba do sonho explodia todas as vezes, me acordando —, ela mexia no cabelo diante do espelho do banheiro. Desde que a conheço, sempre usou o cabelo curto, quase como um menino. "Nem pense em se safar fácil desse jeito", disse, passando por mim em direção ao quarto.

Ela tinha seus próprios medos, em particular a sensação profundamente arraigada de que a Times Square, onde se situavam os escritórios de sua firma de advocacia, seria o alvo do próximo ataque. A estação do metrô na Times Square era uma provação especial para ela. Toda vez que eu punha o pé naquele provisório mundo inferior de cimento — era o ponto em que eu descia para o meu trabalho, também, onde em geral entrava às sete da manhã, duas horas antes de Rachel começar seu expediente — experimentava sua ansiedade. Multidões subindo e descendo incessantemente pelas passagens e galerias como as figuras em escadarias de Escher. Lâmpadas de alta potência pendendo de fios nas vigas baixas, divisórias temporárias, andaimes de madeira, placas indicativas improvisadas escritas à mão sinalizando que em volta de nós um incalculável e oculto processo de construção ou ruína estava em curso. A atmosfera imperscrutável e catastrófica só fazia intensificar com o espetáculo permanente, em uma das principais cavernas daquela estação, do homenzinho hispânico dançando com um manequim em tamanho real. Vestido todo de preto e agarrando a parceira inanimada com avidez grotesca, o homem suava e se sacudia e arrastava os pés numa série, até onde entendo, de foxtrotes, tangos, fandangos e paso dobles, deliberadamente se contorcendo e se esfregando em sua boneca ao ritmo da música, os olhos o tempo todo cerrados. Os transeuntes paravam e assistiam com expressão apalermada. Havia qualquer coisa medonha em curso ali — algo além do desespero, econômico ou artístico, discernível nas feições úmidas do sujeito, além até do caráter desviante de seu número. O manequim tinha alguma coisa a ver com isso. As mãos e os pés da boneca ficavam presos aos de seu mestre. Usava uma minissaia preta lasciva e seu cabelo era negro e rebelde, à maneira de uma ciganinha de desenho animado. Traços rudes haviam sido rabiscados em seu rosto, o que lhe emprestava uma expressão vazia e insondável. Embora seu corpo respondesse às insinuações do hábil parceiro — se ele punha a mão em seu traseiro, ela reagia com um espasmo de êxtase —, suas feições permaneciam um nebuloso mistério. Sua vacuidade era incontestável, infinita; e contudo aquele homem estava despudoradamente perdido por ela... Sem dúvida meu estado de espírito não andava dos mais equilibrados, pois quanto mais testemunhava aquela performance, mais perturbado eu ficava. Cheguei a um ponto onde não era mais capaz de passar pelo duo sem uma palpitação de terror, e me apressando na direção do precipício seguinte eu cobria com largas pernadas os degraus que me separavam da Times Square. A sensação de bem-estar era imediata. Um pouco contra a moda corrente, eu gostava da Times Square em sua mais nova encarnação. Não fazia objeções aos seguranças da Disney ou à ESPN Zone ou ao estorvo dos turistas ou à multidão de adolescentes diante do estúdio da MTV. E ainda que outros na famosa quadra se sentissem menosprezados e diminuídos com o massacre dos sentidos e identificassem malevolência ou impudência prometeica na progressão magmática dos luminosos de notícias e nos rostos de quinze metros olhando lá de cima de seus painéis de vinil e nos anúncios cintilantes berrantes de bebidas e musicais da Broadway, sempre encarei essas luzes vacilantes e vaporosas como alguém talvez encarasse as penas do pescoço de alguns pombos urbanos — como uma fonte humilde e natural de iridescência. (Foi Chuck, na Broadway, certa vez, que chamou minha atenção para o modo como a massa cinzenta de pombos, espelhando perfeitamente os matizes da calçada de concreto e raiada com as plumas dorsais encimadas de preto, sem qualquer justificativa esmaece em uma cintilação verde e púrpura.) Talvez em virtude de meu trabalho, as corporações — até mesmo aquelas com letreiros eletrificados refulgindo acima da Times Square — me pareçam vulneráveis, criaturas carentes, perdoáveis em suas exibições de força. Mais uma vez, como Rachel acusou, sou propenso a empregar fora de lugar minhas suscetibilidades.

Deitada a meu lado no escuro, Rachel disse, "Tomei uma decisão. Vou levar Jake para Londres. Vou conversar com Alan Watson amanhã sobre uma licença do escritório".

Estávamos de costas um para o outro. Não me mexi. Não abri a boca.

"Não vejo outra saída", disse Rachel. "É só que não é justo pro nosso filho."

Mais uma vez, não falei nada. Rachel disse, "Passou pela minha cabeça quando eu estava fazendo as malas e voltando pra Tribeca. E depois? Começar outra vez como se nada tivesse acontecido? Pra quê? Pra que a gente possa manter esse grande estilo de vida nova-iorquino? Pra que eu possa arriscar minha vida todos os dias por um trabalho que me mantém longe do meu filho? Quando a gente nem precisa do dinheiro? Quando a gente nem aproveita ele mais? É insano, Hans".

Percebi minha esposa sentando. Seria por pouco tempo, ela disse, em voz baixa. Só para ver as coisas numa perspectiva diferente. Iria se mudar para a casa dos pais e dar um pouco de atenção a Jake. Ele estava precisando. Viver daquele jeito, num hotel de merda, numa cidade louca, isso não fazia bem nenhum a ele: será que eu percebera como havia ficado excessivamente apegado? Eu podia visitá-los de quinze em quinze dias; e também, sempre tem o telefone. Ela acendeu um cigarro. Começara a fumar outra vez, após um interlúdio de três anos. Disse, "Pode ser até que faça um pouco de bem pra nós."

Outro silêncio se seguiu. Eu me sentia, mais do que tudo, cansado. Cansaço: se havia um sintoma constante da doença que acometia nossas vidas nessa época, era o cansaço. No trabalho, éramos infatigáveis; em casa, o menor gesto de vivacidade estava além das nossas forças. Pela manhã acordávamos com uma exaustão maligna que parecia apenas ter se renovado durante a noite. À noite, depois que Jake estava na cama, silenciosamente comíamos agrião e macarrão chinês transparente que nem eu nem ela tínhamos forças para tirar da embalagem; revezávamo-nos em imersões modorrentas na banheira; e não conseguíamos ficar acordados durante um programa de tevê inteiro. Rachel estava cansada e eu estava cansado. Uma situação banal, sei disso — mas nossos problemas eram banais, o tipo de coisa que enche as páginas das revistas femininas. Todas as vidas, lembro de pensar, acabam convergindo para as colunas de conselhos das revistas femininas.

"O que você acha? Hans, diz alguma coisa, pelo amor de Deus."

Eu continuava de costas para ela. Falei, "Londres também não é segura".

"Mas é mais segura, Hans", Rachel disse, quase me dando pena. "É mais segura."

"Então eu vou junto", eu disse. "Vamos todos juntos."

O cinzeiro fez barulho quando ela esmagou o cigarro. "Não vamos tomar muitas decisões importantes de uma vez só", disse minha esposa. "Pode ser que a gente volte atrás. A gente pode estar pensando com mais clareza depois de um mês ou dois."

A maior parte dos dias e noites subsequentes foi passada numa agonia de emoções, opções, discussões. Que coisa realmente terrível quando questões de amor e família e lar já não podem ser respondidas.

Falamos em Rachel largar o emprego ou trabalhar meio período, em mudar para o Brooklyn ou Westchester ou, ah, foda-se, Nova Jersey. Mas isso não resolvia o problema de Indian Point. Ao que parece havia um reator nuclear num lugar chamado Indian Point, a cinquenta quilômetros de distância, no distrito de Westchester. Se alguma coisa ruim acontecesse ali, estávamos constantemente sendo informados, os "resíduos radioativos", seja lá o que isso for, muito provavelmente choveriam sobre nós. (Indian Point: as apreensões mais primitivas, insanáveis, suscitadas só de ouvir o nome.) E também havia a questão das bombas sujas. Aparentemente qualquer imbecil podia construir uma bomba suja e explodi-la em Manhattan. Qual a probabilidade disso? Ninguém sabia. Pouca coisa sobre o que quer que fosse parecia inteligível ou certa, e a própria Nova York — essa fonte ideal da diversão metropolitana que serve de resposta aos mais fúteis apelos — assumia uma natureza alarmante e monstruosa cuja realidade teria talvez confundido o próprio Platão. Estávamos tentando, como eu irrelevantemente analisava, evitar o que podia ser chamado de um equívoco histórico. Estávamos tentando compreender, melhor dizendo, se estávamos em uma situação pré-apocalíptica, como os judeus europeus nos anos 1930 ou os últimos cidadãos de Pompéia, ou se nossa situação era meramente quase-apocalíptica, como o período da guerra fria para aqueles que viviam em Nova York, Londres, Washington e, a propósito, Moscou. Em minha ansiedade, liguei para o pai de Rachel, Charles Bolton, e perguntei como lidara com a ameaça da aniquilação nuclear. Eu queria acreditar que esse episódio da história, como os antigos cataclismos que depositam uma camada geologicamente reveladora de pó nos leitos dos oceanos, havia coberto seus sobreviventes com uma fuligem especial de informação.

Charles ficou, acredito, desconcertado — tanto com o teor de minha inquirição quanto com o fato de eu procurar logo ele para fazê-la. Muitos anos antes, meu sogro costumava estar atrás do volante de um Rolls-Royce como o diretor financeiro de um conglomerado britânico que falira em notórias circunstâncias. Ele nunca mais se reerguera da consequente bancarrota e, a seu modo antiquado de ver, queimara todos os seus cartuchos na vida, de modo que perambulava furtivamente pela casa com um sorriso penitente e levemente mortificado no rosto. Todos os poderes financeiros e domésticos agora cabiam à sua esposa, que, como beneficiária de diversas propriedades e heranças, ficou encarregada do sustento da família, e desse modo surgiu na casa, à medida que a pequena Rachel crescia, um eixo de poder feminino de cuja tração o macho solitário se viu excluído. Desde o primeiro minuto em que nos conhecemos passou a ser comum que Charles erguesse uma sobrancelha polidamente interrogativa de homem para homem, sugerindo escapulir para um caneco tranquilo, como ele dizia, no pub local. Ele era, e continua a ser, o inglês imaculadamente trajado com um cachimbo na boca, assaz impossível de não se gostar.

"Não tenho certeza se posso ser de grande ajuda", disse. "As pessoas apenas seguiam em frente e esperavam pelo melhor. Não chegamos a construir bunkers no jardim ou a fugir para as colinas, se é que o você quer saber." Compreendendo que eu precisava que dissesse mais do que isso, acrescentou, "Acredito de fato na teoria da intimidação, então imagino que isso ajude. Essa gente não pensa como você e eu. Apenas não dá para saber o que se passa em suas cabeças". Pude ouvi-lo batendo o cachimbo, seus modos altivos. "É provável que sintam algum tipo de encorajamento com o ocorrido, não pensa desse modo?"

Em resumo, não havia como negar a possibilidade de que outra calamidade nova-iorquina estava a caminho e que Londres provavelmente era mais segura. Rachel tinha razão; ou, pelo menos, estava com a razão do seu lado, coisa que, para os fins de nosso exercício de argumentação — tal sendo a estrutura da maioria das discussões com Rachel —, foi decisiva. Sua percepção mítica a meu respeito era a de que eu era, conforme dizia fazendo ares de ter descoberto a coisa mais engraçada do mundo, um racionalista. Ela achava a qualidade atraente em mim: meus modos ordenados de holandês, o jeito como eu usava a palavra *"ergo"* — "portanto" — nas conversas. "Ergonomia", respondeu certa vez numa festa a alguém que perguntou no que eu trabalhava.

Na verdade, eu era analista financeiro do M——, um banco mercantil com enorme operação de corretagem. O negócio da análise, na época em que fomos transferidos para o hotel, começara a perder parte de seu glamour, sem dúvida por ser considerado a fonte do exagerado status gozado por alguns de seus profissionais; e logo depois disso, de fato, nossa linha de trabalho ganhou uma aura moderadamente infame. Qualquer um familiarizado com o noticiário financeiro dos últimos anos, ou na verdade com a primeira página do *New York Post*, deve se lembrar dos escândalos que expuseram uma determinada prática de fornecer dicas no mercado de ações, e imagino que os nomes de Jack B. Grubman e Henry Blodget ainda façam soar um alarme nas mentes de um bom número dos assim chamados investidores comuns. Eu não estive pessoalmente envolvido nessas controvérsias. Blodget e Grubman operavam com telecomunicações e tecnologia; eu analisava ações de gás e petróleo de large-cap, e ninguém fora do meio sabia quem eu era. Dentro do meio, eu começava a conquistar a reputação de guru: na sexta-feira da semana em que Rachel declarou sua intenção de ir embora para Londres, a *Institutional Investor* me classificou como número quatro do setor — espantosos seis lugares acima do ano anterior. Para celebrar o reconhecimento, fui levado a um bar no Midtown por algumas pessoas do meu escritório: minha secretária, que foi embora após o primeiro copo; uma dupla de analistas de energia chamados Appleby e Rivera; e alguns caras de vendas. Meus colegas estavam ao mesmo tempo contentes e descontentes com minha conquista. Por um lado, era mais um troféu para o banco, uma medalha que eles vicariamente exibiam no próprio peito; por outro, a medalha ficava, afinal de contas, no meu peito — e o suprimento de medalhas, e as recompensas monetárias advindas delas, não era infinito. "Odeio beber esta merda", disse-me Rivera conforme esvaziava em seu copo a quinta garrafa de champanhe que eu comprara, "mas já que você vai ficar com a maior parte da porra do meu bônus de fim de ano, isso me dá prazer em termos de redistribuição de riqueza".

"Você é um socialista, Rivera", disse Appleby, pedindo outra garrafa com um gesto de polegar na direção da boca. "Isso explica muita coisa."

"Ei, Rivera, como está o e-mail?"

Rivera andava envolvido numa batalha obscura para manter seu endereço de e-mail do escritório sem alteração. Appleby disse, "Ele tá certo em não dar o braço a torcer. Porra, é uma marca. Você ainda não deu entrada no departamento de marcas registradas, Rivera?".

"Dá entrada aqui", disse Rivera, mostrando o dedo do meio.

"Ei, Behar disse que vai contar a piada mais engraçada que ele já ouviu."

"Conta aí, Behar."

"Eu disse que *não* vou contar", disse Behar, malicioso. "É horrível demais."

Risadas se seguiram. "Você pode contar a piada pra nós sem dizer isso", Appleby aconselhou Behar.

"É a piada do chouriço", disse Behar. "É difícil de contar."

"Conta logo aí, veado."

"Então a rainha tá jogando *Senha*", disse Behar. "E a senha é 'chouriço'."

"Alguém explica pro Hans o que é *Senha*."

"Alguém explica pro Hans o que é chouriço."

"Daí a rainha diz" — aqui Behar fez uma cantarolada voz de senhora inglesa — "É comestível?"

Rivera disse: "Nossa, Hans, qual o problema?".

Em pânico, eu de repente ficara de pé, cambaleando. Disse, "Preciso ir. Vocês podem continuar". Dei meu cartão de crédito para Rivera.

Ele disse, afastando-se dos demais: "Tem certeza que tá tudo bem? Você parece...".

"Estou legal. Aproveitem."

Eu estava suando quando voltei para o hotel. Após uma excruciante espera pelo único elevador funcionando, corri até nossa porta de entrada. Dentro do apartamento, tudo era silêncio. Fui direto para o quarto de Jake. Ele estava todo torto nos lençóis bagunçados. Sentei na beira de sua cama infantil IKEA, endireitei seu corpinho e o cobri. Eu estava um pouco de fogo; não pude resistir a roçar meus lábios em sua face corada. Como era quente sua pele de dois anos de idade! Que pálpebras adoráveis!

Fui para o meu quarto em um novo estado de excitação. Uma luminária brilhava junto à cama, onde Rachel, de bruços e imóvel, voltava o rosto para a janela. Contornei nossa cama e vi que seus olhos estavam abertos. Rachel, eu disse, calmamente, é muito simples: vou com vocês. Ainda de casaco, ajoelhei a seu lado. Vamos todos, eu disse. Pego minha bonificação e partimos, todo mundo junto, como uma família. Londres está ótimo. Qualquer lugar está ótimo. Toscana, Teerã, tanto faz. Certo? Vamos. Vai ser uma aventura. Vamos viver.

Fiquei com orgulho de mim mesmo enquanto fazia esse discurso. Senti que triunfava sobre minhas próprias tendências.

Ela não se mexeu. Então disse, calmamente, "Hans, não é uma questão de onde. Você não pode reduzir esse problema a uma questão de geografia".

"Que 'problema'?", eu disse imperiosamente, pegando sua mão. "O que é esse 'problema'? Não existe 'problema'. Só existe nós. Nossa família. Que se dane tudo."

Seus dedos estavam frios e moles. "Ai, Hans", disse Rachel. Seu rosto se franziu e ela chorou brevemente. Então limpou o nariz e com um movimento ágil passou as pernas pela beirada da cama e foi rapidamente para o banheiro: é uma mulher cheia de energia, não consegue evitar. Tirei o casaco e sentei no chão, as costas apoiadas contra a parede. Escutei atentamente: com a torneira aberta jogava água no rosto e escovava os dentes. Ao voltar sentou na poltrona do canto, agarrando as pernas junto ao peito. Tinha seu próprio discurso para fazer. Falou como alguém treinada em mediações legais, com sentenças curtas construídas com palavras exatas. Uma a uma, pelo que devem ter sido vários minutos, suas palavras cruzaram em corajosas lufadas o ar do quarto, transmitindo a história e a verdade de nosso casamento. Houvera muitos sentimentos ruins entre nós nos últimos meses, mas nesse momento eu sentia grande simpatia por ela. O que eu pensava, conforme ela abraçava o próprio corpo a três metros de distância e fazia seu monólogo, era naquela vez em que viera correndo em minha direção e se jogara em meus braços. Ela havia se projetado para a frente e pulado no meu colo com as pernas abertas. Quase caí para trás. Cerca de trinta centímetros mais baixa que eu, escalou meu corpo com joelhos e tornozelos ferozmente preênseis e se acomodou sentada sobre meus ombros. "Ei", eu disse, protestando. "Me leva", ela ordenou. Obedeci. Desci cambaleante pela escada e a carreguei por toda a Portobello Road.

Seu discurso chegava a um término: havíamos perdido a capacidade de falar um com o outro. O ataque em Nova York eliminara qualquer dúvida a respeito. Ela nunca se sentira tão sozinha, tão sem conforto, tão longe de casa, como durante as últimas semanas. "E isso é muito ruim, Hans. Muito ruim."

Eu poderia ter contra-argumentado com minhas próprias palavras.

"Você me abandonou, Hans", ela disse, fungando. "Não sei por que, mas você deixou que eu me virasse sozinha. E eu não sei me virar sozinha. Simplesmente não sei." Afirmou que agora questionava tudo, incluindo, como chamou, a narrativa de nosso casamento.

Eu disse com rispidez, "Narrativa?".

"A história toda", ela disse. A história dela e minha, para o bem ou para o mal, até que a morte nos separe, a história de nossa união para a exclusão de todos os demais — a história. Simplesmente não estava mais certo. De algum modo havia sido falseada. Quando pensava no futuro, imaginava os anos e anos... "Desculpe, amor", disse. Estava em lágrimas. "Desculpe mesmo." Limpou o nariz.

Eu estava sentado no chão, meus sapatos estupidamente apontando para o teto. Os ganidos dos veículos de emergência brotavam da rua, inundavam o quarto, refluíam, um ganido de cada vez.

Eu disse, desastrosamente, "Tem alguma coisa que eu possa dizer que faça você mudar de ideia?".

Ficamos sentados de lados opostos em silêncio. Então joguei meu casaco sobre uma cadeira e fui para o banheiro. Quando apanhei minha escova de dentes, estava úmida. Ela a usara com a intimidade impensada de uma esposa. Um soluço lamentoso subiu por meu peito. Comecei a engolir em seco e ofegar. Uma vergonha profunda, inútil, tomou conta de mim — vergonha por ter fracassado com minha esposa e meu filho, vergonha por ser destituído dos meios para seguir lutando, para dizer a ela que me recusava a aceitar que nosso casamento de repente estava destruído, que todos os casamentos passam por crises, que outros casais haviam superado suas crises e que nós faríamos o mesmo, dizer-lhe que podia estar falando assim por causa do choque ou de alguma outra contingência temporária, dizer-lhe que ficasse, dizer-lhe que eu a amava, dizer-lhe que eu precisava dela, que eu iria trabalhar menos, que eu era um homem de família, um homem sem amigos e sem passatempos, que minha vida não era nada sem ela e nosso filho. Senti vergonha — vejo isso claramente, agora

— com o reconhecimento instintivo em mim mesmo de um pavoroso fatalismo debilitante, uma sensação de que as grandes consequências não estavam senão aleatoriamente ligadas aos nossos empenhos, que a vida estava além da esperança de conserto, que o amor estava perdido, que nada que valesse a pena ser dito era dizível, que o entorpecimento era geral, que a desintegração era irresistível. Senti vergonha porque era de mim, não do terror, que ela fugia.

E contudo, nessa noite, procuramos um ao outro no quarto com as venezianas fechadas. Ao longo das semanas seguintes, nossas últimas como uma família em Nova York, fizemos sexo com uma frequência que trouxe de volta nosso primeiro ano juntos, em Londres. Só que dessa vez nos entregando àquilo com estranheza e sem beijos, manuseando, lambendo, chupando, metendo com desapego a série de bocetas, paus, cus e peitos que se amalgamavam a partir de nossos sucessivos mas miseravelmente separados entrechoques. A própria vida se tornara descorporificada. Minha família, espinha de meus dias, ruíra. Eu estava perdido em tempos invertebrados.

Uma pavorosa suscetibilidade se abateu sobre nós. Em dezembro, encontramos forças para visitar nosso loft e pegar algumas coisas. Corriam histórias de apartamentos abandonados no centro saqueados por delinquentes, e quando abri a porta eu me preparara para um cenário de horror. Mas, à parte as janelas cobertas de pó, nosso velho lar estava como o deixáramos. Apanhamos algumas roupas e por insistência de Rachel escolhemos umas peças de mobília para levar para o apartamento do hotel, que eu deveria continuar a alugar. Ela se preocupava com meu conforto assim como eu com o dela. Concordamos que, acontecesse o que acontecesse, ninguém se mudaria de volta para Tribeca. O loft seria posto à venda e o dinheiro líquido, confortavelmente mais de um milhão de dólares, seria investido em títulos do governo, em uma carteira conservadora de ações e, dica de um economista em quem eu confiava, ouro. Tínhamos mais dois milhões de dólares numa conta conjunta — o mercado andava me deixando nervoso

— e duzentos mil dólares espalhados por várias contas correntes, também conjuntas. Ficamos de acordo que ninguém tomaria qualquer providência legal por um ano. Havia uma chance, concordávamos cautelosamente, de que tudo pudesse parecer diferente depois que Rachel passasse algum tempo longe de Nova York.

Viajamos os três para a Inglaterra. Ficamos com o sr. e a sra. Bolton na residência deles em Barnes, no sudoeste de Londres, chegando na véspera de Natal. Abrimos presentes na manhã de Natal, comemos peru recheado, batatas e couve-de-bruxelas, bebemos xerez, vinho tinto e porto, jogamos conversa fora, fomos para a cama, dormimos, acordamos, e depois passamos ainda quase três intoleráveis dias mastigando, engolindo, bebericando, andando e trocando observações razoáveis. Então um táxi preto parou na frente da casa. Rachel se ofereceu para me acompanhar até o aeroporto. Abanei a cabeça. Subi ao andar de cima, onde Jake brincava com seus novos presentes. Peguei-o no colo e o segurei nos braços até que começou a protestar. Voltei para Nova York. Não existe descrição para a desolação que senti, que persistiu, de um jeito ou de outro, durante todo o tempo de minha amizade com Chuck Ramkissoon.

Sozinho, era como se estivesse hospitalizado no hotel Chelsea. Fiquei na cama quase uma semana, minha existência mantida por uma sucessão de sujeitos que chegavam na porta com cerveja, pizzas e água gaseificada. Quando enfim comecei a sair do quarto — porque precisava trabalhar —, usava o elevador de serviço, uma caixa revestida de metal em que dificilmente encontraria alguém além de uma camareira panamenha resmungando ou, como aconteceu certa vez, uma atriz muito famosa escapulindo de uma visita a um suposto traficante, no décimo andar. Depois de uma semana ou duas, minha rotina mudou. Na maioria das noites, após ter tomado um banho e me enfiado numas roupas casuais, eu descia para o lobby e desabava letargicamente numa poltrona junto à lareira inativa. Levava um livro mas nunca lia. Muitas vezes ganhava a companhia de uma viúva muito educada que usava um boné de beisebol e empreendia uma busca interminável e aparentemente infrutífera em sua bolsa murmurando consigo mesma, por alguma razão, sobre Luxemburgo. Havia qualquer coisa de anestesiante em relação ao vaivém de pessoas no lobby, e eu também extraía conforto dos homens da recepção, que com pena de mim me convidavam a contornar o balcão para assistir esportes na televisão e perguntavam se eu não queria entrar no bolão do futebol. Eu entrava, embora não entendesse lhufas de futebol americano. "Você se deu muito bem ontem", anunciava Jesus, o carregador de bagagem. "Foi mesmo?" "Claro", dizia Jesus, apanhando sua tabela. "Os Broncos ganharam, não foi? E os Giants. São dois times que você acertou aqui. Certo", dizia, franzindo o rosto de concentração, "mas você perdeu com os Packers. E os Bills. E acho que com os 49ers". Batucava com o lápis na tabela, como que considerando o problema dos meus palpites. "Então ainda não estou na frente?" "Nesse momento, não", admitia Jesus. "Mas ainda tem muito campeonato pra rolar. Você ainda pode passar os outros fácil, fácil. Se não cair na pontuação, um pé quente na semana que vem. Porra, pode acontecer qualquer coisa."

Sem contar o lobby, o Chelsea tinha dez andares. Cada um percorrido por um corredor escuro que ia de um poço de circulação de ar numa ponta até, em meu andar, uma porta com um painel de vidro ártico amarelado que sugeria antes a presença de um detetive particular do lado de lá do que, como era de fato o caso, uma saída de incêndio. Os andares eram ligados por uma escadaria baronial, que em virtude do profundo vão retangular no centro tinha por efeito instalar um precipício no coração do hotel. Em todas as paredes via-se em exposição permanente a arte vagamente inquietante dos inquilinos pregressos e presentes. Os itens mais bonitos e valiosos eram reservados ao lobby: nunca vou me esquecer da garotinha rechonchuda em cor-de-rosa num balanço pairando acima da recepção, alegremente à espera de um empurrão rumo à West 23rd Street. De vez em quando a gente escutava hóspedes de uma noite só — hóspedes temporários, como a gerência os chamava — comentando quão fantasmagórico achavam tudo aquilo, e corria uma história de que os mortos no hotel eram secretamente removidos de seus quartos na calada da noite. Mas para mim, voltando do escritório ou de rápidas viagens para Omaha, Oklahoma City, Cincinnati — Timbuktus, de minha privilegiada posição nova-iorquina —, não havia nada de sobrenatural acerca do prédio ou da comunidade nele estabelecida. Mais da metade dos quartos era ocupada por hóspedes de longa data que, por seu caráter sorrateiro e diversidade ornamental, lembravam-me o aquário que eu tinha quando criança, um tanque lúgubre em que peixes vagabundos esgueiravam-se entre as algas e uma estrela-do-mar artificial fazia do cascalho um firmamento. À parte isso, havia uma correspondência entre a fauna furtiva e elusiva do hotel e o mundo fantasmagórico, de recém-adquirida insubstancialidade, que existia além das pesadas portas de vidro do Chelsea, como se um prometesse explicar o outro. Em meu andar morava uma pessoa octogenária de sexo indeterminado — levou um mês de sub-reptício escrutínio para eu me convencer de que era mulher — que me contou, a título de advertência e tranquilização, que portava uma arma e iria pôr para correr qualquer um que causasse problemas no nosso andar. Havia também um senhor negro velho e muito doente (hoje falecido), aparentemente um lendário criador de gravuras e litografias. Havia uma família com três meninos pequenos que percorriam selvagemente os corredores com seus triciclos, bolas e trenzinhos. Havia um inexplicável finlandês. Havia um pit bull que nunca saía sem um comerciante de mobília a reboque, ofegando e ameaçando. Havia uma croata, que segundo se dizia era uma famosa personalidade da vida noturna, e havia um reverenciado dramaturgo e libretista, que manifestou ligeiro interesse ao descobrir que eu sabia um pouco de grego e me apresentou a Arthur Miller no elevador. Havia uma garota com visual gótico que trabalhava de baby-sitter e que levava cachorros para passear. Todos eram cordiais comigo, o esquisitão de terno e gravata; mas durante todo o período em que morei no hotel, só recebi a visita de um deles.

Certa noite de fevereiro, alguém bateu na porta. Quando abri, me vi frente a frente com um sujeito vestido de anjo. Um par de asas brancas escangalhadas, com cerca de meio metro e presas a uma espécie de cinta, projetava-se atrás de sua cabeça. Ele usava um vestido de casamento até os tornozelos com um corpete enfeitado de pérolas e chinelos brancos com a tira imunda. O mosqueado pó de base aplicado no rosto inteiro não disfarçava a barba por fazer em torno da boca. Seu cabelo descia em um corte irregular até os ombros. Havia uma tiara entortada em sua cabeça e ele parecia aflito.

"Desculpe", disse. "Estou procurando meu gato."

Eu falei, "Que tipo de gato?".

"Um birmanês", disse o anjo, e o nome traiu um sotaque estrangeiro. "Cara preta e pelo branco, bem longo. O nome é Salvator — Salvy."

Abanei a cabeça. "Desculpe", respondi. "Vou ficar de olho por aí." Comecei a fechar a porta, mas sua expressão de desespero me fez hesitar.

"Ele sumiu faz dois dias e duas noites", disse o anjo. "Estou preocupado, alguém pode ter sequestrado. Esses gatos são muito bonitos. Valem muito dinheiro. Todo tipo de gente entra nesse hotel."

Eu disse, "Já pôs um anúncio? No elevador?".

"Já, mas alguém arrancou. É suspeito, não acha?" Tirou um cigarro de alguma dobra em seu traje. "Tem fogo?"

Ele entrou atrás de mim no apartamento e sentou para fumar. Abri a janela. As suaves pontas de suas asas estremeceram com o ar corrente.

"Esse apartamento é bom", ele observou. "Quanto você está pagando?"

"Bastante", eu disse. Meu aluguel era seis mil por mês — nada mal para um dois dormitórios, pensei, até descobrir que era muito mais do que qualquer um pagava.

O anjo ocupava uma quitinete no sexto andar. Havia se mudado duas semanas antes. Chamava-se Mehmet Taspinar. Era turco, de Istambul. Morava em Nova York havia alguns anos, vagando de endereço em endereço. Nova York, segundo me informou, era o único lugar do mundo onde podia ser ele mesmo — pelo menos, até recentemente. Enquanto falava, Taspinar sentava muito ereto na beirada de sua poltrona, pés e joelhos decorosamente colados. Afirmou que no último apartamento fora convidado a se retirar pelo senhorio, que alegou que estava deixando os outros inquilinos assustados. "Acho que ele acreditava que eu podia ser um terrorista", disse o anjo, com brandura. "Em certo sentido, dá pra entender. Um anjo é um mensageiro de Deus. No cristianismo, judaísmo, islamismo, anjos são sempre assustadores — sempre soldados, assassinos, justiceiros."

Não dei sinal de ter escutado isso. Eu fingia ler documentos que puxara de minha pasta.

Taspinar olhou na direção da cozinha. "Você estava bebendo vinho?"

Eu disse, sem entusiasmo, "Quer um copo?".

Taspinar aceitou e a título de retribuição explicou que já fazia dois anos que se vestia de anjo. Comprara suas asas na Religious Sex, em St. Mark's Place. Tinha três pares. Custaram sessenta e nove dólares o par, ele disse. Mostrou-me a mão direita, uma enorme pedra amarela em cada dedo. "Essas foram dois dólares."

"Já tentou olhar no telhado?", eu disse.

O anjo ergueu as sobrancelhas mal pinçadas. "Acha que pode estar ali em cima?"

"Bom, às vezes deixam a porta no fim da escada aberta. Talvez seu gato tenha saído."

"Você mostra pra mim?" As asas balançaram quando ficou de pé.

"É só seguir pela escada até chegar à porta. É bem fácil."

"Estou com um pouco de medo", disse Taspinar, encolhendo os ombros de um jeito digno de pena. Embora tendo pelo menos trinta anos, exibia a fachada leve e indefesa de um mascotinho segurando os bastões de beisebol de sua equipe.

Apanhei meu casaco. "Só tenho alguns minutos", eu disse. "Depois preciso trabalhar um pouco."

Subimos a escada até o décimo andar e seguimos até o pequeno patamar na entrada da cobertura. Como eu suspeitara, a porta estava aberta. Passamos por ela. Eu já conhecia o telhado. Era dividido em canteiros pertencentes a pessoas que ocupavam os apartamentos da mansarda, e elas os transformaram em um jardim de deques para tomar sol, cercados de tijolos, plantas e pequenas árvores em vasos. No verão, era delicioso; agora estávamos no inverno, e o frio era chocante. Caminhei cuidadosamente pela neve gelada. Taspinar, vestindo apenas sua roupa de anjo e praticamente descalço com seus chinelos, dirigiu-se para o outro lado dando passinhos saltitantes. Começou a chamar pelo gato em turco. Avancei na direção de uma árvore com luzes natalinas e encontrei um lugar para me abrigar do vento. O cume iluminado do Empire State Building apontava, cinzento, sublime. Lamentei não ter levado um chapéu. Virando, vi o anjo desaparecer atrás de uma pequena torre e então reaparecer com seu perfil amalucado de plumas contra o fulgor vermelho do luminoso da ACM do outro lado da rua. Ele gritava o nome do gato: "Salvy! Salvy!"

Entrei.

Se imaginava que ia me livrar dele, eu estava enganado. Um indivíduo notívago, Taspinar deu para me fazer companhia no lobby tarde da noite, assumindo sua afetada posição ereta numa cadeira de madeira maciça perto da minha. Desnecessário dizer, sua aparência provocava surpresa e risadas nos hóspedes temporários. Taspinar gostava da atenção, mas raramente respondia. Quando um japonês bêbado perguntou se podia voar, reagiu com seu usual sorriso estupefato. "Claro que eu *queria* poder voar", confidenciou para mim em seguida, "mas sei que eu não posso. Não sou tantã".

Na verdade, essa última afirmação era duvidosa. Descobri que antes de ser possuído por sua compulsão angelical, Taspinar passara uma temporada no hospício em New Hampshire. Seu pai, um rico dono de fábricas, pagara pela estadia, assim como agora pagava a mesada que permitia a seu filho viver em frugal ociosidade. A ficção que sustentava esse arranjo era que Taspinar estudava na Columbia University, onde se matriculara anos antes. Uma vez tendo superado o pensamento de que naquela altura de minha vida a única companhia certa com que eu podia contar era a de uma pessoa que, conforme ele mesmo dizia, não conseguia mais suportar os detalhes masculinos de sua vida, fui pouco a pouco apreciando a presença inesperadamente serena do anjo. Ele, eu e a viúva murmurante de boné de beisebol ficávamos sentados lado a lado como três irmãs velhas e malucas que já havia muito tempo não tinham mais nada a dizer uma à outra. Taspinar era, eu viria a descobrir, um sujeito sem maldade que, a despeito de sua mórbida confusão, aceitava facilmente as pequenas oferendas de prazer que a vida diária fornecia. Saboreava seu café, lia avidamente os jornais, extraía distração de eventos inconsequentes. Com respeito a minha própria situação, sobre a qual fazia perguntas ocasionais mas atendo-se a quase nenhum comentário, era solícito. À medida que crescia meu afeto por ele, minha ansiedade crescia junto. Quando sua agonia barroca, horrível e estranha demais para que eu pensasse a respeito, ficava aguda, ele negligenciava a própria pessoa. Passava dias sem trocar a camisola (ele tinha três ou quatro), o esmalte prateado em suas unhas deteriorava para uma leve cintilação cor de peixe, suas costas depiladas cediam terreno para legiões emergentes de pequenos pelos duros. O mais perturbador de tudo era o estado de suas asas. Seu par favorito, o branco, com o qual eu o conhecera, de algum modo começara a pender para o lado, e ele deu para usar umas asas pretas flácidas que o faziam parecer um corvo. Certo sábado me decidi a dar um pulo no East Village e comprar para ele uma plumagem nova. Escolhi um par branco mais para majestoso, com penas longas e reluzentes. "Aqui", eu disse, estendendo-lhe muito formalmente o pacote no lobby essa noite. "Achei que talvez pudesse ser útil para você." Taspinar pareceu muito contente, mas eu havia cometido um equívoco. Meu presente nunca mais foi visto. Quanto ao gato, nunca mais foi visto, também.

Enquanto isso eu empreendia esforços para promover meu próprio bem-estar. Com o anseio transoceânico por Rachel, resolvi procurar um psicanalista, um sujeito afável que me oferecia bala de hortelã de vinte em vinte minutos e acreditava piamente na ideia agradável, progressista, de que cada dia que vivemos é uma espécie de gleba conquistada e que agir como os zelosos caseiros dessa propriedade nos conduz para cada vez mais perto de um conhecimento do tipo mais elusivo. Durei três sessões. Comecei a fazer aulas de ioga na ACM do outro lado da rua. Isso correu melhor, e quando toquei a ponta dos pés pela primeira vez em anos senti um movimento de vida mais amplo na extremidade de meus dedos. Fiquei determinado a me abrir para novos rumos, um projeto que relacionava à fuga do pequeno país brumoso no qual eu, em que ponto não sabia exatamente detectar, havia me fixado. Esse país, especulava, talvez guardasse alguma relação significativa com meu país de residência física, de modo que a cada dois fins de semana, quando viajava a Londres para estar com minha esposa e meu filho, eu esperava que voando bem alto na atmosfera, acima dos maciços vaporosos ilimitados ou das pequenas nuvens dispersas como as fezes de Pégaso numa plataforma aérea invisível, eu pudesse ser erguido também acima de minha névoa pessoal. Ou seja, eu conduzia uma retrospectiva de nossas cordiais relações intercontinentais e combinava a esperança e a teoria de que o alicerce de minha família podia no final das contas ter permanecido inabalado e nossa antiga unidade, ainda estar ao alcance. Mas toda vez que Rachel se materializava na porta da casa de seus pais ela exibia uma expressão antecipada de enfado, e eu compreendia que a névoa viajara por todo o longo trajeto até aquela casa no oeste de Londres.

"Como foi o voo?"

"Foi bom." Mexi em minha mala. "Consegui dormir um pouco." Uma hesitação, e então uma beijoca inglesa em cada bochecha; onde outrora teria havido nosso tique afetuoso de beijar triplamente — esquerda, direita e esquerda outra vez — ao modo holandês, que ela achava tão divertido.

Nunca, nos velhos dias, ela teria expressado curiosidade sobre algo tão prosaico como uma viagem de avião. Seu eu mais profundo era recalcitrante quanto a trivialidades, mesmo da inventiva variedade romântica, reputando-as uma espécie de falsidade. Quando nos apaixonamos um pelo outro, não fora por um projeto de buquês, colares e lances de gênio de minha parte: não houvera nenhuma emboscada com quartetos de cordas ou passagens aéreas surpresa para algum fiapo de coral pacífico. Namoramos ao estilo preferido dos ingleses: alcoolicamente. Nosso amor começou com bebida em uma festa em South Kensington, onde ficamos num amasso de uma hora sobre uma pilha de sobretudos escuros de lã, e continuou com bebida uma semana depois em um pub em Notting Hill. Assim que deixamos o pub ela me beijou. Fomos para meu apartamento, bebemos mais e nos atracamos num sofá à deriva que guinchava em suas quatro rodinhas. "Que som horrível é esse?", exclamou Rachel com um ridículo movimento abrupto de cabeça. "As rodas", eu disse, pragmático. "Não, é um roedor", ela disse. Ela escalava nós dois como atores de uma velha comédia, ela mesma como Hepburn, cuja beleza esguia eu podia reconhecer em sua figura, eu como o professor com a cabeça virada. O papel me caía bem: excessivamente alto, quatro-olhos, propenso a fazer que sim com a cabeça e sorrir. Jamais abandonei inteiramente a pele desse antigo personagem abestalhado. Ela disse, "Não tem um lugar menos ratístico pra gente ficar?". Mais tarde, nessa noite, falou, "Diz alguma coisa em holandês", e eu disse. "*Lekker stuk van me*", engrolei. "Pensando bem", ela continuou, "não fale comigo em holandês". Quando, meses depois, ficamos sóbrios e começamos a nos encontrar com outras pessoas como um casal, sua fluência em público me arrebatou. Falava em sentenças completas e parágrafos intactos e quase sempre no tropo do argumento minúsculo e bem construído. Era obviamente uma advogada brilhante. Meu próprio jeito com o inglês ela achava tocante por sua precisão lexical canhestra; e ela me adorava particularmente quando eu deixava escapar um fragmento recordado de latim, quanto mais despropositado, melhor. *O fortunatos nimium, sua si bona norint, agricolas.*

 Em um domingo à tarde em que ventava bastante, em março de 2002, quando eu estava em Londres para um fim de semana prolongado, nós, os Van den Broek, saímos para uma caminhada pelo Putney Common. Era o tipo de passeio familiar descomplicado que fortalecia minha crença de que nossa separação física talvez pudesse ainda se revelar uma mera piada de mau gosto. Sugeri para Rachel, vendo Jake pedalar seu triciclo na nossa frente, que as coisas não estavam indo tão mal. Os olhos dela permaneceram fixos adiante e ela não respondeu. Eu disse, "O que eu quis dizer foi...".

"Sei o que você quis dizer", disse Rachel, me cortando.

Jake desceu de seu triciclo e correu para um balanço. Eu o ajeitei no brinquedo e empurrei. "Mais alto", insistiu, alegre.

Rachel permanecia a meu lado, as mãos enfiadas nos bolsos. "Mais alto", repetia Jake cada vez que balançava na direção de minha mão, e por algum tempo ele foi a única voz entre nós. Sua felicidade no balanço era tanto pelo alívio de se fazer comunicar como por tudo mais. Ele expressava nitidamente seu desejo e nitidamente tinha o desejo atendido. Nosso filho, havíamos descoberto recentemente, tinha a língua presa: a proximidade de certas consoantes levava sua língua a recuar para as regiões mais recônditas de sua boca, ressurgindo apenas na segurança de uma vogal. Uma operação para sanar o problema fora aventada e, no fim, rejeitada; para meu próprio impedimento de fala, contudo, não existia opção de um conserto rápido. Desde o início, coubera a Rachel conversar aberta e alegremente, e a mim escutar com atenção e dizer apenas coisas sólidas. Essa permuta agia como uma espécie de garantia de nossos valores sentimentais e, em nosso entendimento, nos diferenciava desses casais brincalhões cujas bijuterias conversacionais pareciam uma forma de dissipação emocional. Agora, procurando as palavras enquanto empurrava Jake rumo ao céu, me senti em desvantagem.

"A gente disse que ia reconsiderar as coisas", falei, enfim.

"É, disse", ela respondeu.

"Só queria que você soubesse..."

"Eu sei, amor", disse Rachel rapidamente, e meneou o queixo abaixado para relaxar a sólida esfera de tensão que ficava invariavelmente enterrada na junção de seu pescoço com o ombro direito. De sua garganta saiu uma exaustão que eu nunca vira antes. "Vamos deixar esse negócio de reconsiderar pra lá", ela disse. "Por favor. Não tem nada pra reconsiderar."

Outro garotinho apareceu entre nós, seguido momentos depois por sua mãe. O menino sacudia impacientemente o balanço. "Espera, espera", disse a mãe. Um bebê, espiando de seu baby-bag, estorvava seus movimentos. Frações de sorrisos foram trocadas entre os adultos. Quase dez horas. Em breve o parquinho estaria coalhado de vida e de crianças.

"Mais alto", disse meu filho, orgulhoso.

Ainda restava o problema do que fazer em meus fins de semana alternados em Nova York. Rivera decidiu que eu deveria jogar golfe. "Você é parecido com o Ernie Els", ele disse. "Quem sabe não tem também o mesmo *golf swing*." Afastando um passo de minha mesa, ele fez um triângulo com os braços e os ombros. Um canhoto pequeno e compacto. "O segredo é o ritmo", explicou. "Ernie" — girou para trás com a palavra — "Els": descendo pela duração da sílaba veio o giro para baixo. "Viu? É fácil." Rivera, que estava comprando um *lob wedge*,* me levou a um centro de golfe na Union Square. Ali, naquele lugar próprio para a prática, uma série graduada de ferros reluzentes repousava em um suporte. "Bate numa bola", disse Rivera, me empurrando para dentro de uma gruta feita de redes. Um troglodita, suinguei duas vezes e errei as duas.

Mas o bicho dos esportes me mordera, e no entardecer de um dia em abril, quando me curvei para pôr uma caixa de documentos no porta-malas de um táxi, notei um taco de críquete ajeitado perto do estepe. Parecia uma miragem, e estupidamente perguntei ao motorista, "Isso aí é um taco de

---

* O taco de golfe de ângulo mais aberto de todos. (N. do T.)

críquete?". Enquanto dirigia, o taxista — meu futuro colega de time, Umar — me contou que jogava toda semana por uma equipe de Staten Island. Seu olhar enquadrou no retrovisor. "Está interessado em jogar?" "Pode ser", eu disse. "Claro." "Aparece no sábado", disse Umar. "Quem sabe dá pra encaixar você num jogo."

Memorizei a hora e o lugar sem nem ter cristalizado a intenção de ir. Então chegou a primeira manhã do fim de semana. Era um dia quente e luminoso, temperadamente europeu, e, caminhando junto às pereiras floridas da 19th Street, fui trespassado de uma nostalgia por dias de verão similares em minha juventude, dedicados, em toda oportunidade possível, ao críquete.

Pois o críquete é praticado na Holanda. Existem alguns milhares de criqueteiros holandeses, e eles tratam seu jogo com a seriedade e organização que caracterizam tudo que tem a ver com esporte no país. O estrato social conservador e ligeiramente presunçoso em que fui criado aprecia particularmente o críquete, e seus praticantes são uma espécie de fantasmas de um passado anglófilo: eu venho de Haia, onde o esnobismo burguês holandês e o críquete holandês, não sem relação um com o outro, concentram-se mais intensamente. Nós — isto é, minha mãe e eu — morávamos em uma casa geminada na Tortellaan, uma rua calma perto da Sportlaan. De Houtrust, onde se localizava um rinque de patinação coberto e onde segurei pela primeira vez com fervor romântico a mão de uma garota (não no gelo, mas na lanchonete, onde as crianças se juntavam para gastar seus trocados em cones de *frites met mayonnaise*), a Sportlaan seguia na direção sul até as dunas e hotéis à beira-mar de Kijkduin. Conduzia também, com algum exercício de imaginação, a Paris: houve um ano em que os ciclistas curvados de roupas coloridas do Tour de France passaram chispando como uma fantasia de araras pedalantes. No fim da Sportlaan ficavam os bosques chamados Bosjes van Pex, e ali entre as árvores era a sede de um venerável clube de futebol e críquete, o Houdt Braef Standt — HBS. Entrei para o HBS com a idade de sete anos, comparecendo ansiosamente à entrevista de sócio com minha mãe. Não tenho certeza sobre o que se esperava desses encontros, mas em todo caso não havia motivo para me preocupar. Quando a reunião terminou os membros da comissão apertaram minha mão com ar muito solene e disseram, "Bem-vindo ao HBS". Fiquei empolgado. Eu era pequeno demais para me dar conta de que todos haviam conhecido meu pai, membro do clube por quase quarenta anos, e que devia ser motivo de grande satisfação para eles tomar o filho dele sob suas asas. Pois assim funcionavam esses clubes esportivos: eles acolhiam dúzias de garotos quase como filhotes recém-chocados e dedicavam-lhes cuidados e empenho paternais por anos, mesmo quando eram atleticamente um caso perdido. De setembro a abril joguei futebol, trajando com orgulho o uniforme de calções e camisa pretos do clube que comprei na loja de artigos esportivos da Fahrenheitstraat; e de maio a agosto joguei críquete. Adorava ambos os esportes igualmente; mas na flor da adolescência, o críquete reclamou a precedência. Jogávamos em *wickets* forrados com esteira de fibra de coco, e nossos *outfields*, utilizados também para jogos de inverno, eram pesados; mas aí terminava toda semelhança com o críquete americano.

O que me deu pontadas de saudade, ali parado na 19th Street duas décadas mais tarde, foi a lembrança dos maravilhosos passeios solitários de bicicleta em manhãs ensolaradas e tranquilas como aquela em Chelsea, através do brilho fragmentado dos bosques junto aos campos do HBS, minha bolsa Gray-Nicolls vermelha equilibrada no guidão, um suéter de lã pendurado em meus ombros. Camisas polo Lacoste, suéteres coloridos com decote em V, pesados sapatos de couro, meias Burlington com padrões de losangos, calças de veludo cotelê: eu e os homens que eu conhecia se vestiam desse jeito, mesmo na adolescência. Então veio uma segunda lembrança, de minha mãe me assistindo jogar. Ela tinha por hábito desdobrar uma cadeira portátil junto ao *sightscreen** oeste e ficar sentada ali

---

* Painéis colocados estrategicamente no campo de críquete para contrastar com a bola e auxiliar o rebatedor. (N. do T.)

por horas, corrigindo lições de casa e ocasionalmente erguendo o rosto para acompanhar o jogo. Embora sempre amistosa, raramente falava com os outros espectadores espalhados ao longo das tábuas caiadas de branco nos extremos do campo, que, dispostas de ponta a ponta, circundavam distantes o rebatedor e marcavam os limites de seu impermanente paraíso de *innings*. Seu *innings* pode terminar em um segundo, assim como uma vida diante da eternidade. Com o *out*, você se afasta arrastando os pés miseravelmente, descartado de maneira irrevogável para o limbo dos não participantes: o criqueteiro amador não desfruta, como é o caso do jogador de beisebol, da perspectiva dourada dos numerosos *at-bats*.* Você tem uma única chance, naquele fulgurante ponto central. Quando não estávamos nem interceptando nem rebatendo, eu e um ou dois colegas de time nos entregávamos à *rondje* — uma caminhada em torno do campo — fumando cigarros e cumprimentando diversos pais e partes interessadas. Minha mãe era conhecida independentemente por muitos meninos no clube porque eles eram seus alunos, atuais ou antigos.

"*Dag, mevrouw van den Broek. Alles goed?*"

"*Ja, dank je, Willem.*"

Éramos uns jovenzinhos cordiais, um pouco arrogantes, segundo nossa criação.

Minha carreira no críquete do HBS declinou quando passei a me dedicar aos estudos clássicos na Leiden University. Quando meu primeiro trabalho adulto, com a Shell Oil, me levou de volta a Haia, aos vinte e quatro anos, eu me afastara do clube. Não voltaria a jogar críquete senão anos depois, quando fui para Londres a fim de me tornar um analista no D—— Bank e entrei para o South Bank Cricket Club, cuja sede, na Turney Road, ficava perto de Herne Hill, no sul da cidade. Nos tapetes verdes maravilhosamente aparados de Surrey — o cheiro da grama cortada em maio provoca em

---

* No beisebol, ao contrário do críquete, a vez do jogador no taco ou bastão (o *at-bat*) também está relacionada, entre outras coisas, a um complicado cálculo de médias peculiar ao esporte. (N. do T.)

mim pontadas de tal emoção que ainda não ouso me deter sobre isso — nós nos batíamos galantemente pela vitória e tomávamos cerveja morna sentados nos degraus de antigos pavilhões de madeira. Certa vez, após um início de temporada não muito firme, agendei umas sessões particulares no Lord's. Um velho treinador com a compostura de um mordomo alimentava a máquina de bolas e entoava: "Boa jogada, senhor", cada vez que meu taco acertava uma das *long hops* e *half-volleys* que o dispositivo gentilmente cuspia.* Tudo muito agradável, inglês, encantador; mas parei depois de uma ou duas temporadas. Sem minha mãe assistindo, o críquete nunca mais foi a mesma coisa.

    Rachel apareceu em Turney Road uma vez. Veio caminhando através do verdor imaculado do campo de jogo. Meu time estava sem o taco, interceptando, e por uma hora ela permaneceu sentada solitariamente no gramado. Dava para sentir seu tédio a cem metros de distância. Entre um *innings* e outro, quando as equipes tomavam chá e comiam bolos e sanduíches, fui até lá. Levei-lhe uma xícara de chá e me sentei a seu lado, não muito à vontade por me separar do grupo de jogadores perfilados na mesa principal. "Sanduíche?", eu disse, oferecendo-lhe um dos meus, um troço de queijo colado que só um jogador faminto teria coragem de engolir. Ela abanou a cabeça. "Como você aguenta?", deixou escapar. "Esse tempo todo parado ali de pé." Sorri com ar culpado. Sem querer estragar minha tarde, ela disse, "Mas você fica muito bem com esse boné". Foi sua única tentativa no papel de espectadora.

    Para minha surpresa, minha mãe continuou assistindo aos jogos no HBS mesmo depois que eu parei de jogar. Jamais ocorrera a seu filho que acompanhar seu progresso talvez nunca houvesse sido seu principal objetivo. Embora confortável no clube, minha mãe nunca descobriu o talento para a jovialidade que animava tantos dos frequentadores mais velhos, para quem o lugar era um lar longe do lar. A sede, com suas mesas

---

* *Long hop*: uma bola lenta, fácil de rebater; *half-volley*: no críquete, assim como no tênis, bola rebatida imediatamente depois de pingar. (N. do T.)

de bilhar e *borreltjes*,* não era para ela. Quando o jogo se aproximava do final, ela dobrava a cadeira e rumava direto para o estacionamento, sorrindo para os inúmeros rostos conhecidos que via. Só hoje sei apreciar de fato como para ela, também, devia ser balsâmico acompanhar as jogadas e sons e ritmos de um dia inteiro no críquete, em que o tempo é vagarosamente mensurado pela batida da bola contra o taco, e somente hoje me pergunto que pensamentos ocupavam sua mente conforme ficava ali sentada com um cobertor vermelho sobre os joelhos, às vezes das onze da manhã até as seis ou sete da noite. Ela era uma esfinge sobre essas coisas. Quando falava a respeito de meu pai, era apenas para mencionar um ou dois fatos sem grande importância — como o emprego dele no Ministério da Aeronáutica o entediava; como gostava de comer arenque cru, coberto de cebola e segurando-o verticalmente sobre a boca, em Scheveningen; como adorava Cassius Clay. Meu pai, Marcel van den Broek, era significativamente mais velho que minha mãe. Ela estava com trinta e três quando se casaram, em 1966, e ele, com quarenta e três. Em janeiro de 1970, meu pai estava no banco do passageiro de um carro viajando perto de Breda, no sul do país. Houve um acidente e ele saiu voando pelo para-brisa. Foi assim que morreu. Eu ainda não tinha dois anos.

 Então fui direto da 19th Street para o depósito nos píeres de Chelsea, onde nossa mobília do loft ficara guardada, e vasculhei o lugar à procura do equipamento de críquete que trouxera comigo da Europa e que jamais me ocorrera nem jogar fora, nem usar. O baú Duncan Fearnley estava em um canto, no fundo. Os fechos abriram com um estalo, liberando aquele pungente odor de marmelada dos utensílios de críquete guardados. Estava tudo ali, o velho conjunto: as estofadas caneleiras Slazenger Viv Richards com o enchimento vazando pelas costuras; as luvas de rebatedor escuras de suor com seus dedos grossos; meias brancas sem lavar; um nada erótico suporte atlético; e meu suéter da HBS, roído por traças e enco-

---

* Bebedeiras de gim. (N. do T.)

lhido, com o V vermelho entre dois Vs pretos no colarinho e, acima do coração, dois carrapatos pretos simbolizando corvos. Puxei meu velho taco. Estava mais rachado do que eu lembrava. As marcas de bolas de críquete havia muito rebatidas ainda avermelhavam sua madeira. Segurei o cabo gasto forrado de borracha com as duas mãos e me curvei numa posição de jogador. Vendo uma rápida *half-volley* aterrissar perto de uns livros encaixotados, dei uma larga passada com o pé esquerdo na direção do lançamento e fiz uma rebatida imaginária.

Olhei o relógio. Não estava muito tarde para pegar um táxi até Staten Island.

Quando cheguei em Walker Park, achei que estava no lugar errado. Não parecia haver espaço, na área gramada visível desde a Bard Avenue, para jogar críquete; então vi a faixa de rebatida rosa-alaranjada e percebi, para minha consternação, que devia ser ali mesmo.

Eu cometera o equívoco de ser pontual. A não ser por dois sujeitos no meio do campo, que passavam um rolo compressor manual na faixa — durante a semana, os moradores negligentemente revolviam a argila —, não havia ninguém por perto. Esperei na sede do clube em um estado de esmorecimento. Uma hora depois da hora combinada, mais alguns jogadores de Staten Island apareceram. Umar, meu único contato, não estava entre eles. A portinhola de ferro para o porão foi aberta e de lá trouxeram cadeiras de plástico, duas mesas e, dramaticamente, a esteira de fibra de coco de vinte e três metros, enrolada num imenso e inchado cilindro como um charuto. Seis homens carregaram a esteira até o centro, deixando-a no alto sobre tocos de árvore. O time de fora chegou de repente, carregando consigo aquela aura agourenta que sempre cerca os oponentes antes de um jogo. Decidi ir até os jogadores da casa que martelavam pinos nos ilhós da borda da esteira. "Umar me convidou pra vir aqui", anunciei. Houve uma discussão breve entre os mais velhos. "Fala com o capitão", disse um deles, indicando com um gesto que eu voltasse ao prédio da sede.

O capitão, confuso com minha presença, me disse para esperar um pouco. Agora alguns dos jogadores estavam de branco e faziam aquecimento, apanhando bolas. A maior parte do time da casa parecia formada de indianos. Falavam um inglês tosco, aos meus ouvidos quase incompreensível, que tomei por uma língua estranha para eles. Não foi senão mais tarde que compreendi que eram caribenhos, não asiáticos, e a conversa — um espinhoso dialeto de atalhos gramaticais e expressões preciosas que eu nunca tinha ouvido antes — transcorria em sua língua primeira e única.

Após algumas consultas aos sussurros entre o capitão e um ou dois dos demais, sugeriram que eu voltasse em alguma outra semana para jogar uma partida amistosa; foi o que fiz. Continuei a jogar pelo restante do verão. Como minha disponibilidade coincidia com o ciclo de jogos fora, de quinze em quinze dias eu me achava indo de táxi para o Queens ou o Brooklyn ou pegando uma carona com os colegas de time para destinos mais distantes. Marcávamos algum ponto de encontro na Canal Street ou em Jersey City. O micro-ônibus parava e uma mão surgia pela janela do passageiro, oferecendo-se para o tapa camarada. "E aê, Hans, meu bróder?" "Fala, Joey. Opa, Salim — valeu a carona." "Não esquenta, cara, não esquenta." Eu me espremia junto com os colegas de time. Ninguém se queixava: já então eu ocupava a lacuna que os grupos de homens reservam ao sujeito bonachão e reservado. Com o incansável fundo sonoro metálico da música *chutney* e suas exortações animadas, rodávamos para Nova Jersey, Filadélfia, Long Island. Sentávamo-nos na van quase em silêncio, absortos na melancolia contemplativa que aflige os competidores quando consideram, ou tentam afastar de suas mentes, o drama que os aguarda. O assunto das conversas, se de fato conversávamos, era críquete. Não havia mais sobre o que falar. A outra parte de nossas vidas — trabalhos, filhos, esposas, preocupações — ficava para trás como cascas secas, resultando apenas nesse fatídico fruto desportivo. Mulheres raramente estavam presentes. Seu momento chegava no Dia da Família, passado em Walker Park em um sábado de agosto. O Dia da Família era o momento de os homens compensarem, numa risível barganha, as mães e crianças que haviam sofrido com suas ausências durante a temporada de jogos. Os homens cozinhavam — espalhafatosamente, em enormes churrasqueiras portáteis — e as esposas, com uma afabilidade comovente, disputavam um caótico jogo de críquete com os pequenos. Havia corridas e cachorros-quentes e pratos de papel cheios de galinha ao curry e *dal puri*. Todos voltavam para casa com um troféu.

No mundo do críquete adulto, fiquei surpreso comigo mesmo. Aos trinta e quatro anos, sofrendo cada vez mais de dores lombares, descobri que ainda era capaz de lançar a bola na luva do *wicket-keeper* com um arremesso plano de quarenta metros, ainda era capaz de me posicionar sob uma *skyer* e apanhar a bola, ainda era capaz de correr e lançar *outswingers* a uma velocidade mediana.* Eu também ainda seria capaz de rebater uma bola de críquete; mas a chama de couro rolante, freada pela relva alta, quase sempre era rapidamente eliminada. O júbilo de rebater me era assim negado.

Claro que eu era livre para fazer alguns ajustes. Nada, em princípio, me impedia de mudar meu jogo, de me aprimorar nas *cow-shots*** e pancadas violentas elevadas em que tantos de meus colegas se especializaram. Mas para eles, eu sentia, era diferente. Haviam crescido praticando o jogo em estacionamentos com luz artificial em Lahore ou em clareiras agrestes em alguma parte rural de uma ilha caribenha. Eles podiam, e o faziam, modificar seu estilo de rebater sem sofrer uma comoção espiritual. Eu não. Para ser mais exato, eu não ia mudar — o que era pouco característico de minha parte. Ao chegar à América (eu havia feito isso de bom grado, embora não originalmente em meu próprio interesse: foi Rachel quem se candidatou a trabalhar no escritório recém-inaugurado de

---

* Respectivamente: *wicket-keeper*, jogador que fica atrás do *wicket* para receber a bola; *skyer* (também *skier*), bola que é rebatida muito alto e na vertical; *outswinger*, bola lançada com a costura na vertical e um dedo de cada lado da costura, para alcançar determinado efeito. (N. do T.)

** Tipo de rebatida considerada relativamente eficaz mas deselegante, visando uma área do campo (*cow corner*) onde não há interceptadores (e onde portanto poderia haver vacas, *cow*, pastando). (N. do T.)

sua firma em Nova York e eu que tive de procurar outro emprego), eu adotara avidamente novos hábitos e maneirismos em detrimento dos antigos. Muito pouca falta eu sentia, na fluidez de minha nova pátria, de meu antigo continente coagulado. Mas a reinvenção de si mesmo tem seus limites; e meu limite foi atingido na peculiar questão da rebatida. Eu teimosamente continuava a rebater como sempre fizera, mesmo que isso significasse o fim dos *runs* assinalados.

Algumas pessoas não têm dificuldade em se identificar com suas encarnações mais jovens: Rachel, por exemplo, se refere a episódios de sua infância ou dos dias de estudante como se houvessem ocorrido naquele mesmo dia de manhã. Eu, contudo, pareço me inclinar pelo autoestranhamento. Acho difícil congregar unicidade com aqueles antigos eus cujos acidentes e diligências moldaram o que hoje eu sou. O menino do Gymnasium Haganum; o estudante de Leiden; o estagiário sem noção da Shell; o analista em Londres; até mesmo o executivo de trinta anos que viajou para Nova York com a empolgada jovem esposa: minha sensação natural é de que todos se desvaneceram, foram incidentalmente interrompidos. Mas ainda penso, e receio que sempre pensarei, em mim mesmo como o rapaz que cruzou cem *runs* em Amstelveen com uma sequência de *cuts*, que interceptou uma bola dando um peixinho no segundo *slip* em Roterdã, que deu a sorte de um *hat trick* no Haagse Cricket Club.* Esses e outros momentos do críquete estão gravados a ferro e fogo em minha mente como lembranças sexuais, para sempre disponíveis e capazes, durante as longas noites solitárias no hotel, quando buscava refúgio dos sentimentos mais tristes, de me manter acordado enquanto os revivia na cama e impotentemente pranteava a misteriosa promessa que guardavam. A autotransformação necessária para vencer o estilo americano de ser, esse negócio mais para o beisebol de força bruta e porrada, implicava mais do que o tri-

---

* Respectivamente: *cut*: efeito em que a bola sai girando; *slip*: refere-se às linhas de interceptadores (*slip cordon*) postadas atrás do rebatedor; *hat trick*: acertar três *wickets* em três bolas consecutivas (o jogador é chamado então de *hat-tricker*). (N. do T.)

vial abandono de uma técnica de bater na bola às duras penas adquirida. Significava cortar o tênue fio branco que me ligava, através dos incontáveis anos, ao meu próprio acalentado eu.

Cruzei com Chuck outra vez por acidente. No fim do verão, um amigo meu de uma roda de pôquer da qual eu participara brevemente, um crítico gastronômico chamado Vinay, sugeriu que talvez eu achasse divertido me juntar a ele em suas incursões noturnas por material. Vinay assinava uma coluna de revista sobre os restaurantes nova-iorquinos, mais especificamente, restaurantes baratos e pouco conhecidos: uma tarefa enervante que o submetia a uma rotina massacrante de comer e escrever, comer e escrever, impossível, para ele, de encarar sozinho. Para Vinay, não tinha importância que eu não entendesse bulhufas de comida. "Foda-se, velho", ele dizia. Vinay era de Bangalore. "É só colar na minha pra eu não pirar. Se a gente comer uma porra de queijo gouda, você me dá sua opinião. Senão, é só comer e aproveitar. Tudo pago." Assim, de tempos em tempos eu o acompanhava a lugares em Chinatown, Harlem, Alphabet City, Hell's Kitchen ou, se ele estivesse realmente desesperado e apto a superar sua ojeriza de bairros mais distantes, Astoria, Fort Greene e Cobble Hill. Vinay era infeliz com seu campo de atuação. Ele acreditava que devia estar escrevendo sobre os grandes chefs dos grandes restaurantes, ou educando o público sobre safras de vinho ou — sua obsessão — uísques puro malte. "Eu costumava odiar uísque", me contou. "Meu pai e os amigos dele bebiam o tempo todo. Mas daí eu descobri que eles não estavam bebendo uísque de verdade. Eles estavam bebendo uísque indiano — parece uísque. McDowell's, Peter Scot, umas coisas que tinham gosto quase de rum. Quando conheci o *Scotch* — foi aí que comecei a entender o que essa bebida significava." Vinay achava detestável lidar com os donos e cozinheiros dessas bibocas, imigrantes que em geral falavam pouco inglês e não viam nenhum motivo particular para perder tempo conversando com ele. Além do mais, a mera variedade de comida o deixava irritado. "Uma noite é cantonês, depois georgiano, depois indonésio, depois sírio. De repente essa baclava pode até ser do caralho, na minha opinião, mas que porra isso quer dizer? Como é que vou saber com certeza?" Porém, quando escrevia, Vinay deixava transparecer uma segurança e um conhecimento absolutos. À medida que eu repetidamente o acompanhava e começava a compreender a ignorância, as contradições e as dificuldades de língua com que ele tinha de se bater, e suas duvidosas fontes de informação e a história e obscuridade aparentemente insondáveis de onde os pratos nova-iorquinos emergiam, mais profundas eram minhas suspeitas de que seu trabalho consistia no fim das contas em fabricar ou perpetuar e em todo caso pôr em circulação juízos falsos sobre seu tema e desse modo contribuir para a infindável perplexidade do mundo.

Pressentimentos similares, devo dizer, haviam começado a contaminar meus próprios esforços no trabalho. Esses esforços exigiam de mim, sentado em minha mesa no vigésimo segundo andar de uma torre de vidro, que expressasse opiniões confiáveis sobre a valorização corrente e futura de determinadas ações de petróleo e gás. Se um importante novo insight me ocorria, eu o transmitia para a equipe de vendas na preleção matinal, pouco antes da abertura dos mercados, às oito. Eu ficava diante de um microfone em um canto no andar do comercial e fazia uma ímpia homilia de um minuto de duração para uma congregação desconfiada espalhada entre telas de computador. Depois da preleção, passava mais meia hora no comercial explicando os pormenores.

"Hans, essa joint venture do Gabão é à prova de furo?"

"Pode ser."

Sorrisinhos de todos os lados com a piada. "Quem é o CEO por lá? Johnson?"

"Johnson está na Apache, agora. Frank Tomlinson é o novo cara. Ele era da Total. Mas o diretor financeiro ainda é o mesmo cara, Sanchez."

"Tá. Que tipo de custos de desenvolvimento a gente tem aqui?"

"Cinco dólares o barril, no máximo."

"Como eles vão chegar nisso?"

"A estrutura tributária é boa. Além disso eles estão pagando um royalty de dois paus, só."

"É, bom, preciso duma conversa melhor."

"Talvez você queira tentar a Fidelity. Estive lá na segunda. Conta pra eles alguma coisa sobre uma tecnologia de perfuração horizontal inovadora. Essa é uma conversa totalmente outra, aliás — Delta Geoservices. A Karen tem os detalhes."

Algum outro, "Com a Karen eu entro em detalhes de perfuração horizontal o dia inteiro, todo dia".

"Então o que você tá dizendo, é Dutch ou Double Dutch?"*

Sorri. "Tô dizendo que é Double Dutch." Para meu desmedido crédito, esse slogan informal meu — *Dutch* descrevia uma recomendação comum, *Double Dutch* uma recomendação muito enfática — havia entrado no linguajar corrente do banco e, de lá, para certas partes do ramo.

Eu gostava de meus colegas e os respeitava: a mera visão deles — os homens escanhoados e prodigamente roliços na cintura, onde crachás de identificação e aparelhinhos de comunicação se juntavam em cachos, as mulheres em recatados tailleurs, todos eles carregando seus fardos o melhor que podiam — era capaz de me encher de alegria. Mas no outono de 2002, até meu trabalho, o maior dos potes e panelas que eu pusera sob o teto gotejante de minha vida, havia se tornado pequeno demais para conter minha infelicidade. Ele forçosamente se impunha diante de mim como uma farsa, o negócio interminável de desovar relatórios de pesquisa, de bombardear os clientes pelo voicemail à noite com meus mais recentes pensamentos sobre a ExxonMobil ou ConocoPhillips, de ouvir executivos do petróleo dourando o desempenho corporativo em jargão surrado, de entrar num avião antes do sol nascer para me reunir com investidores em cidades de merda no

---

* Duplo Holandês: pular corda usando duas cordas. (N. do T.)

meio dos Estados Unidos, das querelas sobre a classificação dos analistas, do estresse de cuidar constantemente de minha popularidade e imagem de competência. Eu me sentia como Vinay, cozinhando mitos com restos e cascas dos fatos. Quando, em outubro, minha classificação na *II* continuou inalterada no número quatro, minha reação particular foi quase de ressentimento.

Certa sexta-feira desse mês, encontrei Vinay de mau humor. Pediram, explicou-me, que escrevesse uma matéria sobre lugares onde os taxistas comiam. A teoria, aparentemente, era de que aqui você tinha uma classe de homens familiarizados com comidas estrangeiras que exerciam suas escolhas a partir de uma vasta seleção de estabelecimentos e não tinham qualquer compromisso com o empreendimento gastronômico burguês: homens supostamente impelidos por anseios primitivos genuínos, homens famintos por um sabor autêntico da terra natal e da comidinha materna, homens que iriam, em resumo, conduzir a pessoa à assim chamada coisa real. Claro, eu não podia deixar de achar isso uma tolice, essa teoria da realidade. As objeções de Vinay eram de um caráter mais estreito. "Motoristas de táxi?", disse. "Você já ouviu algum desses caras expressar qualquer opinião que não fosse pura merda? Falei pro meu editor, Cara, eu vim da Índia, caralho. Acha que lá na Índia a gente pega alguma porra de dica com motorista de táxi? Daí eu tipo" — Vinay soltou uma risada furiosa — "Olhaí, Mark, o nome não é Vinnie, certo? É Vinay". Vinay cedeu, como se fazia mister, e tomamos um táxi dirigido por um sujeito de Dhaka que estava preparado para nos levar a um lugar de que gostava. Esse exercício foi repetido com diversos motoristas de táxi. A gente olhava o menu, comia um punhado de coisas e voltava a sair para outra jornada errática. Não demorou para que a noite assumisse o caráter de uma sopa negra maligna, experimentada em algum ponto do incerto itinerário, cujos ingredientes minúsculos, gordurosos, subiam de forma nauseabunda à superfície antes de afundar outra vez nas profundezas escuras de uma colherada. Pouco antes da meia-noite um chofer nos levou à

Lexington com a vinte-e-alguma-coisa e, sem dizer palavra, estacionou em mais outro agrupamento de carros amarelos em fila dupla.

"Este é o último, Vinay", adverti.

Entramos no restaurante. Havia um balcão de bufê, uma disposição deliberadamente casual de cadeiras, mesas e geladeiras, e fotografias violentamente coloridas em molduras penduradas nas paredes: crianças de escola, sentadas sob uma árvore, tendo aula com um professor que apontava para um quadro-negro; um idílio em que uma donzela de cabelos longos se aboletava em um balanço; uma cidade no Paquistão à noite. Nos fundos havia mais uma área de jantar onde os homens, comendo em silêncio, olhavam fixamente para uma tela de televisão. Quase todos os fregueses eram sul-asiáticos. "Olhe o que estão comendo", disse Vinay em desespero. "Naan com legumes. O patamar desses caras é três dólares." Enquanto Vinay examinava o cardápio, continuei andando para dar uma olhada na tevê. Para minha perplexidade — nunca vira uma coisa dessas na América — passava uma partida de críquete: Paquistão contra Nova Zelândia, transmitido ao vivo de Lahore. Shoaib Akhtar, mais conhecido como o Expresso de Rawalpindi, arremessava com toda força para o capitão da Nova Zelândia, Stephen Fleming. Sentei extático na cadeira.

Momentos mais tarde, senti um tapinha no ombro. Levou um segundo para reconhecer Chuck Ramkissoon.

"Ei, como vai, meu chapa", ele disse. "Junte-se a nós." Mostrou-me uma mesa ocupada por um negro vestindo uma camisa de supermercado estampada com o endereço de onde trabalhava e seu nome, Roy McGarrell. Aceitei o convite de Chuck, e Vinay veio nos fazer companhia, carregando uma bandeja com gajrala e karahi de frango.

Insisti com Chuck e Roy que comessem também. "O Vinay aqui é pago pra comer esse negócio. É um favor que vocês fazem."

Acontecia de Roy, como Chuck, ser de Trinidad. "Callaloo", observou Vinay, distraidamente, e Roy e Chuck começaram a dar risadinhas, deliciados. "Você conhece callaloo?", disse Roy. Virando para mim, ele comentou, "Callaloo é a folha do taro. Você não acha taro fácil por aqui".

"Que tal o mercado na Flatbush com a Church?", disse Chuck. "Lá você encontra."

"Bom, pode ser", concedeu Roy. "Mas se você não consegue a verdura de verdade, dá pra fazer com espinafre. Você põe no leite de coco: grelha bem fino a polpa do coco e espreme até sair o sumo. Depois acrescenta um pimentão verde inteiro — só vai ficar picante se você esmagar —, tomilho, cebolinha, alho, cebola. Normalmente a gente usa pra temperar o siri-azul; tem gente que põe no escabeche de rabo de porco. Você põe pra cozinhar e pega um mexedor de coquetel e mexe até a folha sumir num molho grosso, tipo um molho de tomate. Esse é o jeito que a gente fazia antes; hoje todo mundo joga no liquidificador. Usa no peixe ensopado — no papa-terra, no carite: mmm-hmm. Também fica bom com inhame, batata-doce. Pastelzinho no vapor."

Chuck disse para Vinay, "Ele não tá falando do pastelzinho chinês".

"Nosso pastelzinho é diferente", disse Roy. "O pastelzinho chinês é macio. A gente faz ele duro."

"Callaloo", disse Chuck, nostálgico.

"A gente costumava comer isso em Maracas Bay", falou Roy. "Ou em Las Cuevas. Em Maracas o mar é bravo mas a praia é mais frequentada. Em Las Cuevas o mar é calmo. Na época da Páscoa? Meu Deus, como enche. Às vezes as pessoas andam por milhas nas montanhas pra chegar lá. Você passa o domingo e a segunda de Páscoa na praia. Faz sua mala com ingredientes separados. Leva seu refresco — a gente chama refrigerante de refresco — e põe as malas no carro e todo mundo leva roupa de banho, e vai para a praia e passa o dia todo comendo, entrando no mar. Ai, puxa!" Estremeceu de prazer.

"Quase me afoguei em Maracas uma vez", disse Chuck.

"Tem uma corrente de retorno que é um perigo", disse Roy.

Chuck estendeu um cartão para Vinay. "Quem sabe você aparece no meu restaurante qualquer hora."

Vinay examinou o cartão. "Sushi kosher?"

"É o que a gente serve", disse Chuck, orgulhoso. Curvou-se para apontar o cartão. "A gente fica aqui — Avenue Q e Coney Island."

"O movimento é bom?", perguntei.

"Muito bom", ele disse. "A gente fornece comida pros judeus da nossa região. Uma comunidade de muitos milhares, todos praticantes." Chuck me estendeu um cartão, também. "Tenho um sócio judeu que é da confiança do rabino. As coisas ficam bem mais fáceis. Mas vou dizer uma coisa pra vocês, conseguir o certificado kosher é um trabalho duro. É mais difícil do que no ramo farmacêutico, eu sempre digo. Você não acredita no tipo de problema que aparece. No começo deste ano a gente teve um problema com cavalo-marinho."

"Cavalo-marinho?", falei.

Chuck disse, "Sabe como eles examinam o nori, aquela folha de algas que se usa pra enrolar o sushi? Põem numa mesa de luz, como se fosse um raio X. E descobriram uma infestação de cavalo-marinho no nori do nosso fornecedor. E cavalo-marinho não é kosher. Camarão também não, nem enguia, nem polvo, nem lula. Só peixe com escama e barbatana é kosher. Mas nem todo peixe que tem barbatana tem escama", acrescentou Chuck. "E às vezes o que você acha que é escama na verdade é protuberância óssea. Protuberância óssea não dá pra chamar de escama. Não senhor." Roy e eu demos uma gargalhada com isso. "O que sobra? Halibute, salmão, vermelho, cavala, mahi-mahi, atum — mas só alguns tipos de atum. Quais? Albacora, *skipjack*, *yellowfin*."

Chuck não dava sinal de que pararia por ali. Acreditava nos fatos, em sua grandiosidade e fascínio. Não tinha outra opção, claro: quem iria dar ouvidos a uma mera opinião vinda da parte dele?

"E ovas de peixe, então?", disse, se exibindo. "Ovas de peixe kosher em geral têm formato diferente de não kosher. Além disso, costumam ser vermelhas, enquanto as de peixe não kosher são pretas. E ainda tem os problemas com arroz, com o vinagre. O vinagre que a gente usa no sushi muitas vezes tem ingredientes não kosher, ou é preparado por um processo não kosher. Tem problemas com vermes na carne do peixe, com os utensílios, com a armazenagem, com o jeito de cortar, com o congelamento, com os molhos, com os caldos e óleos que você usa pra guardar o peixe. Cada aspecto do processo é problemático. É um negócio muito difícil, podem acreditar. Mas essa é minha grande chance, sabem. Não ligo pras complicações. Pra mim, a complicação representa uma oportunidade. Quanto mais uma coisa é complicada, mais os potenciais competidores são desencorajados."

"Quer dizer então que você é do ramo dos restaurantes", eu disse, movendo minha cadeira para deixar passar dois sujeitos de barba e turbante que haviam se levantado para realizar fosse lá que labuta noturna os aguardasse.

"Sou do ramo dos negócios", especificou melhor Chuck, cordial. "Tenho vários negócios. E você, faz o quê?"

"Trabalho num banco. Sou analista de investimentos."

"Que banco?", perguntou Chuck, enchendo a boca com o frango de Vinay. Quando lhe contei, declarou, implausivelmente, "Tenho umas ações com o M——. Que fundos você analisa?".

Contei para ele, de olho na tevê: Fleming acabava de assinalar quatro *runs* mandando a bola por cima do *cover** de Akhtar, e um gemido de raiva misturada com apreciação soou no restaurante.

"Você acha que sobrou muita coisa na tendência de consolidação?"

Virei para lhe dedicar minha atenção. Em anos recentes, meu setor assistira a uma enxurrada de fusões e aquisições. Era um fenômeno bem conhecido; entretanto, o teor das perguntas de Chuck era exatamente o dos gerentes de fundos que me consultavam. "Acho que a tendência está no lugar", disse, brindando-o com uma expressão malandra de profissional.

---

* Uma das inúmeras posições de interceptação. (N. do T.)

"E antes do M—— você trabalhava onde?", disse Chuck. Ele era jovialmente curioso.

De repente eu estava lhe contando sobre meus anos em Haia e Londres.

"Me dá seu e-mail", disse Chuck Ramkissoon. "Tenho uma oportunidade de negócio que pode te interessar."

Ele me estendeu um segundo cartão. Nele estava escrito:

CHUCK CRICKET, INC.
Chuck Ramkissoon, Presidente

Disse, enquanto eu escrevia meus próprios dados, "Comecei um negócio com críquete. Aqui mesmo na cidade".

Evidentemente alguma coisa transpareceu em minha expressão, porque Chuck disse, com ar benevolente: "Viu? Você não acredita em mim. Você acha que não é possível."

"Que tipo de negócio?"

"Não dá pra dizer mais nada." Estava de olho nas pessoas em volta da gente. "Estamos num estágio muito delicado. Meus investidores não iam gostar nem um pouco. Mas se você estiver interessado, talvez eu possa usar seu conhecimento. A gente precisa levantar um bom dinheiro. Fundo mezanino? Sabe o que é fundo mezanino?" Demorou-se na expressão exótica.

Vinay havia ficado de pé para ir embora, e eu também levantei.

"Até mais", eu disse, espelhando a mão erguida de Roy.

"A gente se fala", disse Chuck.

Saímos para a noite. "Que filho da puta maluco do caralho", disse Vinay.

Depois de uma semana ou algo assim, recebi um envelope almofadado em meu escritório. Quando abri o envelope, caiu um cartão-postal.

Caro Hans,
 Sabia que você é um membro da primeira tribo de Nova York, tirando é claro os pele-vermelhas? Aqui tem uma coisa de que talvez você goste.
 Abraço,
 Chuck Ramkissoon

 Incomodado pelo excesso de atenção, enfiei o envelope de volta na minha pasta sem maiores exames.
 Alguns dias depois, tomei o Maple Leaf Express, com destino a Toronto, para Albany, onde um grupo de investidores aguardava. Era uma manhã pardacenta de novembro. A chuva salpicava minha janela conforme seguíamos pelos túneis e gargantas através dos quais os trens de Penn Station secretamente driblam o West Side. No Harlem, o Hudson, correndo paralelo ao trilho, ficou visível. Eu já havia feito aquela viagem em outra ocasião, porém voltava a me surpreender com a existência desse panorama aquático, que em uma manhã toldada como aquela tinha o efeito, assim que passávamos sob a ponte George Washington, de supressão dos séculos. A margem oposta do rio era uma área bravia de florestas. Nuvens roçando os picos das colinas confundiam todo senso de perspectiva, de modo que me parecia ver montanhas distantes e fabulosamente altas. Peguei no sono. Quando acordei, o rio havia se transformado em um lago gris indefinido. Três cisnes na água eram brancos como fósforo. Então a ponte de Tappan Zee surgiu desgraciosamente em meio à névoa e logo em seguida a margem oposta reapareceu e o Hudson mais uma vez voltava a ser ele mesmo. Tarrytown, um mar de estacionamentos e campos de beisebol, veio e foi. O vale deslizou outra vez na eternidade. À medida que surgia a luz matinal, as sombras púrpura e bronze das árvores ficavam mais distintas na água. O rio pardacento, agora quase imóvel, reluzia aqui e ali, como se pneus prateados imensos houvessem derrapado nesses pontos. Logo percorríamos o interior, entre árvores. Fitei com desconforto suas profundezas. Talvez por ter sido criado nos Países Baixos, onde as árvores crescem em

calçadas ou em bosquedos domesticados, bastava olhar para as florestas de Nova York para começar a me sentir perdido dentro delas. Percorri de carro o interior do estado inúmeras vezes com Rachel e associo fortemente essas viagens à fauna cujos corpos avistara pela estrada em grande número: gambás, veados e roedores enormes e indecifráveis que não eram encontrados na Europa. (E à noite, quando sentávamos em alguma varanda, mariposas gigantes e outros repulsivos seres alados juntavam-se numa massa espessa contra a tela, enquanto minha esposa inglesa e eu nos encolhíamos dentro da casa de espanto e medo...) Meus pensamentos retrocederam para uma viagem de trem que fizera muitas vezes, em meus dias de estudante, entre Leiden e Haia. O intermunicipal amarelo corria pelos campos cruzados por canais, maçantes como papel milimetrado. Sempre se via evidenciadas as minúsculas casas de tijolos com que as incontinentes municipalidades locais, Voorschoten, Leidschendam, Rijswijk, Zoetermeer, cobriam os espaços rurais cercando Haia. Aqui, no primeiro vale americano, era o fenômeno contrário: andava-se por milhas sem a visão de uma única casa. A floresta, preenchida por troncos esguios e grossos numa luta silenciosa por luz e terra, seguia famintamente em frente. Então, observando pela janela, meu olho se fixou em algo rosado. Retesei-me no banco e olhei melhor.

    Eu avistara um homem branco seminu. Sozinho. Andando em meio às árvores e apenas de cueca. Mas por quê? O que estava fazendo? Por que não estava usando roupa? Um horror tomou conta de mim, e por um momento receei ter tido uma alucinação, e me virei para os outros passageiros à procura de algum indício que pudesse confirmar o que havia visto. Não vi indício algum.

    Fiquei aliviado, então, com o surgimento, pouco depois, de Poughkeepsie. Eu visitara a cidade, com seu nome alegre que lembra um grito numa brincadeira de crianças — Puukip-szii! —, pela primeira vez nesse verão. Em seus bucólicos arrabaldes uma colônia de jamaicanos mantinha um campo de críquete na verdejante encosta de uma colina. Era o único terreno particular onde a gente jogava, e o mais ao norte que viajava. A viagem valia a pena. A pista de rebatida de cimento era meio pula-pula demais, mas ao menos era de verdade; havia uma arquibancada instável de quatro fileiras cheia de espectadores ruidosos; e um rústico galpão de madeira fazia as vezes de vestiário. Se você rebatesse a bola colina abaixo, ela ia aterrissar entre vacas, cabras, cavalos e galinhas. Depois do jogo — marcado por confrontos com a arbitragem, inevitavelmente —, todos os jogadores se dirigiam à sede do clube, no centro de Poughkeepsie. O prédio consistia de uma cabana com um pequeno bar. Placas bem à vista advertiam contra o uso de maconha. Mulheres locais apareciam com bandejas de frango e arroz. A gente comia e bebia calmamente, acompanhando meio de longe uma partida de dominó sendo disputada com a solenidade que muitas vezes marcava as relações sociais dos times de críquete caribenhos em nossa liga. Nossos anfitriões tinham orgulho de cuidar de nós, de oferecer para a gente um território que era deles naquele lugar remoto, e a gente ficava agradecido. O lindo campo desnivelado de críquete, a sede zelosamente arrumada — quanta energia pioneira entre eles!

Em algum lugar depois de Poughkeepsie abri minha pasta para dar uma olhada em documentos do trabalho. Saliente numa das divisões estava o presente de Chuck. Abri o envelope e puxei um livrinho. Intitulado *Canções infantis holandesas nos tempos coloniais*, o volume era uma reimpressão, feita pela Sociedade Holandesa de Nova York, do original de 1889 editado pela sra. E. P. Ferris. Virei as páginas com alguma curiosidade, pois não sabia quase nada sobre a antiga presença holandesa nos Estados Unidos. Havia uma canção em holandês sobre Molly Grietje, a esposa do Papai Noel, que fazia *koekjes* de ano-novo, e uma canção sobre Fort Orange, como Albany era chamada anteriormente. Havia um poema (em inglês) intitulado "A corrida de Natal: um incidente real de Rensselaerwyck". Rensselaerwyck era, eu presumia, exatamente o distrito pelo qual meu trem passava naquele momento. Estimulado pela coincidência, prestei a maior atenção ao poema. Ele celebrava uma corrida de cavalos sob "a lua natalina" em Wolvenhoeck, o cantinho dos lobos. Os donos dos cavalos eram um certo Phil Schuyler e um cavalheiro referido simplesmente como Mijnheer: *"Down to the riverbank, Mijnheer, his guests, and all the slaves / went trooping, while a war whoop came from all the Indian braves... / The slaves with their whale lanterns were passing to and fro, / Casting fantastic shadows on hills of ice and snow."** Além do poema havia hinos, *spinning songs*, canções de ninar, *churning songs* e *trotting songs* — cantigas para cantar enquanto você embala a criança a cavalinho no joelho — ao que parecia em uso por toda New Netherland, de Albany a Long Island e ao rio Delaware. Uma dessas canções cativou minha atenção:

> *Trip a trop a troontjes*
> *De varkens in de boontjes,*
> *De koetjes in de claver,*
> *De paarden in de haver,*
> *De eendjes in de water-plas,*
> *De kalf in de lange gras;*
> *So groot mijn kleine —— was!*

No espaço em branco, você cantava o nome do seu filho. Adaptando a melodia de são Nicolau que toda criança holandesa conhece avidamente (*Sinterklaas kapoentje / Gooi wat in mijn schoentje...*), cantarolei esse absurdo sobre porcos e feijões e vacas e trevo para meu filho distante, batendo com o joelho contra o lado inferior do cinzeiro abaixado conforme imaginava seu peso deliciado em minha coxa.

Na semana anterior, Jake e eu havíamos brincado no jardim de seus avós. Rastelei as folhas e fiz uma pilha e ele me ajudou a ensacá-las. Estavam secas e maravilhosamente leves. Esmaguei braçadas carregadas de folhas vermelhas, castanhas,

---

* Descendo pela margem do rio, Mijnheer, seus hóspedes e todos os escravos / avançaram num tropel, enquanto uma ululação de guerra vinha dos bravos índios... / Os escravos com suas lanternas de óleo de baleia passavam de cá pra lá, / Lançando sombras fantásticas nas colinas de gelo e neve. (N. do T.)

douradas no saco plástico; Jake apanhou uma única folha e a depositou ali dentro com cautela, impressionado. A certa altura, assumiu sua carranca de super-herói e investiu contra o outeiro de folhas. Pisoteando seu fogo inofensivo, esparramou-se corajosamente sobre elas. "'Uuk, 'uuk!", gritava, rolando nas folhas. Eu olhei, olhei e olhei. Cachos de seu cabelo amarelo saíam do capuz, caindo sobre as maçãs de seu rosto. Estava usando a jaqueta roxa acolchoada, calças cáqui térmicas com uma polegada de barra *tartan* dobrada para fora, suas botas azuis de zíper, o suéter azul com o barco branco e — eu sabia disso porque o vestira — a cueca cheia de trenzinhos, a camiseta vermelha que gostava de imaginar ser a camisa do Homem-Aranha e meias verdes Old Navy com letras emborrachadas nas solas. Cuidamos juntos do jardim. Mostrei-lhe como usar a pá. Quando cavouquei a terra, fiquei surpreso: inúmeras criaturas contorcidas comiam, se mexiam e se multiplicavam sob nossos pés. O próprio solo em que pisávamos se revelava uma espécie de oceano, povoado, imensurável, sem luz.

 Blocos de cor invadiram minha janela por um minuto inteiro. Após a passagem do trem de carga, o céu acima do vale do Hudson ganhara um brilho ainda mais intenso e o rio anteriormente castanho e prata era agora de um branco azulado.

 Invisível neste mundo, desci em Albany-Rensselaer com lágrimas nos olhos e fui para minha reunião.

 Às vezes caminhar por partes sombreadas de Manhattan corresponde a se ver mergulhado em um Magritte: na rua é noite enquanto no céu é dia. Foi num fim de tarde como esse, onírico, enganador, em janeiro de 2003, na Herald Square, que saí meio atordoado do edifício ocupado pelo Departamento de Veículos Automotivos de Nova York. Depois de anos dirigindo carros alugados com uma carteira de habilitação de validade internacional duvidosa e se desmanchando tirada no Reino Unido, eu finalmente decidira comprar e pôr no seguro um carro próprio — o que me obrigava a obter uma carta de motorista americana. Mas não pude trocar meu documento britânico (que por sua vez derivava de um tirado na Holanda) por uma carteira americana: uma substituição dessas, por algum motivo inexplicável, só era exequível nos primeiros trinta dias de residência permanente de um estrangeiro nos Estados Unidos. Eu teria de obter uma licença provisória e me submeter a um teste de direção novamente: o que implicava, como primeiro passo, fazer uma prova escrita sobre as leis do trânsito no estado de Nova York.

Na época, não questionei essa minha ambição despropositada, nem minha obstinação em relação a isso. Posso dizer, muito candidamente, que estava tentando compensar as grandes deduções que haviam sido subtraídas de minha vida e que a perspectiva de um adendo, ainda que de ordem tão superficial como uma nova carteira e um novo carro, parecia importante na época; e sem dúvida fui arrastado a um falso silogismo envolvendo a vacuidade de minha vida e a relativa plenitude de uma ação qualquer. Isso posto, não deixei que Rachel soubesse o que estava tramando. Ela teria tomado minha atitude como uma declaração de intenções, e nisso talvez não estaria inteiramente errada. Tampouco seria de grande valia ter apontado que, se de fato eu abraçava uma sina americana, então eu o fazia de modo não programado, até mesmo inadvertido. Talvez a verdade relevante — e essa é uma cuja existência era evidente para minha esposa, e tenho certeza de que para grande parte do mundo, muito antes de se tornar evidente para mim — seja que todos nós nos encontramos em correntes temporais e que a menos que você esteja prestando atenção vai descobrir, em geral tarde demais, que a rebentação das semanas ou dos anos o puxou para um ponto dos problemas onde já não dá mais pé.

Arrastado assim pela corrente negra desses tempos, aproximei-me do Departamento de Veículos Automotivos. O DMV* ficava em um prédio coberto de vidros escuros e

---

* Department of Motor Vehicles, na sigla em inglês. (N. do E.)

identificável principalmente pelo enorme letreiro da Daffy's, entidade que eu associava de algum modo ao Daffy Duck,* mas que se revelou uma loja de departamentos. Eu evitava a Daffy's — e a Modell's Sporting Goods, e a Mrs Fields Cookies, e a Hat & Cap, e a Payless ShoeSource, outras ocupantes do shopping fantasmagoricamente não frequentado conhecido como Herald Centre — tomando o elevador direto para o oitavo andar. Um dispéptico sino em prol dos cegos soluçava a intervalos regulares conforme eu subia. Então a porta do elevador se partiu ao meio e deslizou para os lados, e me vi diante das instalações do DMV. Havia um portão-catraca estático como um monstruoso esqueleto desenterrado e uma série de portas de vidro em constante uso. Aproximando-me delas, fui abalroado por uma senhora de meia-idade no sentido contrário.

"Sai da minha frente", ela grunhiu.

Entrei na fila da mesa de recepção, onde dois sujeitos suando distribuíam indicações furiosas. "Estou aqui para a prova escrita", eu disse. "Trouxe a carteira do seguro social? Identidade?" "Trouxe", respondi, levando a mão ao bolso. "Não quero ver", ele vociferou, empurrando uns formulários para mim.

Entrei no setor administrativo principal. O teto baixo era sustentado por uma aglomeração extraordinária de colunas; tantas, de fato, que não pude evitar a perversa impressão de que o lugar corria o perigo de desabar. Um enorme balcão cobria três quartos da repartição como uma fortaleza e atrás dele, visíveis entre as ameias formadas pelas divisórias e terminais de computador, ficavam os funcionários do DMV. Dois deles, mulheres na faixa dos trinta, riam com estridência ao lado de uma fotocopiadora; mas assim que assumiram seus postos no balcão, seus rostos se cobriram de sombria hostilidade. Era compreensível, pois dispostas diante delas se postavam as fileiras perpetuamente reforçadas do inimigo, uma implacável concentração de tropas sentadas nos duros bancos

---

* O Patolino. (N. do T.)

parecidos com os de uma igreja. Muitos ali se curvavam para a frente com a cabeça baixa, erguendo os olhos apenas para acompanhar os códigos estupendos — E923, A062, C568 — que surgiam aleatoriamente nos painéis com o propósito, jamais alcançado, de mitigar a agonia do suspense em que os visitantes se encontravam.

Preenchi meu formulário e entrei na fila dos que esperavam para ser fotografados. Depois que tiraram minha foto, disseram-me que sentasse em um banco e aguardasse: meu *green card*, que estendi como prova de identidade, precisaria ser checado pelo Homeland Security. Mais ou menos uma hora mais tarde chegou a autorização. Aguardei mais vinte minutos e então me dirigi com mais um punhado de gente para a sala de exame, mobiliada com a desalentadora disposição regular de carteiras e cadeiras tão familiar a candidatos de qualquer lugar do mundo. Houve pedidos para folhas de prova em chinês, francês, espanhol. Respondi rapidamente as questões de múltipla escolha e estendi minha prova para o funcionário supervisor. Encheu-me de uma satisfação infantil terminar antes de todo mundo. Voltei para meu lugar e esperei até acabar a duração do exame. A funcionária, uma hispânica obesa, marcava as respostas erradas com soberbos riscos de caneta. Quando chegou a vez da minha prova, a caneta pairou no ar, oscilante; então ela rabiscou vinte (de vinte) e me estendeu a folha com uma carranca. Uma onda de felicidade me percorreu. Agora, enfim, podia apanhar minha licença provisória.

Recebi uma senha — digamos, D499 — e mais instruções para aguardar. Então aguardei. Chineses perplexos e reprovados andavam por todos os lados. Escutei a 106,7 Lite FM e assisti um canal de tevê em que "notícias do mundo do entretenimento", em vez do próprio entretenimento, passavam. Observei cartazes de segurança ao volante: UM COCHILO É O ÚLTIMO VACILO, dizia um. Finalmente chegou a vez da minha senha. Um sujeito meio careca lá pelos cinquenta e poucos inspecionou outra vez toda a papelada. Cabia a quem fazia a requisição gerar seis pontos comprovando a identidade: um *green card* valia três pontos, uma carteira de seguro social original, dois pontos, e um cartão de crédito ou uma declaração de banco ou uma conta de qualquer fornecimento residencial, um ponto. O homem balançou a cabeça. "Lamento", disse, empurrando meus documentos de volta sem se lamentar coisa nenhuma.

"Qual o problema?", perguntei.

"Não posso aceitar o cartão de crédito. Tem o nome de outra pessoa nele."

Olhei. Meu nome, que por milagre estava escrito inteiro em minha carteira do seguro social, é Johannus Franciscus Hendrikus van den Broek. Meu cartão de crédito, por motivos óbvios, me identifica meramente como Johannus F. H. van den Broek — exatamente como aparece no meu *green card*.

Eu disse, "Esse é meu nome. Se o senh...".

"Não vou conversar sobre isso. Procure o supervisor. Balcão dez. Próximo."

Fui até o balcão dez. Havia três pessoas já na fila. Uma por uma, todas discutiram com o supervisor, uma por uma, foram todas embora encolerizadas. Então chegou minha vez. O supervisor era um homem de trinta e tantos, a cabeça raspada na gilete, um pequeno cavanhaque, uma argola na orelha. Sem dizer palavra, estendeu a mão e eu lhe passei meus documentos de identidade. Em troca ele me passou um aviso impresso: TODOS OS FORMULÁRIOS DE IDENTIFICAÇÃO DEVEM EXIBIR O MESMO NOME.

Comparou rapidamente meus papéis. "Precisa me mostrar documentos com o mesmo nome", disse. "Essa conta da Con Ed não serve."

"Espera um minuto", eu disse. Puxei uma declaração do banco que trouxera para o caso de alguma dificuldade. Ali também estava o nome de Johannus F. H. van den Broek, mas continha cópias de cheques preenchidos por mim. "Está vendo?", eu disse. "A assinatura nesses cheques é exatamente a mesma assinatura do meu cartão do seguro social e do *green card*. Então é óbvio que sou eu nos dois casos."

Ele abanou a cabeça. "Não sou nenhum calígrafo", disse. "Preciso do mesmo nome."

"Certo", eu disse, calmamente. "Mas deixa eu perguntar uma coisa. O *green card* serve, não é? E o nome na conta da Con Ed e na declaração do banco é o mesmo nome do *green card*.

O supervisor reexaminou meu *green card*. "Na verdade, o senhor está com outro problema", disse, sorrindo. "Está vendo aqui? O nome no *green card* não é o mesmo nome do cartão de seguro social."

Olhei: no *green card* estava escrito "Johanus". Eu nunca havia notado antes.

Eu disse: "Sei, bom, é só um erro óbvio de digitação cometido pelo INS. A fotografia no *green card* é óbvio que é minha". O supervisor não pareceu sensibilizado, então acrescentei, "Ou isso ou então tem alguém por aí que se parece exatamente igual a mim e tem o nome igualzinho e acontece que eu roubei o *green card* dele".

"O nome igualzinho não", disse o supervisor. "E é aí que estamos com um problema. O senhor quer que eu forneça pro senhor uma licença provisória? Certo, mas quem é o senhor? O senhor se chama Johanus", pronunciou as duas últimas sílabas de modo obsceno, "ou é o senhor Johannus?".

"Vamos parar com as gracinhas", eu disse.

"O senhor acha que estou fazendo gracinhas?" Na verdade o sujeito estava era mostrando os dentes. "Deixe-me lembrá-lo, senhor, que o senhor aparentemente está de posse do *green card* de alguma outra pessoa — ou isso, ou do cartão do seguro social de alguém. Pode ser que isso me faça ficar desconfiado. Pode ser que eu resolva investigar."

Aquele sujeito era perigoso, percebi. Eu disse, "O senhor realmente espera que eu volte ao INS para pedir um novo *green card*? É o que o senhor está querendo com tudo isso?".

"Eu não estou querendo que o senhor vá lá", disse o supervisor. Agora ele apontava para o meu peito. "Estou obrigando o senhor a ir."

"E quanto à minha prova escrita?", eu disse, mostrando-lhe pateticamente os vinte acertos em vinte questões.

Ele sorriu. "Vai precisar fazer outra vez."

E foi assim, em um estado de desamparo raivoso, que pus os pés na obscuridade invertida da tarde. Ali parado, atordoado com o fluxo de pedestres saindo da Herald Square e com as amalucadas faixas diagonais do trânsito e com as poças aparentemente sem fundo nas sarjetas, fui tomado pela primeira vez por um nauseante senso de América, minha cintilante terra de adoção, subjugado pelo funcionamento secreto de forças injustas, indiferentes. Os táxis com sua película de umidade, sibilando na neve semiderretida, reluziam como tangerinas; mas se você olhasse embaixo, no vão entre a rua e os chassis, onde matéria gelada cola nos tubos e água escorre pelos protetores de lama dos pneus, veria uma sórdida escuridão mecânica.

Encurralado pela neve escura acumulada ao longo do meio-fio, peguei-me caminhando apressado, na falta de uma alternativa mais clara, rumo à ilha de tráfego triangular na Broadway com a 32nd Street conhecida como Greeley Square Park. Pontos fulgurantes de luzes natalinas laranja cintilavam nas árvores. Deparei-me com a estátua de um certo Horace Greeley, jornalista e político do século dezenove e, segundo assegurava uma placa na base da estátua, cunhador da frase *"Vá para o Oeste, jovem, vá para o Oeste"*. Greeley, ao que parecia um sujeito com uma enorme cabeça de ovo, sentava-se em uma cadeira. Fitando o vazio além de seus pés, sua expressão era a de um homem devastado, como se o jornal que segurava na mão direita trouxesse notícias terríveis. Decidi voltar caminhando para casa pela Broadway. O trajeto, pouco familiar para mim, passava por dentro da antiga Tin Pan Alley,* quadras hoje cedidas para atacadistas, ambulantes, fretadores e importadores-exportadores — Undefeated Wear Corp, Sportique, Da Jump Off, proclamavam as placas —, negociando bichos de pelúcia, bonés, novidades, cabelos humanos, cintos de dois dólares, gravatas de um dólar, prata, perfumes, artigos

---

* Área onde se concentrava a indústria da música popular entre o fim do século XIX e o início do XX. (N. do T.)

de couro, imitações de diamante, streetwear, relógios. Árabes, africanos ocidentais, afro-americanos espalhavam-se pelas calçadas entre caminhões carregados de mercadorias, carrinhos de carga, de mão e de comida, pilhas de refugo, caixas e mais caixas de mercadorias. Eu poderia estar em um Senegal frio. Consumidores de pele escura carregando sacos de lixo entravam e saíam das lojas enquanto supervisores, camelôs e vendedores de rua, vestidos em jaquetas de couro, casacos de pele, batas e agasalhos africanos, tilintavam chaves, conversavam em celulares, importunavam indolentes as mulheres que passavam, apregoavam seus produtos para os possíveis fregueses. Na 27th Street virei na direção da Quinta Avenida: o frio começou a me incomodar e decidi pegar um táxi. Conforme fui chegando perto da avenida, uma faixa pendendo da janela de um segundo andar captou meu olhar: CHUCK CRICKET INC.

Os nomes de várias empresas estavam pregados em um quadro na entrada do edifício: Peruvian Amity Society, Apparitions International, Elvis Tookey Boxing e, na sala 203, Chuck Cricket Inc., Chuck Import-Export Inc. e Chuck Industries Inc. Por que não?, pensei, e entrei. No segundo andar, cheguei a uma minúscula recepção onde uma mulher sentava atrás de um vidro de segurança diante de um monitor de vídeo que transmitia em preto-e-branco, em fragmentos espasmódicos de quatro segundos, imagens sombrias de escadas, interiores de elevador e corredores. A recepcionista apertou o botão da trava automática sem dizer uma palavra. Andei pelo corredor estreito forrado de carpete cinza-esverdeado e bati na porta da sala 203.

Chuck em pessoa abriu, um telefone no ouvido. Bateu no espaldar de uma cadeira e fez um gesto para que eu sentasse. Não pareceu nem um pouco surpreso de me ver.

O escritório consistia de uma sala com espaço para duas mesas e alguns arquivos. As paredes de gesso acartonado estavam decoradas com pôsteres de Sachin Tendulkar e Brian Lara, o maior rebatedor do mundo. Um som de cordas chegava pelo ar vindo de um professor de guitarra na sala ao lado. Chuck piscou para mim conforme conversava ao telefone. "Minha mulher", fez com a boca. Vestia uma camisa de colarinho aberto e calças com o vinco bem marcado que desciam generosamente sobre um par de tênis. Notei pela primeira vez dois enormes anéis de ouro em seus dedos e, correndo sobre os pelos negros sob sua garganta, a baba dourada de um colar.

Tive um sobressalto, em meio a essas impressões, por causa de um estranho som de assobio. O assobio foi seguido, após uma pausa de alguns segundos, por uma sequência vigorosa de chilreios, e então pelo estalo de algo como o pop de uma bola de pingue-pongue batendo.

Chuck me passou uma caixa de CD. Estávamos escutando o disco dois de *Cantos de pássaros da Califórnia: do Oliver-Sided Flycatcher ao Varied Thrush.*

Enquanto aguardava que Chuck terminasse sua ligação, ao som abafado de guitarra e ao canto de pássaro se juntou o toque de um telefone no escritório adjacente. Uma voz masculina vibrou, sonora: "Alô?" A voz atravessou a divisória novamente: "Não sou adivinho. Não posso ler sua mente." Pausa. "Para. Para já. Será que dá pra parar?" Outra pausa. "Vai se foder, ok? Vai se foder." Baixei os olhos. Papel adesivo de pegar camundongos, com isca de manteiga de amendoim e exibindo as palavras AMBIENTES SEGUROS, enchia o espaço entre os radiadores.

Chuck desligou e eu disse, "Eu estava voltando a pé do DMV. Vi sua faixa por acaso".

"Você mora aqui perto?"

Mencionei a quadra.

"Puxa, é ótimo ver você", falou Chuck. Ele se reclinava para trás em sua cadeira e, não obstante minha explicação, considerava por que eu, um homem importante e com coisa melhor para fazer, decidira dar uma passada. Chuck era astuto demais para deixar de detectar que em algum ponto por trás de minha visita inesperada existia uma necessidade de minha parte — e necessidade, nos negócios e no amor, representa uma oportunidade. Mas como, comigo ali sentado diante dele ao fundo sonoro trinado de um *Townsend's solitaire* ou de um *black-tailed gnatcatcher*, deveria ele prosseguir? Ele sabia que um tom frio envolvendo gráficos de vendas, projeções de fluxo de caixa e estudos de marketing não funcionariam. Além disso, teria sido algo alheio a sua índole mostrar-se tão descomplicado em seus métodos. Chuck valorizava a astúcia e a via indireta. Achava a ordinária condução de negócios enfastiante e insuficientemente vantajosa para sua pessoa no profundo nível de estratégia em que gostava de operar. Acreditava em se apropriar do ímpeto de uma situação, em manter o outro sujeito fora de equilíbrio, em avançar por intermédio de passos laterais. Se enxergava uma oportunidade de agir subitamente, de pegar você de surpresa ou de empurrá-lo para o escuro, ele a agarrava, quase que por questão de princípio. Era um homem obstinado e furtivo que seguia os próprios instintos e análises e que raramente se deixava influenciar por conselhos — não os meus, posso garantir. A verdade é que não havia nada, ou havia muito pouco, que eu poderia ter feito para proporcionar um fim diferente para Chuck Ramkissoon.

Mas isso foi um pouco antes de me ocorrer fosse lá o que fosse disso tudo. Como seus modos cheios de rodeios eram tão transparentes e como isso se alternava com uma credulidade de imigrante — seu eu maquinador e seu eu ingênuo pareciam, como Box e Cox,* jamais se encontrar —, eu achava toda aquela dissimulação e esquivas e investidas bizarramente tranquilizantes. Mas essa também foi uma época em que eu encontrava conforto na pregação robótica das testemunhas de jeová que me paravam na rua, época em que fiquei tentado a consultar a médium gorda que acenava, como uma prostituta em Amsterdã, de sua vitrine sob o rés do chão na West 23rd Street. Eu ficava feliz com a consideração, a despeito dos motivos mais errados. Minha vida encolhera para proporções muito pequenas — pequenas demais, cer-

---

* Comédia de erros e também opereta cômica de enorme sucesso sobre senhorio que aluga um mesmo quarto para dois inadvertidos inquilinos: Cox, que trabalha de dia, e Box, que trabalha à noite. A peça original de 1847 é de autoria de John Maddison Morton e a opereta tem música de Arthur Sullivan e libreto de F. C. Bruanand. (N. do T.)

tamente, para os vendedores de solidariedade mais seletivos e plausíveis de Nova York. Para pôr em outros termos: eu estava, para qualquer um que se desse o trabalho de prestar atenção, visivelmente perdido. Chuck prestou atenção, e Chuck viu. Assim, em vez de me bombardear imediatamente com detalhes do negócio, ele apareceu com um plano diferente. Ia me deixar fascinado.

Atendeu outra ligação. Quando terminou, disse, "Era meu sócio, Mike Abelsky. Acabou de fazer aquela operação de redução do estômago. Sabe como é, eles pegam e cortam o negócio do tamanho de uma noz. Ele tá indo muito bem. Duas semanas e já perdeu catorze quilos".

Uma comoção ruidosa subiu da 27th Street. Olhamos lá fora. Três sujeitos — dois árabes e um africano, parecia — tentavam sem resultado assaltar um negro, desferindo chutes e socos para arrancar a mala que o homem carregava. Eles recuaram e espontaneamente voltaram ao ataque gritando alto. Então um quarto investiu contra o homem com a mala e o golpeou repetidamente com uma cadeira dobrável, derrubando-o no chão. Uma sirene de polícia soou em algum lugar. Os agressores desapareceram em um prédio e o homem com a mala ficou de pé e se afastou apressado.

Chuck Ramkissoon riu. "Adoro isso aqui. A lei da selva. Cada um por si."

O vizinho erguia a voz outra vez. "Não, quero que você me escute, pelo menos uma vez. Deixa eu dizer o que tenho pra dizer. Vai fazer isso pra mim? Será que dá pra calar a porra da boca pelo menos uma vez na vida e me escutar, caralho?"

Chuck, apalpando os bolsos à procura de suas chaves, disse, "Em geral meu diretor de operações está por aqui, um rapaz legal, você ia gostar dele". Como se eu pudesse duvidar, Chuck se dirigiu à mesa vaga e apanhou um cartão comercial pertencendo a MO CADRE, Diretor de Operações. Um novo arpejo veio das aulas de guitarra. Chuck enfiou um boné dos Yankees.

Da sala ao lado: "Vai se foder! Vai se foder, sua vaca do caralho!"

Chuck apanhou seu casaco. "Que acha de eu te deixar em casa? Fica no meu caminho."

Escapamos para o elevador. A porta de outra sala estava aberta e, parada na entrada, a mulher que eu vira com Chuck na balsa — sua amante, eu percebia agora.

Ela ergueu o rosto e disse, "Amor, você...", e então me reconheceu. Trocamos sorrisos educados. Chuck disse, "Hans, acho que já conhece Eliza. Amor, a gente estava de saída".

"Então tá", disse Eliza, ainda com o mesmo sorriso. "Divirtam-se."

Saindo do prédio para o frio da rua, Chuck disse, com a maior gravidade, "Eliza é talentosa pra burro. Ela organiza álbuns de fotos. Tem muito mercado pra esse serviço. As pessoas tiram um monte de fotos e depois não sabem o que fazer com elas".

Abrimos caminho entre as hordas masculinas animadas. Em dado momento, Chuck agarrou o meu braço e falou "Vamos atravessar", e trotou lepidamente pela avenida com o tráfego rugindo e se aproximando. O que ele fizera, percebi, foi esperar pelo instante em que o sinal de pedestres mostrava a ameaçadora mão vermelha e então tentar a sorte. Evidentemente, achava que isso lhe dava uma pequena margem de vantagem — e dava mesmo, porque significava que, descendo a Sexta Avenida, ele e eu éramos sinalizados adiante em cada cruzamento pelo resoluto pedestre branco brilhante cuja marcha missionária era claramente concebida como um exemplo para todos nós (e a quem não consigo deixar de comparar com sua contrapartida londrina, o gentleman verde definitivamente passeando com um invisível golden retriever verde).

Segui Chuck por um estacionamento aberto. Seu carro era um Cadillac 1996, um automóvel patriótico desfraldado e coruscante com banners e adesivos da bandeira norte-americana e fitinhas amarelas de apoio às tropas. Papéis diversos, embalagens de doces e xícaras de café cobriam o banco do passageiro. Chuck juntou tudo com os braços e jogou no entulhado banco traseiro, onde um par de binóculos, um laptop, folhetos e cascas de banana amarronzadas repousavam sobre jornais velhos.

Estacionamos do outro lado da rua diante do Chelsea. Eu já ia abrindo minha porta quando Chuck disse, "Você está com tempo? Tem uma coisa que eu queria mostrar. Mas é no Brooklyn".

Hesitei. A verdade era que não ia fazer mais nada nesse dia, o Cadillac estava aquecido e eu sentia medo de voltar ao meu apartamento. Além disso, como Rachel seria a primeira a dizer, sou facilmente arrastado por aí.

"Ainda tem uma hora de luz", disse Chuck. "Vamos. Você vai achar interessante, prometo."

"Ah, droga, por que não?", eu disse, fechando a porta.

Chuck ria enquanto andávamos no carro. "Eu sabia. Debaixo dessa fachada toda você é um cara divertido."

"Onde estamos indo?"

"Vai ver. Não quero estragar a surpresa."

Isso era aceitável. Quando foi a última vez em que alguém me prometera uma surpresa?

Na West Side Highway, poucas quadras ao norte de Houston, o carro ficou preso no trânsito. Chuck, olhando pela janela, se curvou para a frente e exclamou, "Meu Deus! Olha pra isso. Está vendo, Hans? O gelo?".

Eu vi. O gelo se esparramava de um lado a outro do Hudson como um lote de nuvens. Os fragmentos mais brancos e maiores eram polígonos achatados, e cercando-os havia uma massa de gelo semiderretido e revolvido, como se as sobras de um zilhão de coquetéis houvessem sido despejadas ali. Junto à margem, onde os tocos apodrecidos de um antigo píer se projetavam como uma espécie de manguezal, o gelo era impuro, um cascalho de papel, imóvel; mais além, banquisas moviam-se rapidamente na direção da baía.

Na verdade, a maior parte daquilo que eu via, informou-me Chuck com o carro avançando de polegada em polegada, era gelo solto, fragmentos de banquisas desintegradas que viajaram de pontos distantes rio acima. Esses campos de gelo flutuante que guinchavam e grunhiam, como Chuck tão dramaticamente os definia, eram ótimos lugares para observar a águia-calva, que descia o rio em busca de águas desimpedidas e se juntava a menos de oitenta quilômetros ao norte para comer peixe. O fascínio de Chuck com esse fenômeno — seu interesse por história natural, sobretudo pássaros, remontava a sua infância em Trinidad — foi, mais tarde vim a saber, ampliado pelo conhecimento adquirido com os estudos entusiásticos e bem-sucedidos para os exames de cidadania americana. Ele me contou que em 1782, após anos de discussões e indecisão, o Congresso concluiu que a águia-calva constituiria um símbolo apropriado de poder e autoridade nacional e assim ficou decidido que essa ave, retratada com as asas abertas, as garras segurando um ramo de oliveira etc., seria adotada como emblema para o Grande Selo dos Estados Unidos. Chuck enfiou a mão no bolso e atirou uma moeda de vinte e cinco centavos, para me lembrar como era a águia. Nem todo mundo concordou com a decisão, relatou Chuck. Apanhou a moeda de volta. Benjamin Franklin achava o peru uma escolha melhor e considerava a águia-calva — uma rapineira e carniceira de peixe morto, mais do que uma caçadora, e medrosa se acuada por um bando grande de pássaros menores — um animal de índole moral ruim e na verdade covarde. "Adoro o pássaro nacional", explicou Chuck. "A nobre águia-calva representa o espírito de liberdade, vivendo no vazio ilimitado do céu."

Virei para ver se estava brincando. Não estava. De tempos em tempos, Chuck falava assim mesmo.

Enquanto falava, meus pensamentos foram do gelo no Hudson, em meu entender uma espécie de sujeira, para o puro gelo dos canais em Haia. A menos que eu esteja sonhando, durante a maioria dos invernos nos anos 70 as águas paradas de Haia congelavam e por alguns dias ou semanas assistia-se a cenas de alegres atividades comunais tão familiares às pinturas da vida holandesa ao longo dos séculos. Enquanto eu ficava ali sentado escutando Chuck, o que me tocou mais fortemente em relação a essas memórias de brincadeiras glaciais — o hóquei, as piruetas malucas de um dançarino solitário, casais executando manobras de mãos dadas, os meigos pares de crianças pequenas com seus pais, o rico silêncio residual do qual os gritos e risadas e claques de tacos pareciam brotar — foi sua peculiar holandesidade. Fui tomado de uma rara nostalgia. Ali, junto ao Hudson, tive o que só posso descrever como um flashback. O que me voltou foi uma vala cheia de água perto de minha casa na infância, coberta com o gelo recente, que é preto. A vala — um *sloot*, como chamamos — ficava a poucas quadras de casa e corria entre a grama branca de campos de futebol e, na margem oposta, as dunas arborizadas que detinham o sempre trovejante mar do Norte. Eu esquiava. Deveria estar na escola, aprendendo grego, mas como incontáveis garotos de treze anos antes de mim eu fora seduzido pelo gelo e cabulava aula. Não havia ninguém por perto. A não ser pela raspagem de minhas lâminas, tudo era silêncio. Adiante eu esquiava, por alnos semi-submersos, pelos gols sem rede nos campos, por tudo que pudesse estar contido no mundo. Passei uma ou duas horas assim. À medida que meus tornozelos doíam mais e mais e minha mente se voltava para as desculpas pela ausência na escola, uma silhueta se aproximou sobre o gelo. Por um momento fiquei aterrorizado. Então vi que a figura que se aproximava era uma mulher, uma mulher que, conforme chegava mais perto, se materializou como minha mãe. Como adivinhou que me encontraria naquele lugar solitário é algo que até hoje não sei explicar. Mas adivinhou, e ali vinha, agora, metodicamente impelindo o corpo de um lado para outro e se movendo com o doce excesso de eficiência física que é o primeiro e último júbilo do esqui no gelo. Eu fora pego no flagra; pensei por um segundo em fugir a toda. Quando minha mãe me alcançou, porém, apenas disse, "Você ia achar muito ruim se eu esquiasse junto?". Ela e eu deslizamos lado a lado pela beira dos campos de grama branca, as mãos unidas às costas. Avançamos em harmonia, um ocasionalmente se colocando atrás do outro onde galhos barravam o caminho ou quando um som de rachadura denunciava um trecho de gelo fino. Minha mãe, uma mulher corpulenta e de certo modo desajeitada em seus sapatos, era graciosa nos esquis.

Foi ela quem esteve presente em meus primeiros movimentos eretos, cambaleantes, sobre a água congelada, a primeira a enfiar botinhas com lâminas em meus pés e, com suaves puxões, apertar os cadarços brancos cruzados.

"Então", disse Chuck. "Está vendo ali? Foi ali que pensei em fazer um críquete."

Havíamos chegado ao Píer 40, um gigantesco terminal de carga em forma de caixa feito de tijolos que se projetava rio adentro.

"Depois dos ataques", disse Chuck, "foi onde a Humane Society of New York começou uma triagem de emergência, praticamente a partir do dia um".* Aceleramos, nos afastando. "Meu Deus, que cena. Gatos, cachorros, porquinhos-da-índia, coelhos, porcos, lagartos, o que você imaginar, tinha de tudo ali. Cacatuas. Macacos. Vi um lêmure com inflamação na córnea." Chuck se oferecera como voluntário para ajudar e puseram-no para tentar conseguir novos lares para os bichos. "Foi uma experiência maravilhosa", disse Chuck. "Fiz amizade com gente de Idaho, Wisconsin, Nova Jersey, New Hampshire, Carolina do Norte, Irlanda, Portugal, África do Sul. Gente de fora do estado veio ficar alguns dias e acabou ficando semanas. Turistas que eram veterinários, até mesmo turistas comuns, desistiram de suas férias para ajudar. E não estávamos só cuidando dos animais. Bem ali, tinha uma área de refeição para o pessoal do resgate, e também alimentos e roupas: os homens trabalhavam dias seguidos sem parar e as botas e casacos ficavam só o pó." Chuck disse, sem mais nem menos, "Acho que para muitos de nós foi uma das épocas mais felizes de nossa vida".

Acreditei no que disse. A catástrofe instilara em muita gente — embora não em mim — um estado de entusiasmo. Desde o início, por exemplo, eu suspeitara que, sob todas as lágrimas e a infelicidade, a partida de Rachel ocorrera basicamente em função de uma euforia.

---

* A Humane Society é uma instituição centenária dedicada à proteção dos animais. (N. do T.)

Agora passávamos pelo grande vazio no centro, iluminado como um estádio pelo brilho débil das luzes das obras, e o condenado prédio do Deutsche Bank na Liberty Street, que, com sua fúnebre e poética cortina de rede escura, era o objeto no qual o olhar inevitavelmente pousava.

"Bem", continuou Chuck, "dentro do píer tem um pátio gigante com dois campos de futebol de grama artificial. Quando descobri que o lugar inteiro estava disponível para total reconstrução, tive uma ideia. Por que não, pensei, por que não..."

Parou e ajustou o boné dos Yankees. "Tenho uma pergunta pra você."

"Manda", eu disse.

"Quantos caribenhos você diria que moram na área metropolitana de Nova York? Caribenhos falantes de inglês, hoje: não estou falando de haitianos e dominicanos e sei lá mais o quê."

Disse-lhe que não fazia ideia.

"Bom, vou dizer pra você", falou Chuck, acenando para o policial imóvel que guardava o desvio do Battery Tunnel. "Segundo o censo de 2000, quinhentos mil. Você pode tranquilamente somar mais cinquenta por cento: então estamos falando de setecentos e cinquenta mil, talvez até um milhão, e aumentando. Tivemos sessenta por cento de crescimento só na década de 1990. E a propósito, os caribenhos têm um perfil socioeconômico melhor do que os hispânicos, e muito melhor do que os afro-americanos. Mas essa não é a parte mais empolgante. A população indiana", bateu a mão contra o volante, "na cidade de Nova York cresceu em oitenta e um por cento nos últimos dez anos. O número de paquistaneses", outro tapa, "aumentou em cento e cinquenta por cento, e o de bangladeshianos, ouve só isso, quinhentos por cento. Em Nova Jersey tem sul-asiático saindo pelo ladrão. Fort Lee, Jersey City, Hoboken, Secaucus, Hackensack, Englewood: o Festival de Navratri nesses lugares pode atrair vinte mil pessoas. A mesma coisa em New Brunswick, Edison, Metuchen. Estou falando pra você, eu pesquisei. Tenho todas as estatísticas. E se você acha que estão vindo para limpar o chão ou dirigir táxi, está enganado. Eles estão vindo para ganhar dinheiro de verdade — hi-tech, farmacêuticos, eletrônicos, o setor de saúde. Só em Nova York tem quase meio milhão de sul-asiáticos. Você já visitou alguma vez a Newcomers School, em Astoria? Todas as crianças são do Paquistão. Sabe o que elas fazem na hora do lazer, essas crianças? Elas jogam críquete. Jogam no Dutch Kills Playground, na Escola Pública 112, jogam em terrenos baldios, jogam no pátio da escola por todo o Queens e o Brooklyn. A uma quadra de onde eu moro, na Escola Pública 139, você vê meninos e meninas com tacos de críquete, até na neve. Se eu levasse você lá agora, podia te mostrar o *wicket* que eles desenharam na parede". Sorriu. "Já viu onde quero chegar com isso".

"Você quer construir um estádio de críquete", eu disse. Não fiz qualquer tentativa de disfarçar como estava achando aquilo tudo engraçado.

"Isso mesmo", disse Chuck. "Mas não no Píer 40. Essa foi a primeira coisa que decidi. Não tem como deixarem um bando de pretos tomar conta de uma propriedade numa área nobre de Manhattan. Aliás, eu odeio essa palavra, estádio", disse Chuck, com ar importante. Estávamos deixando a obscuridade amarelada do Battery Tunnel, cujas paredes velhas de azulejos invariavelmente me lembravam um mictório. "Estádio é sinônimo de encrenca. Pergunta pro Mike Bloomberg. Estou falando de uma arena. Uma arena de esportes para os maiores times de críquete do mundo. Doze jogos de exibição todo verão, assistidos por oito mil espectadores a cinquenta dólares a cabeça. Estou falando de publicidade, estou falando de consumo de bebida e comida quase o ano inteiro no bar-restaurante. Vai ter uma sede. Dois mil membros a mil dólares por ano fora a taxa de matrícula. Tênis, squash, boliche, quadras cobertas, um ginásio, piscina, um sports bar: opção pra todo mundo. Mas no centro disso, críquete. O único clube de críquete de verdade do país. O New York Cricket Club."

"Parece ótimo", eu disse.

Chuck explodiu numa gargalhada. "Sei o que você está pensando: que eu pirei de vez. Mas você ainda não escutou o melhor." Olhou para mim. "Pronto? Direitos mundiais de TV. Um jogo entre Índia e Paquistão na cidade de Nova York? Numa arena ultramoderna com a Liberty Tower ao fundo? Você consegue imaginar as tomadas panorâmicas?", Chuck disse, quase furiosamente. "A gente tá pensando em uma audiência de TV e internet de setenta milhões só na Índia. Setenta milhões. Faz ideia da quantidade de dinheiro que isso vai trazer? Coca-Cola, Nike, tá todo mundo desesperado pra ganhar o mercado sul-asiático. A gente imagina se pagar em três, no máximo quatro anos. E depois disso..." Nas alturas da Gowanus Expressway, agora, ele gesticulou com um braço na direção da baía brilhante e gelada e do continente ao fundo. Luzes haviam começado a cintilar em Elizabeth e nas elevações de Bayonne. "É uma ideia impossível, não é? Mas estou convencido de que vai funcionar. Totalmente convencido. Sabe qual é meu lema?"

"Eu não achava que as pessoas ainda tivessem lemas", eu disse.

"Pense fantástico", disse Chuck. "Meu lema é: Pense fantástico."

Entramos na Belt Parkway e por dez minutos seguimos seu semicírculo passando por Bensonhurst e Coney Island e Sheepshead Bay, a noite agora descendo sobre as Rockaways e um jato com as luzes piscando voando baixo sobre a desalentadora laguna de Jamaica Bay.

"Aonde você está me levando?", eu disse. "Queens?"

"Estamos quase chegando", ele falou.

Viramos para o sul na parte mais ao sul, quase rural, da Flatbush Avenue, onde a estrada era ladeada apenas por árvores estéreis. Depois de um quilômetro ou algo assim, Chuck entrou à esquerda por um amplo portão em uma estrada particular de concreto. Ela levava a uma terra de ninguém só de arbustos e vegetação rasteira. Virando outra vez à esquerda, chegamos a um imenso vazio branco. A neve não fora removida da pista naquele trecho e, como um carroceiro, Chuck nos conduziu às guinadas e aos trancos ao longo de sulcos embrutecidos de antigos caminhos. Um desolador complexo de edifícios — galpões, uma torre — podia ser visto agora do lado esquerdo. O céu, movendo-se com nuvens rápidas e escuras, era amplificado pela estepe plana e vazia que se esparramava a leste. Se um bando de mongóis a cavalo tivesse surgido na distância, isso não teria me espantado.

"Cristo", eu disse, "onde estamos?".

Chuck, as duas mãos no volante, seguia sacolejando com o Cadillac. "Floyd Bennett Field, Brooklyn", comentou.

Conforme falava, a torre assumia um formato familiar. Ali havia sido um campo de pouso, percebi. Estávamos em uma antiga pista para taxiar.

Chuck passou pela torre de controle de tijolos e um par de hangares. Não havia marcas de pneu ali. Paramos. Um campo nevado indefinível, interrompido apenas por punhados de arvoretas retorcidas, preenchia três quartos da paisagem. Descemos do carro em meio ao vento e ao frio extraordinário.

Chuck disse, "É aqui. É aqui que vai ser". Fez um gesto para o vazio diante de nós. O lugar era delimitado de um lado por um vago agrupamento de arbustos e, brilhando atrás de uma fileira de árvores, as luzes riscando o éter na Flatbush Avenue. Os três lados restantes não eram delimitados por coisa alguma. Pensei em um pôlder holandês, e depois na Westland, a região plana e cheia de estufas entre Haia e o Hoek van Holland onde eu jogava futebol nas desoladas áreas descampadas, sob a ventania, contra adolescentes embrutecidos de Naaldwijk e Poeldijk que, por algum motivo, eram especialistas em fazer a linha burra. Na Westland ficava a cidadezinha de Monster. Por seis semanas, durante minha encarnação como adolescente de dezessete anos necessitado de dinheiro, eu pedalava para Monster às cinco da manhã a fim de trabalhar oito horas em uma fábrica de paletes. Por alguma razão deixou-me desnorteado recordar aquele menino, lembrar daquele rapaz no Monsterseweg percorrendo os topos das dunas.

"A terra é minha, o leasing é meu, o direito é meu", disse Chuck.

Só fui ouvir a história da aquisição da propriedade numa data posterior, uma história envolvendo a concessão de um arrendamento feito pelo Serviço Nacional de Parques na década de 1980 para fins esportivos; o insucesso em dar ao terreno a destinação pretendida; e, em 2002, uma subconcessão do leasing para Chuck, a um preço que ele descreveu como "mínimo", com a finalidade de transformar a propriedade em um campo de críquete. Chuck não tinha permissão de fazer qualquer construção permanente no terreno. Mas ele imaginava que se construísse o primeiro campo de críquete de verdade em Nova York e instalasse algumas arquibancadas provisórias, as grandes equipes da Índia e do Caribe iam fazer fila para jogar ali; e, uma vez que isso acontecesse, raciocinava, seu pedido junto ao Park Service de uma autorização para (1) transformar os hangares em uma sede de clube e em um centro esportivo coberto e (2) construir arquibancadas para oito mil torcedores teria todos os motivos para ser aceito; e, uma vez que isso acontecesse, as empresas de televisão iriam chover; e, uma vez que isso acontecesse...

Mas tudo isso foi em outra ocasião. Nessa ocasião, ele me contou outra história.

Sua primeira ideia fora chamar o campo de Corrigan Field. "Em homenagem a 'Wrong Way' Corrigan", disse Chuck, animado. Corrigan, contou Chuck, foi um "aviador legendário" que, em 1938, deixou aquele mesmíssimo campo de aviação com destino à Irlanda em um avião construído por ele próprio. A permissão de fazer a travessia havia lhe sido negada mas ele seguiu em frente assim mesmo, explicando depois que, confundido pela neblina e uma leitura errônea de sua bússola, acreditara estar na rota para a Califórnia. "Quando voltou, desfilou triunfante pela Broadway, sob chuvas de fitas de telégrafos", disse Chuck. Mas Chuck decidiu, no fim, batizá-lo de — "Adivinha só. A gente acabou de falar sobre isso" — Bald Eagle Field.* "Bald Eagle Field é perfeito", disse Chuck. "Tem escala. É bem americano." Além disso, disse, queria prestar uma homenagem às águias e outros pássaros — beija-flores, garças — que habitavam a reserva natural localizada naquele

---
* Campo da Águia-Calva. (N. do T.)

parque esquisito, além de homenagear as centenas de espécies migratórias que viajavam para lá pelas rotas do Atlântico.

Soprando baforadas no ar, foi levado a um momento de silêncio. "Veja como é plano", disse Chuck, tirando uma das mãos do bolso e passando-a num arco pelo campo nevado. "A primeira coisa que fizemos, no verão, foi matar tudo com Roundup. A gente trouxe uma máquina para arrancar o mato até a raiz e depois afofamos a terra e jogamos uma camada de terra boa por cima. Depois disso fizemos a terraplenagem — dá pra ver a caída, como um pires de cabeça pra baixo? — e depois disso a gente oxigenou e então semeou. Tudo no primeiro dia de setembro. Depois começamos a aparar."

Desnecessário dizer, eu estava encontrando problemas em compartilhar de sua visão naquela vastidão gelada e inóspita. Queria voltar para dentro do carro. Mas havia mais. "Agora, olhe aqui", disse Chuck, apontando. "Está vendo as estacas?" Umas estacas curtas de madeira no meio do campo formavam um quadrilátero.

Sob a neve, eu deveria crer, repousava a área mais delicada e frágil jamais vista nos esportes: um retângulo de críquete.

"Você vai mesmo fazer um *wicket* gramado?", eu disse.

"O primeiro e melhor do país", respondeu Chuck.

Nem por um segundo eu o levei a sério. "Uau", eu disse.

O dia, um borrão rosado sobre a América, acabara de desaparecer. Meus pés estavam gelados. Dei um tapinha nas costas de meu amigo. "Bom, boa sorte nisso tudo", falei, pensando na longa viagem de metrô para voltar ao hotel.

Quando adolescente, eu muitas vezes andava de bicicleta pelo centro de Haia, o esforço de pedalar por meia hora tornado não só mais difícil como também mais agradável com a namorada que, de acordo com a tradição romântica local, sentava de lado com as pernas encolhidas no assento traseiro e aceitava esse despretensioso meio de transporte com uma austeridade que, tenho certeza, a credenciou a uma boa posição mais tarde na vida. Ela nunca se queixava, nem mesmo quando a bicicleta sacolejava ao se chocar com os trilhos afundados sobre os quais os bondes amarelos trafegaram. Acabávamos em um bar perto de Denneweg e tomávamos algumas daquelas coisinhas dourada-e-brancas que são os copos holandeses de cerveja. Mais tarde, pedalando para casa e passando por castanheiros-da-índia e casarões com as janelas escuras, tínhamos a cidade praticamente só para nós: todas as noites Haia se transformava em uma cidade-fantasma difícil de acreditar, como se os ônibus noturnos, roncando e brilhando pelas ruas desertas como ogros, houvessem espantado a população para dentro das casas. Essas viagens de bicicleta eram feitas a grande custo, sobretudo após escurecer, quando a fricção de dínamo do pneu dianteiro — fonte de uma luz branca que irradiava, sumia, irradiava, sumia — retardava seu progresso. Dentro da cidade ou saindo dela, o trecho mais entediante do trajeto era a President Kennedylaan, uma avenida ampla e monótona onde se dizia que estavam localizados os edifícios do serviço secreto holandês e onde a pessoa avançava contra um vento quase perpétuo vindo do mar, como que enfrentando uma multidão invisível. A President Kennedylaan, segundo o policial que telefonou, foi onde minha mãe, caminhando sozinha, teve o ataque que a matou quase na mesma hora.

Isso foi em maio de 2000. Jake, com oito meses de idade, recuperava-se de uma pneumonia, e Rachel ficou com ele em Nova York enquanto eu viajei para a Holanda. Embora os custos do crematório fossem de minha responsabilidade, o pequeno círculo de amigos de minha mãe cuidou da recepção dada, como se diz, em sua memória; e de fato foi um alívio que o fardo de lembrar dela ainda não coubesse exclusivamente a mim carregar. Um advogado saiu do nada e, em colaboração com um total estranho que se apresentou aos prantos como antigo colega de minha mãe, cuidou da venda de sua casa e do envio de todo o dinheiro resultante para minha conta bancária. Foram tomadas as providências para a doação de todos seus demais pertences à caridade. Minhas obrigações fiscais foram calculadas. Eu estava de volta a Nova York em dez dias.

Nos meses que se seguiram, meu pesar foi perturbado por um sentimento de culpa de que muito pouco havia mudado: com o passar do tempo, mamãe dificilmente esteve menos presente do que ao longo dos vários anos em que, separada por uma viagem de avião, havíamos conversado uma ou duas vezes por mês ao telefone e visto um ao outro uma ou duas semanas por ano. No início, compreendi meu desconforto como resultado da autoincriminação: eu me culpava, talvez de forma inevitável, de absenteísmo filial. Mas em pouco tempo uma ideia ainda mais inquietante se apoderou de meus pensamentos — a de que minha mãe havia muito se tornara uma espécie de entidade imaginária.

Rachel e eu conversamos sobre o assunto da melhor forma que pudemos. Talvez me interpretando mal, ela disse: "Deveria ser um grande alívio você se lembrar dela tão bem assim." Eu não estava aliviado. Continuava retrocedendo, em minha mente, à visita que fizera para minha mãe um mês antes de sua morte, quando a impressão que me passou foi de algo como uma estranha. Pelo menos, havia qualquer coisa de insatisfatório em sua presença corporificada conforme ia e voltava da cozinha para a sala de jantar que os anos haviam encolhido, ou passava o fatiador sobre um grosso pedaço de queijo, ou parava diante da tevê, como fez em minha primeira noite, para assistir qualquer coisa até as dez da noite, quando então se recolhia para a cama. E pode muito bem ser que a realidade de minha própria presença houvesse arruinado as expectativas dela. Quais seriam, sou incapaz de dizer, mas é difícil não suspeitar que ao abrir a porta da entrada ela o fizera na esperança de encontrar algum outro que não aquele executivo parado na soleira. Por volta da meia-noite eu galguei como Gargântua a estreita escada que conduzia ao meu quarto. Escovei os dentes na bacia que havia ali, me despi e fiquei de cuecas, apaguei as luzes. Fui até a janela — quer dizer, até as duas janelas de água-furtada unidas em um único retângulo de vidro. Elas enquadravam uma cena que era, eu decidira desde menino, minha exclusiva propriedade.

O antigo domínio visual permanecia inalterado: uma longa série de jardins às escuras nos fundos das casas, levando à silhueta quase indiscernível de dunas. Ao norte, que ficava à minha direita, o farol de Scheveningen piscou por um segundo, depois mergulhou na escuridão, e então subitamente lançou seu facho, uma excitável milha luminosa que se perdia em algum lugar no azul e preto acima das dunas. Essas colinas arenosas haviam sido minha ideia de um deserto. Faisões, coelhos e pequenas aves de rapina viviam e morriam ali. Em aventuras com um ou dois amigos, rastejávamos com nossos corpos de doze anos sob o arame farpado à beira das trilhas e corríamos através do capim de areia para mergulhar nas profundezas arborizadas das dunas. Fazíamos esconderijos e escalávamos árvores e brincávamos perto dos antigos bunkers alemães. Em nossa imaginação, éramos fora da lei, fugindo dos *boswachters* — os guardas que usavam jaquetas verdes de lã e, se não me falha a memória, chapéus tiroleses verdes com pequenas plumas espetadas na fita da copa. Os guardas nunca nos incomodaram; mas uma velha furiosa certa vez agarrou um amigo meu pelo pescoço e o esganou brevemente. Meses mais tarde, reconheci a mulher na rua: uma bruxa furtiva de cabelos cinzentos com sinistros óculos escuros.

É ela, contei excitado para minha mãe. A mulher que estrangulou o Bart.

Esperava ligações para a polícia, um julgamento, justiça.

Minha mãe olhou para a mulher. "Deixa pra lá", disse, enquanto nos afastávamos. "É só uma senhora de idade."

Fiquei diante da janela, à espera da próxima chegada da luz. O farol havia sido hipnotizante para meu eu de menino. Ele era filho único e talvez acontecesse de à noite ficar habitualmente sozinho na janela de seu quarto; mas minha lembrança de observar a luz viajar de Scheveningen continha a figura de minha mãe ao lado, ajudando-me a encarar a escuridão lá fora. Ela respondia minhas perguntas. O mar era o mar do Norte. Estava cheio de navios fazendo fila para entrar em Roterdã. Roterdã era o maior porto do mundo. Os quebra-mares ficavam perpendiculares à praia e impediam que ela fosse varrida pelas ondas. A água-viva podia queimar você. O azul da água-viva era quase um roxo. Sete determinadas estrelas faziam o desenho de um arado. Quando você morria, você ia dormir.

Mais uma vez o facho do farol passou e se perdeu. A calmaria da noite contradizia uma duradoura impressão que me assaltava, a de que as noites de minha infância eram invariavelmente assoladas por tempestades. Quando o elevado uivo do vento enchia a casa, eu escutava os passos sólidos e regulares de minha mãe subindo a escada para o terceiro andar, que só eu ocupava; e em minhas lembranças toda tempestade a fazia subir até mim. (Você tá me vendo, mãe?, eu sussurrava de minha cama. Claro, meu amor, ela respondia. Eu dizia a ela que não estava com medo — *Ik ben niet bang, hoor* — e ela afagava minha cabeça e dizia, como que não acreditando muito, "Não tem do que ter medo".) Agora, é claro, a escada estava silenciosa. Minha mãe dormia na cama. Abandonei meu posto de observação. As dunas, o fluxo cinzento de nuvens noturnas, o raio de luz voltando, o status baronial exclusivo concedido por aquele ponto de vista, até mesmo o próprio baronete, e seu maravilhamento: nada disso continuava em minha posse. Mas se não essas coisas — a questão se impôs por si mesma como uma manobra da emoção —, então o quê?

No dia seguinte, meu desassossego impeliu-me a sair para um passeio sob a luz evanescente. Era o mês de abril e fazia frio, e eu usava minhas calças de veludo cotelê e um suéter com padrão de losangos, ambos escolhidos dentre o guarda-roupa adolescente que habitava o armário de pinho em meu quarto. Vestido assim como Rip Van Winkle, caminhei ao longo do quarteirão em curva. As casas geminadas de tijolo vermelho, da década de 1940, eram dispostas em grupos de quatro, com duas casas de esquina ensanduichando duas outras. Na frente de cada uma havia um jardim insosso e um muro de tijolos vermelhos batendo na altura da coxa, e quem passava podia espiar sem dificuldade pelas janelas sem cortinas no nível térreo, onde normalmente uma densa selva de plantas em vasos impunha-se ao olhar. As pessoas moraram nessas casas por décadas: você entrava ali com os filhos pequenos e continuava até a velhice. Virei a esquerda na Kruisbeklaan. Todo dia útil à tarde um terremoto de jogos com bola percorria nosso quarteirão; essa rua era o antigo epicentro. Passei pela casa outrora ocupada por meu amigo Marc, que, segundo minha mãe, realizara sua ambição de infância de se tornar um farmacêutico: ela entrara em uma drogaria e reconhecera, nas feições do homem com os primeiros fios brancos atrás do balcão, o educado pianistazinho mirim que ocasionalmente apertava a campainha de casa havia mais de vinte anos. Entretiveram uma conversa breve e agradável, relatou minha mãe, e então cada um foi cuidar da própria vida. Um pouco mais à frente na rua ficava a casa em que quatro irmãos, ótimos desportistas que por anos constituíram a espinha dorsal de nosso clube, haviam vivido em um tumulto de tacos e brigas e bolas e chuteiras; e outras casas que eu anacronicamente identifiquei como a de Michael, e a de Leon, e a de Bas, e a de Jeffrey, e a de Wim e Ronald, que eram irmãos, e a de todos os outros de nossa gangue. Achei idioticamente aflitivo que um agudo assobio com os dedos na boca não mais fizesse com que surgissem à porta em um ditoso crepúsculo de brincadeiras. Uma antiga descoberta agora cabia a mim fazer: partir é executar nada menos que uma ação mortal. A suspeita me ocorreu pela primeira vez de que eles eram figuras em meus sonhos, como os mortos amados: minha mãe e todos aqueles garotos desaparecidos. E após a cremação não consegui me livrar da ideia de que mamãe fora jogada na fornalha da memória ainda com vida e, por extensão, que a relação que uma pessoa tem com os outros, ostensivamente vital, a certa altura se torna uma relação com os mortos.

E deve ter sido mais ou menos por essa época, também, que fiquei sujeito ao caráter desatento que posteriormente me prejudicou e, claro, minha família. É tentador, aqui, estabelecer uma ligação — dizer que uma coisa levou a outra. Nunca achei fácil fazer essas ligações. (Esse não é um problema que eu tenha no trabalho, onde de bom grado ligo pontos de todos os tipos; mas a tarefa no caso é muito mais simples e sujeita a leis.) Para ser justo com meu analista do saquinho de balas de hortelã, pode ser que essa última fraqueza remeta à minha criação. A natureza prazerosa de minha Holanda estava relacionada à tenuidade de seus mistérios. Nesse particular ela alcançava uma transparência nacional, promovida por cidadãos que, para todos os efeitos, estavam unidos em torno de um compromisso profundo, alegre até, com os desenlaces previsíveis e moderados da vida. Hoje em dia, percebo pelos jornais, há problemas com e para os elementos estrangeiros, e as coisas já não são mais como costumavam ser; mas em minha época — a idade me credencia a usar a expressão! — a Holanda era um país providencial. Parecia não fazer muito sentido um indivíduo se desgastar excessivamente pró ou contra os desfechos orquestrados em seu favor, zelosamente concebidos para beneficiá-lo do dia em que nascia até o dia em que morria e que dificilmente exigiam explicação. Logo, não havia muito por que algum rebento sonhador seu efetivamente levar ligações em consideração. Um dos resultados, para um temperamento tal como o meu, era a sensação de que o mistério é digno de ser entesourado, que isso é até necessário: pois o mistério, em um pequeno país tão cheio e transparente, significa, entre outras coisas, espaço. Foi nesse sentido, pode-se supor, que acabei por pisar em uma obscuridade de minha própria feitura, e a derivar para longe de minha terra nativa, e no devido curso a me apoiar em Rachel como meu farol humano. Ela iluminou coisas que eu julgava perfeitamente bem iluminadas. Para dar um exemplo, foi ela quem, todos aqueles anos antes, trouxe o cinema e a comida para minha esfera de interesses. Sem dúvida eu já havia assistido a filmes e feito refeições antes; mas não os situara no assim chamado esquema das coisas.

Em minha confusão nova-iorquina eu às vezes me perguntava se as coisas poderiam ter sido diferentes caso alguém mais velho, ou pelo menos alguém mais atento que eu para o modo como as coisas se relacionam umas às outras, alguém com conhecimento relevante, houvesse puxado meu juvenil eu de lado e o deixado a par de determinados fatos; mas ninguém assim se apresentou. Minha mãe, por mais vigilante que fosse, e apesar de professora, não era alguém capaz de oferecer orientação categórica, e na verdade pode ser graças a ela que eu naturalmente associasse amor com uma casa mergulhada no silêncio. Era possível, também, especulei posteriormente, que um pai houvesse operado o milagre — quer dizer, um predecessor em experiência ativo e observável, alguém em tudo mais alerta para o dever de passar adiante, seja pelo exemplo, seja pela palavra direta, certos encorajamentos e admonições; e mesmo agora, quando começo a compreender os limites do negócio do aconselhamento pessoal, sou levado a considerar, sobretudo quando passeio por Highbury Fields com Jake, um menino num skate com seis anos de idade hoje, o que possivelmente poderia transmitir um dia a meu filho para assegurar que não cresça como seu pai, o que significa dizer como um desavisado. Ainda não formei nenhuma ideia concreta, entre outras coisas porque não formei uma ideia concreta quanto a se minha própria queda na desordem dizia respeito a algum calcanhar de aquiles ou se ela se constitui numa loucura em larga medida punível para abordar a vida confiantemente —

impulsivamente, alguém poderia dizer. Tudo que sei é que a infelicidade me pegou de surpresa.

Um mal-estar de qualquer espécie estava fora de cogitação quando concordei em sair de Londres, em 1998: pelo calendário americano, o ano de Monica Lewinsky. Cheguei a Nova York em novembro, apenas um mês depois de Rachel ter começado em seu escritório da Times Square. Estávamos instalados temporariamente no Upper West Side e eu tinha umas duas semanas para achar o que fazer antes de assumir meu cargo no M——. Eu nunca visitara Nova York antes e era capaz de me maravilhar até mesmo com as luzes do trânsito na Amsterdam Avenue, uma confusão vermelha que, conforme você atravessava a rua, se auto-organizava em duas esmeraldas eternamente declinantes. Se eu não estava tentando tomar parte na flanação geral, estava assistindo à cobertura da C-SPAN sobre o processo do impeachment. O espetáculo, que por fim teve em seu centro o estranho personagem chamado Kenneth Starr, foi ficando cada vez mais mesmerizante e inexplicável. Nunca consegui destrinchar o ódio que o presidente parecia inspirar, e cujo governo, até onde eu saberia dizer, pouco fizera além de supervisionar o advento de uma riqueza nacional extraordinária. Não tardei a ficar com a impressão, quanto a esse último aspecto, de que ganhar um milhão de dólares em Nova York era essencialmente uma questão de caminhar pela rua — passear, as mãos nos bolsos, na jovial expectativa de que mais cedo ou mais tarde um raio de fogo pecuniário cairia da atmosfera e o atingiria em cheio. De cada três, um parecia ter sido alegremente fulminado: por uma tacada certeira no mercado de ações, ou por um veio inexplorado no ponto-com, ou por um contrato de seis dígitos para um filme graças a um artigo de revista de quinhentas palavras sobre, digamos, uma inexplicável galinha selvagem que, cacarejando e bicando, havia sido encontrada empoleirada em um quintal no Queens. Também eu me tornei um beneficiário do fenômeno, pois o preço subitamente derrubado do barril de petróleo — caíra para dez dólares nesse ano — ajudou a criar uma demanda sem paralelo por videntes, em meu ramo. O dinheiro, assim, havia se juntado às formas mais familiares de precipitação; apenas que ele agora caía, em minha imaginação de recém-chegado, dos alternativos e afortunados céus constituídos pelas inebriantes silhuetas apontando para o firmamento da ilha, sobre as quais nada tenho a dizer exceto que eram a mais bela das visões, mais do que nunca nas noites em que meu táxi vindo do JFK ascendia à crista da via expressa acima de Long Island City, e Manhattan era revelada em todo seu enquadramento e, escoltado por outdoors sorridentes e colossais, eu mergulhava na rota de casa banhado por suas luzes pluviais.

Rachel e eu certa vez encontramos Monica Lewinsky. Ela vinha caminhando por uma rua no Meatpacking District. Estava usando uma espécie de agasalho e óculos escuros muito grandes e atravessou as pedras da pavimentação na Gansevoort Street com prosaicos passos curtos. Era menor do que eu imaginava.

"Ela engordou", disse Rachel, indiscretamente. Ficamos vendo Monica desaparecer ao dobrar a esquina da Washington Street. Rachel disse, "Coitada", e seguimos em frente e logo ocupávamos nossa atenção com alguma outra coisa. Mas o episódio servira como um exemplo voluptuoso da incessante reiteração que a cidade fazia de seu valor redentor: até mesmo aquela bizarra categoria de libertação indicada para a pobre Monica, assim parecia, podia ser encontrada por aqui. E se assim era, chegava-se instintivamente à dedução, então as necessidades próprias, tais como se davam, podiam igualmente ser satisfeitas. Não que tivéssemos grandes dúvidas a esse respeito. Nossos trabalhos iam bem — muito melhor do que eu esperava, em meu caso — e havíamos nos estabelecido felizes em nosso loft na Watts Street. O lugar desfrutava da vista apropriadamente cinza e granulosa de um estacionamento e era gigantesco o bastante para comportar, em um canto de nosso dormitório de tijolos brancos, uma arara mecânica dotada de trilhos e cabides deslizantes, parecendo uma montanha-russa, obtida em uma loja de lavagem a seco: você apertava um botão e os tailleurs e saias de Rachel desciam matraqueando do teto como foliões entrando na avenida. Havia um bocado do que se presumir, se tal fosse a inclinação. A presunção, contudo, exige certa dose de reflexão, o que por sua vez exige perspectiva, o que por sua vez exige distanciamento; e nós, ou, certamente, eu, não olhava para nossas circunstâncias do observatório oferecido por uma predisposição às emoções mais espaciais — esses sentimentos, de remorso ou gratidão ou alívio, digamos, que aludem a situações afastadas da vida da pessoa. Não me parecia, por exemplo, que eu houvesse desviado de uma bala, talvez porque eu não fizesse qualquer ideia real do que fosse uma bala. Eu era jovem. Não fora devidamente arrancado da inocência em que o mundo benevolente mas fraudulento conspira para nos jogar na infância.

Depois da morte de minha mãe, comecei a fazer longas caminhadas para Chinatown e Seward Park e a antiga área de Seaport, empurrando o bebê Jake em seu carrinho. No verão pela Pearl ou a Ludlow ou a Mott eu encontrava alívio de nosso apartamento e sua transformação em uma espécie de mina de carvão parental, e caminhava e caminhava até atingir um estado de calor da imaginação, de uma receptividade indeterminadamente esperançosa, que me parecia um fim em si mesmo e o melhor a que se podia aspirar. Essas caminhadas eram, acho, uma forma abrandada de sonambulismo — o produto da exaustão e automatismo de um minerador. Se correto ou não enquanto diagnóstico, nisso residia definitivamente um elemento de fuga, e um elemento de capitulação, também, como se fosse eu o transportado no carrinho e minha mãe a conduzi-lo pelas ruas. Pois minhas saídas com meu bebê eram feitas também na companhia dela. Eu não a conjurava por intermédio da memória, mas, antes, da fantasia. A fantasia não consistia em imaginá-la fisicamente a meu lado, mas em imaginá-la a uma longa distância, como antes, e eu ainda remotamente enrolado no cueiro de suas considerações; e nisso ia eu instigado pelas ruas de Nova York, que instiga o desejo mesmo em seus padrões mais estranhos.

Tudo isso me traz ao segundo, e último, inverno em Nova York que enfrentei sozinho, quando me perguntava o que exatamente acontecera àquele lugar incontroverso, conspiratório, que eu conhecera anos antes, e ao desejador que caminhara por aquelas ruas.

Esse foi um inverno branco deveras. Uma tempestade no Dia dos Presidentes* em 2003 significou uma das nevascas mais pesadas da história da cidade. Por um ou dois dias, locomover-se ao ar livre transformou-se numa espécie de pantomima ridícula e os jornais intercalavam as notícias sobre o Iraque com fotos de crianças brincando de tobogã em Sheep's Meadow. Passei a manhã do feriado em uma poltrona no apartamento do hotel, hipnotizado por um acúmulo de neve na sacada de ferro forjado que foi crescendo e ficando cada vez mais pesado até monstruosamente se juntar contra a porta de vidro, sem derreter por completo senão em meados de março. Diz algo acerca de minha vacuidade mental que acompanhei esse derretimento ao longo de um mês com algo como tensão. Pelo menos duas vezes por dia eu espiava através das venezianas e inspecionava a acumulação suja, levemente brilhante, de gelo. Fiquei dilacerado entre um ódio esdrúxulo àquele obstinado ectoplasma hibernal e uma ternura igualmente esdrúxula estimulada pela batalha da solidez contra as forças da liquefação. Comoções mentais aleatórias desse tipo agitaram-me constantemente durante esse período, quando adquiri o hábito, entre outros estranhos hábitos, de me deitar no chão da sala e permanecer de olhos fixos no espaço sob minha poltrona marrom, um vão em forma de caixa de correio do qual, eu talvez assim esperasse, um importante comunicado viria. Não ficava particularmente preocupado com as horas passadas apoiado de cara no chão. Minha pressuposição era de que a toda minha volta, na proliferação de quadrados radiantes que inspecionavam a noite, incontáveis nova-iorquinos permanecessem deitados no chão, imobilizados por sentimentos similares; ou, se não de fato prostrados, de pé diante da janela, como eu muitas vezes

---

* Como é comumente chamado o feriado comemorativo do Aniversário de Washington, a terceira segunda de fevereiro. (N. do T.)

fazia, para observar as nuvens de inverno roçando — ou assim parecia, de minha perspectiva elevada — os arranha-céus a média distância. A magnitude da desaparição era maravilhosa, até para um espírito como o meu, talvez porque prenunciasse o ressurgimento aparentemente miraculoso do meio das nuvens de torres salpicadas de dentro para fora pela luz. No Dia dos Presidentes, contudo, a cidade vaporosa, sumindo em toda sua enormidade, provocou uma reação diferente. Cansado de minha vigília da neve que se acumulava, arrastei-me para fora da poltrona e me desloquei até meu quarto e, em busca de um ponto de vista renovado, vaguei até a janela de lá. Flocos de neve como pó de café pretejavam a tela de insetos. Gelo pulverizado, soprado para cima pela calha da janela, chegara ao peitoril e agora rastejava pelo vidro. Eu estava, isso ainda se compreenderá, aflito pela vulnerabilidade a insights de que padecem os solitários, de modo que ao espiar lá fora em meio à nevasca e não ver sinal do Empire State Building, fui assaltado pela ideia, chegando na forma de um aterrorizante lampejo da consciência, de que qualquer substância — qualquer coisa dotada de uma assim chamada concretude — era indistinguível de seu oposto inominado.

Chutar uma pedra ou dar tapinhas num cachorro é, presumo, suficiente para livrar a maioria das pessoas desse tipo de confusão, que deve ser tão antigo quanto nossa espécie. Mas eu não tinha uma pedra ou um cachorro à mão — nada a não ser o vidro de uma janela assolada pela tempestade. Foi como a suspensão de uma sentença ouvir o trinado furioso de meu telefone.

Era Rachel. Contou-me primeiro sobre a imensa manifestação antiguerra que tivera lugar em Londres dois dias antes e como Jake havia carregado uma placa escrito NÃO EM MEU NOME. Em seguida ela me contou, no tom de uma pessoa que discutisse uma lista de supermercado, que decidira definitivamente não regressar aos Estados Unidos, pelo menos não até o fim do governo Bush ou de qualquer governo sucessor igualmente voltado à dominação militar e econômica do mundo. Não era mais questão de segurança física, disse, embora isso é claro continuasse sendo um fator. Era uma questão, antes de mais nada, de não expor Jake a crescer em um país "ideologicamente enfermo", em suas palavras, um país "mentalmente doente, podre, irreal" cujas massas e líderes sofriam de ilusões extraordinárias e moralistas sobre os Estados Unidos, o mundo e até, graças à influência do fanático movimento cristão evangélico, o universo, ilusões cujo resultado era eximir os Estados Unidos das próprias leis do comportamento civilizado, legítimo e racional que tão implacavelmente tentava impingir aos outros. Declarou, ficando cada vez mais alterada, que havíamos chegado a uma encruzilhada, que uma grande potência "enveredara pelo mau caminho", que sua consciência não lhe permitia qualquer outra conclusão.

Normalmente, eu não teria dito nada; mas a mim me pareceu que minha relação com meu filho estava em jogo. Então eu disse, "Rach, por favor, vamos tentar manter as coisas em perspectiva".

"Perspectiva? E que perspectiva seria essa? A perspectiva da liberdade de imprensa na América? É daí que você tira sua perspectiva, Hans?" Emitiu um som desagradável de hilaridade. "Das redes de TV bancadas pelos anunciantes conservadores? Do *Wall Street Journal*? Do *Times*, aqueles bonecos do governo? Por que não do Ari Fleischer, já que a gente tá falando nisso?"

Não era a primeira vez que eu achava difícil de acreditar que aquela era a mulher com quem eu me casara — uma litigante corporativa, não vamos nos esquecer, radicalizada apenas a serviço de seu cliente e sem nenhuma conta a ajustar com o dinheiro e seus descaminhos.

"Você quer que Jake cresça com uma perspectiva americana? É isso? Quer que ele seja incapaz de apontar onde fica a Inglaterra em um mapa? Quer que ele acredite que Saddam Hussein jogou aqueles aviões nas torres?"

Partículas de neve, pequenas e escuras como moscas, enxameavam diante de mim. Eu disse, "É claro que ele não ia crescer como um ignorante. A gente não ia deixar".

Ela falou, "Bush quer atacar o Iraque como parte do plano da direita pra acabar com o estado de direito internacional como o conhecemos e substituir pelo domínio mundial de uma força americana. Diz pra mim que parte dessa frase está errada, e por quê".

Como sempre, ela era rápida demais para mim. Eu disse, "Não quero começar uma discussão sobre isso. Você está pondo umas opiniões em mim que eu nunca tive".

Rachel pareceu dar risada. "Tá vendo? Não adianta discutir nada. É como jogar tênis com alguém que insiste em jogar buraco."

"Do que é que você tá falando?"

"Você tá sempre se debatendo e mudando de assunto e levando as coisas pro lado emocional. É a tática conservadora clássica. Em vez de responder a pergunta, sabotar a discussão."

"Certo", eu disse. "Repete a pergunta. E para de me chamar de conservador."

"Você é conservador", disse Rachel. "O mais triste é que nem faz ideia."

"Se você tá dizendo que os Estados Unidos não têm que atacar o Iraque", continuei, "não vou discutir com você. Mas se o que você tá dizendo é q...", fiquei em silêncio, perdido em substantiva perplexidade. Também eu enveredei por uma digressão — de uma lembrança, Rachel e eu no voo de Hong Kong para nossa lua de mel, e como na penumbra do avião olhei pela janela e vi luzes, pequenas teias cintilantes, na escuridão sem pontos de referência quilômetros abaixo. Apontei para Rachel. Queria dizer alguma coisa sobre aquelas incandescências humanamente cósmicas, que me faziam sentir, eu queria dizer, como se houvéssemos sido deslocados por uma translação para outro mundo. Rachel se curvou sobre mim e olhou para a terra ali embaixo. "É o Iraque", disse.

Ela continuou: "Estou dizendo que os Estados Unidos não têm autoridade moral ou legal para empreender esta guerra. O fato de que Saddam é horroroso e deveria ser fuzilado hoje mesmo não tem nada a ver. O mau-caratismo do inimigo não torna a guerra boa. Pense em termos políticos, ao menos uma vez. Stalin era um monstro. Matou milhões de pessoas. Milhões. Isso quer dizer que a gente tinha que ter apoiado o Hitler quando ele invadiu a Rússia? A gente devia ter se alinhado com Hitler só porque ele se propôs a livrar o mundo de um genocida?"

Eu devia ter concordado. Não era besta de discutir com Rachel sobre essas coisas. Mas sentia vergonha e queria me redimir. "Você está dizendo que Bush é igual a Hitler", eu disse. "É ridículo."

"Não estou comparando Bush com Hitler!", Rachel quase implorou. "Hitler é só um exemplo extremo. Você usa exemplos extremos para testar uma proposição. Chamam isso de raciocinar. É assim que a gente raciocina. Faz uma proposição e segue o raciocínio até a conclusão lógica. Hans, você é que deveria ser o grande racionalista."

Como disse, nunca reivindiquei o título. Apenas me via como uma pessoa cuidadosa no que dizia. A ideia de que eu era um racionalista foi algo que Rachel alimentou — embora, devo admitir, com minha cumplicidade. Quem tem coragem de corrigir esses mal-entendidos que resultam em amor?

"Isso não é raciocinar", eu disse. "É só agredir."

"Agredir? Hans, não está entendendo? Você não percebe como isso não tem nada a ver com as relações pessoais? Ser educado, bonzinho, você, eu — isso tudo é irrelevante. Isso tem a ver com uma luta de vida ou morte pro futuro do mundo. Sentimentos pessoais não fazem parte do cenário. Existem outras forças à solta. Os Estados Unidos hoje são a maior potência militar do mundo. Eles podem fazer e vão fazer o que quiserem. Precisam ser detidos. Meus sentimentos, os seus sentimentos", estava chorando, agora, "não fazem parte da agenda".

Mais uma vez, olhei pela janela. A neve havia parado de cair. Um manto gelado cobria a cidade como uma toga.

"Está nevando aqui", eu disse. "Jake podia fazer um homem de neve na 23rd Street."

Rachel fungou. "Bom, não vou mudar de volta praí só pra ele poder fazer um boneco de neve. Pela lógica a gente devia ir todo mundo pro Polo Norte. O que sobrou de lá."

Ri, mas conhecia Rachel bem o bastante para levar a sério tudo que dissera. Entretanto, eu não fazia ideia de como reagir efetivamente. A dificuldade não era apenas que eu não conseguia pensar em uma alternativa para os planos de viajar para Londres uma ou duas vezes por mês. Não, minha dificuldade era que eu não conseguia sacudir o desânimo infinito, imobilizante, que solapava cada atitude pessoal que eu tentasse tomar. Era como se, em minha incapacidade de produzir uma mudança que fosse em minha vida, eu houvesse caído vítima da paralisia que frustra os protagonistas de um sonho quando tentam em vão correr, falar ou fazer amor.

Naturalmente, eu censurava a mim mesmo. Não deveria ter permitido que aquele impasse transoceânico, agora durando mais de um ano, persistisse. Eu deveria ter me mudado para Londres a despeito da firme mas vagamente explicada preferência pela separação de minha esposa. Mais exatamente, eu deveria ter previsto a chegada da explosão de Rachel ao telefone, entre outras coisas porque a invasão iminente do Iraque estimulara uma opinião grandiloquente e apaixonada em praticamente todo mundo que eu conhecia. Para aqueles com menos de quarenta e cinco anos de idade os eventos mundiais haviam finalmente criado um teste significativo de sua capacidade para o pensamento político consciente. Muitas pessoas que eu conhecia, percebi, haviam passado a última ou as duas últimas décadas em um estado de anseio intelectual e físico por tal momento — ou, quando não, eram capazes de reunir rapidamente o arsenal de um debatedor experiente composto de ataques, estatísticas, réplicas, estratégias, exemplos, fatos relevantes, manobras retóricas. Eu, contudo, ficava quase completamente mudo. Podia arriscar uma opinião sobre a capacidade de produção de petróleo para um Iraque sob ocupação americana e na verdade era pressionado a dar um parecer sobre essa questão diariamente, e estupidamente. ("O que você está dizendo, dois milhões e meio de barris ou três milhões? Qual dos dois?") Mas eu me achava incapaz de contribuir para as conversas sobre o valor da lei internacional ou a exequibilidade de se produzir uma bomba suja ou os direitos constitucionais de inimigos aprisionados ou a eficácia da silver tape para vedar uma janela ou as vantagens de vacinar a população americana contra a varíola ou a complexidade de se construir armas com bactérias mortíferas ou a ameaça do bando conspiratório de neoconservadores no governo Bush, ou na verdade qualquer debate, cada um deles aparentemente vital, que fervia por toda parte — fervia é a palavra, porque os interlocutores rapidamente iam ficando exaltados, raivosos, contenciosos. Nesse debate eternamente variável e plenamente abrangente minha orientação era precária. Eu não sabia dizer onde me situava. Se instado a adiantar minha posição, confessava a verdade: que eu fracassara em chegar a uma posição. Eu carecia da capacidade necessária de percepção, convicção e, acima de tudo, previsão. O futuro conservava o caráter impenetrável que eu sempre atribuíra a ele. A segurança americana seria melhorada ou piorada com a ocupação do Iraque? Eu não sabia, porque não estava informado sobre os propósitos e recursos dos terroristas nem, aliás, dos governos norte-americanos; e mesmo que viesse a dispor de tais informações, ainda assim não poderia nutrir esperanças de saber o curso que as coisas tomariam. Acaso saberia dizer se as mortes e a dor causadas por uma guerra no Iraque excederiam ou não o sofrimento que poderia advir igualmente de manter Saddam Hussein no poder? Não. Eu seria capaz de dizer se o direito à autonomia do povo iraquiano — uma entidade nacional problemática, pelo que ouvi falar — seria reforçado ou diminuído com uma troca por um regime americano? Também não. Será que o Iraque tinha armas de destruição em massa que ofereciam uma verdadeira ameaça? Eu não fazia ideia; e para ser franco, e ir ao ponto de minha real dificuldade, não estava muito interessado. Eu não me importava, na verdade.

Em resumo, eu era um idiota ético-político. Normalmente, essa deficiência poderia ter sido algo inconsequente, mas esses eram tempos anormais. Como se os nova-iorquinos já não estivessem apreensivos o bastante com os constantes lembretes do nível código laranja de ameaça terrorista, havia ainda outro perigo para nos preocupar: o fogo sob nossos pés. As extraordinárias quantidades de neve e sal na rua estavam se combinando, aparentemente, para corroer o sistema elétrico municipal, com o resultado de que, durante todo o inverno e parte da primavera, a fiação subterrânea pegava fogo e as chamas se disseminando sob as ruas explodiram milhares de bueiros nas calçadas, de Long Island City à Jamaica e ao East Village, as detonações fazendo as tampas de ferro fundido voar quinze metros pelos ares. Foi Chuck Ramkissoon quem me alertou sobre esse perigo. Após aquele nosso passeio de janeiro, ele me adicionara em sua lista de correio eletrônico, e duas ou três vezes por semana eu era um dos cerca de uma dúzia — "Caros amigos", ele nos chamava — a receber mensagens sobre fosse lá qual fosse o assunto ocupando seus pensamentos: críquete, história americana, observação de pássaros, mercado imobiliário do Brooklyn, fenômenos meteorológicos, dados econômicos interessantes, episódios de grande repercussão do mundo dos negócios (houve um tópico, talvez para meu especial benefício, sobre gás no Ártico) e assuntos variados que chamavam a atenção, como esse negócio do inferno elétrico. Todos vinham assinados,

CHUCK RAMKISSOON
Presidente, New York Cricket Club

A Chuck Cricket Corporation fora substituída por uma entidade maior.

Muitas vezes, os e-mails de Chuck simplesmente forneciam links para websites que ele julgava interessantes, mas quando a mensagem dizia respeito a seu empreendimento criqueteiro, podia ser que nos brindasse com o benefício de suas próprias considerações. Uma dessas circulares tinha por título: NÃO É UM ESPORTE DE IMIGRANTE. O texto — ainda guardado naquele meu ícone em forma de arquivo — dizia o seguinte:

O críquete foi o primeiro esporte coletivo moderno dos Estados Unidos. Ele chegou antes do beisebol e do futebol americano. O críquete vem sendo praticado em Nova York desde a década de 1770. As primeiras partidas internacionais entre equipes de esporte coletivo no mundo todo foram jogos de críquete entre os Estados Unidos e o Canadá nas décadas de 1840 e 1850. Nessa época os jogos de críquete em Nova York eram assistidos por milhares de fãs. Era um esporte profissional com cobertura de todos os jornais. Havia clubes por todo o país, em Newark, Schenectady, Troy, Albany, San Francisco, Boston, Ohio, Illinois, Iowa, Kentucky, Baltimore e Filadélfia. Só na Filadélfia havia dúzias de clubes e as instalações magníficas do Philadelphia Cricket Club, do Merion Cricket Club e do Germantown Cricket Club continuam de pé até hoje. (Os campos são mais usados para tênis em piso de grama.) Foi somente com a Primeira Guerra Mundial que o esporte conheceu um agudo declínio por motivo complexos.

Assim, é um equívoco ver o críquete na América como a maior parte das pessoas o veem, i.e., um esporte de imigrantes. É um passatempo americano genuíno e como tal deveria ser encarado. Todos os que tentaram "introduzir" o críquete entre o público americano deixaram de perceber isso. O críquete já é parte do DNA americano. Com a promoção apropriada, o marketing, o apoio do governo etc., o interesse pelo jogo poderia facilmente ser reaceso. As crianças americanas poderiam voltar a jogar o esporte coletivo mais antigo de seu país!

Um destinatário desse e-mail reenviou sua resposta para todos os endereços da lista de Chuck:

Seja lá quem for
Será que dá pra parar de me mandar esse junk mail maluco?!

Embora sempre desse uma olhada, eu nunca respondia os comunicados de Chuck. Meu instinto me dizia para me manter a distância, a distância, certamente, que interpomos entre nós e aqueles que suspeitamos de carência financeira. Eu me perguntava, por exemplo, em que momento ele iria pedir dinheiro para seus projetos de críquete. Mas ao mesmo tempo Chuck me fascinava. Eu o tinha na conta de alguém que amava as contingências e hipóteses, um homem animadamente operando no modo subjuntivo. O mundo dos negócios é densamente margeado por sonhadores, homens, quase invariavelmente, cujos eus anelantes de bom grado se submetem ao encanto de projeções, gráficos de pizza, suculentas cifras totalizantes, que mexem e remexem por anos, como romancistas, com o mesmo punhado de documentos, que deslizam para fora da cama no meio da noite a fim de treinar um discurso para o reflexo apijamado no vidro da janela. Eu nunca fui aberto ao aspecto fantástico do negócio. Sou um analista — um observador neutro. Careço do anseio empresarial. No que diz respeito ao resto, é claro, sou tão sonhador quanto se pode ser. Nesse inverno, por exemplo, quando a Copa do Mundo de críquete estava sendo disputada na África meridional e vários antigos colegas de time jogavam pela Holanda contra os ótimos indianos e australianos, imaginei que os eventos no passado remoto haviam tomado um curso distinto e que em minha juventude eu descobrira o grande segredo da rebatida — algo a ver com a posição da cabeça, talvez, ou um movimento preliminar dos pés, ou uma predileção especial da memória —, com o resultado (dei ainda mais asas à imaginação naquelas escuras manhãs quando acordava cedo para acompanhar o placar ao vivo dos jogos da Holanda no cricinfo.com) de que eu era agora um daqueles holandeses vestidos de laranja postados nos gramados pálidos de Paarl e Potchefstroom, e que quando Brett Lee, digamos, deu vinte elásticas passadas em minha direção, e pulou, e arremessou a bola branca do *one-day** perto de meus pés, o borrão se movendo a cento e cinquenta quilômetros por hora ganhou foco e pairou diante de mim como um enfeite natalino e com um despojado meneio de meu taco de cabo longo fiz a bola planar longamente até pousar junto à corda branca delimitando o campo. Quantos de nós estão inteiramente livres de enredos como esse? Quem nunca conheceu, um pouco envergonhado, as alegrias que eles trazem? Desconfio que o que nos mantém a salvo deles não é, como muita gente parece acreditar, a manutenção de uma fronteira estrita entre os reinos da fantasia e da realidade, mas o contrário: a permissão de uma anexação benigna deste último pelo primeiro, de modo que nossos gestos diários sempre lancem uma sombra secundária sobrenatural e, nesses momentos em que nos sentimos inclinados a fugir dos significados mais plausíveis e dolorosos das coisas, de modo tranquilizador nos encontremos apegados a um familiar e pouco crível senso do mundo e de nosso lugar nele. É a incompletude do devaneio que acarreta problemas — que, assim alguém poderia argumentar, conduziu Chuck Ramkissoon ao pior problema de todos. Sua cabeça não estava suficientemente nas nuvens. Ele era dotado de uma visão bastante clara da lacuna onde estava e onde desejava estar, e estava determinado a achar um jeito de transpô-la.

Entretanto, volto a repetir, isso não ocupava meus pensamentos na época — nem Chuck ocupava meus pensamentos. Outras pessoas sim, entre elas Rivera. Certa manhã, ele veio até minha sala, fechou a porta e disse que ia ser mandado embora.

---

* O *one-day cricket*, também conhecido como ODI (One Day International, ou Limited Overs International, LOI), é a modalidade do críquete jogada com uma bola branca e disputada em um único dia, ao contrário do críquete tradicional (*test cricket*), que transcorre ao longo de cinco dias. (N. do T.)

Pesei sua declaração. Rivera, como eu sabia, recebera recentemente uma cotação decepcionante no ranking da força de vendas, e a isso se seguira um relatório de pesquisa não muito bem recebido sobre a Nigéria; mas ele analisava ações de capitalização média, um setor diferente do meu, e eu não estava nem perto de algo como uma relação de proximidade com seu chefe, Heavey, para julgar com alguma dose de segurança o que isso poderia significar. Isso posto, Rivera obviamente tinha motivos para se preocupar. Todos tínhamos. O valor dos analistas é uma questão de opinião, e as opiniões em Wall Street são no mínimo tão caprichosas quanto em qualquer outra parte.

"Vão dar meu trabalho para o Pallot", disse Rivera.

Ele ficou diante da janela olhando para o granizo que caía, um homem pequeno numa camisa branca e limpa. Suas mãos magrelas e peludas estavam enfiadas no bolso da calça, agarrando alguma coisa, só agarrando. Sem saber o que dizer, me levantei e fiquei a seu lado, e por um momento ambos observamos, vinte e dois andares mais abaixo, o movimento de inflorescências negras dos guarda-chuvas de quatro dólares.

"Aguenta firme", eu disse. "Essas coisas vêm e vão."

Mas no início de março voltei de uma viagem de dois dias a Houston e vi que Rivera sumira; Pallot de fato assumira sua mesa. Quando liguei para Rivera e me ofereci para lhe pagar uma bebida, achou um pretexto qualquer para pular fora. Estava constrangido, foi minha impressão. "Escuta, eu tô legal", disse. "Tenho um monte de cartuchos pra queimar."

Tudo isso me deixou um bocado incomodado. Certa noite, saí com Appleby para um bar no Lower East Side, ansioso em conversar sobre o destino de Rivera e maquinar em seu favor. Appleby, porém, havia combinado de encontrar uns amigos. Passou a noite contando piadas que eu não conseguia escutar ou entender direito, e de tempos em tempos eles saíam para a calçada a fim de fumar um cigarro e ligar para outros baladeiros espalhados pela cidade, regressando com relatórios de festas em Williamsburg e Soho e, conforme o turbilhão da noite seguia girando, pondo-me de escanteio. Continuei bebendo e deixei que seguissem naquilo.

Não, Rivera era meu único amigo de verdade no trabalho, talvez meu único amigo de verdade onde quer que fosse — até Vinay, meu parceiro de jantares apreciador de uísque, se mandara para Los Angeles. Em todo o período que passei nos Estados Unidos eu não havia recebido um único telefonema daqueles que elegera como meus amigos londrinos; e eu tampouco, preciso ser honesto, ligara para eles. Com Rivera, fiz um esforço. Liguei e mandei e-mails com insistência, mas, na medida em que a ideia era encontrá-lo pessoalmente, sem sucesso. Não tardou muito até que parasse de me atender. Depois ouvi dizer que se mudara de volta para a Califórnia, onde havia crescido, e então Appleby, que era uma espécie de fofoqueiro, tinha quase certeza de que ele fora para San Antonio para trabalhar em uma companhia petrolífera. Mas ninguém sabia exatamente da verdade, e chegou o momento em que me dei conta de que Rivera se juntara àqueles que haviam desaparecido de minha vida.

Presumo que foi essa espécie de apreensão, junto com os sofrimentos mais ritmados daquele inverno, que me arrastou à rotina reconfortante, nesses dias em que eu tinha tempo de sobra nas mãos, de permanecer um longo tempo tomando café da manhã no Malibu Diner, um restaurante uma quadra a leste do hotel. O Malibu era dirigido por corfiotas — para ser preciso, por pessoas vindas de uma ilhota nas imediações de Corfu — e às vezes eu ficava conversando com um dos donos, um sujeito com problemas no coração que lia jornais gregos porque, assim me contou, após quase trinta anos vivendo na América continuava sem entender o alfabeto latino. O genro do dono tinha um ex-cunhado, e era esse homem, um sujeito quase sexagenário chamado George, que me servia regularmente. Ele usava um pequeno bigode, vestia um colete preto e exibia um rosto rubicundo e limpo. Minhas relações com George eram limitadas pela própria profundidade de nosso entendimento mútuo: ele automaticamente me trazia ovos mexidos com torrada de trigo integral e repunha meu café quando achasse por bem; eu dava polpudas gorjetas e não fazia comentários. O único fato que revelou sobre sua vida foi que não fazia muito tempo que se divorciara e como consequência estava mais feliz do que nunca. "Posso fumar, agora", explicou. "Fumo cinco maços por dia." A coisa mais notável sobre o Malibu era o espelho cobrindo toda a parede na sala dos fundos e que duplicava em seu vidro o interior completo do restaurante, com o estranho resultado de que os recém-chegados ficavam sujeitos a uma poderosa ilusão temporária de que o ambiente dos fundos não existia de verdade e que ele não passava de um truque de reflexo. Esse defeito de percepção meio perturbador talvez contribuísse para a relativa escassez de fregueses nos fundos do restaurante, onde me acostumei a pegar uma mesa que encarava como propriedade particular. Havia algumas outras presenças recorrentes. Todo sábado, gente propensa a estourar cartões de crédito e a outras formas de comportamento estouvado reunia-se no fundo para discutir seus hábitos dissipadores e compartilhar uns com os outros encorajamento e apoio. Minhas companhias de mesa mais comuns, porém, eram os cegos que moravam em uma residência especial no fim da rua ("Uma Comunidade Visionária", lia-se na fachada) e corajosamente se aventuravam ao ar livre com as bengalas brancas tateando diante de si, motivo pelo qual comecei a pensar em minha vizinhança como o quarteirão dos cegos. Na maioria dos dias, dois ou três deficientes visuais — mulheres, quase sempre — abriam caminho até uma das mesas perto da minha e pediam cafés da manhã imensos e complexos. Comiam indelicadamente, espetando o dedo nos ovos estrelados e baixando o rosto para perto da comida. Minhas favoritas entre elas eram duas amigas constantes, uma negra e uma branca, que usavam ambas gorros com pompom na cabeça e gingavam de um lado para outro como marinheiros quando andavam. A mulher branca, na casa dos sessenta e pelo menos dez anos mais velha que a outra, ainda era dotada de um fragmento de visão: examinava o cardápio como se fosse um diamante, erguendo-o a dois dedos do olho esquerdo. A mulher negra, que permanecia sempre com uma das mãos agarrada ao cotovelo de sua companheira, movia-se na mais completa cegueira. Quando esfregava as pálpebras com os polegares, os globos oculares amarelados se revelavam girando nas órbitas. As duas sempre empreendiam uma conversa agradável e inteligente que eu entreouvia com grande satisfação por uma hora ou mais naqueles fins de semana sem nada para fazer. Foi durante uma dessas sessões de bisbilhotice que uma mulher que não reconheci parou em minha mesa e me perguntou, com um sotaque de inglesa, se eu já havia morado em Londres.

Era uma mulher mais ou menos de minha idade, com pele morena clara e olhos grandes tornados um pouco pesarosos pelo formato de sua testa.

"Já, já morei em Londres", eu disse.

"Em Maida Vale?", ela disse.

Já ia dizendo não, e então me lembrei. Cerca de oito anos antes, pouco antes de conhecer Rachel, eu ficara no apartamento de um amigo em Little Venice enquanto uns homens pintavam meu novo apartamento em Notting Hill.

"Mais ou menos duas semanas", eu disse, sorrindo involuntariamente.

Ela retribuiu o sorriso e, ao fazê-lo, tornou-se distintamente bonita. "Foi o que pensei", disse, embrulhando-se ainda mais no casaco. Em um tom educado, prosseguiu, "Uma vez a gente dividiu um táxi. Do...". Disse o nome de um clube noturno no Soho. "Você me deu uma carona pra casa."

Lembrei bem do lugar — eu fora uma espécie de frequentador assíduo —, mas não da mulher, ou de ter dividido um táxi com alguém parecido com ela. "Tem certeza?", eu disse.

Ela riu. Não sem constrangimento, disse, "Seu nome é Hans, não é? Era um nome meio diferente. Por isso eu lembro".

Foi minha vez de me sentir constrangido, mas, mais do que tudo, fiquei perplexo.

Embora em nenhum momento houvesse sentado, a mulher e eu conversamos por mais alguns minutos, e combinamos muito naturalmente que fosse me visitar uma noite qualquer. Segundo contou, sempre tivera muita curiosidade em conhecer o Chelsea.

Se me sinto apto a afirmar que não dediquei ao episódio nenhum pensamento posterior — que não estava planejando nada — é porque, algumas noites depois, quando a linha interna do hotel tocou em meu apartamento e Jesus na recepção me disse haver uma visita chamada Danielle, eu não fazia ideia a respeito de quem estava falando. Só no último segundo, quando fui atender o toque tuberculoso de minha campainha, veio-me à cabeça quem poderia ser aquela pessoa — e que em nenhum momento me ocorrera perguntar seu nome.

Abri a porta. "Estava por perto", falou, e murmurou mais alguma coisa. "Se estiver atrapalhando..."

"Claro que não", eu disse. "Entre."

Usava um casaco que talvez fosse diferente do casaco com que a vira da primeira vez mas que provocava o mesmo efeito, ou seja, fazia com que parecesse alguém que acabara de ser resgatada de um rio e envolvida em um cobertor. Minha própria apresentação estava deplorável — descalço, de camiseta, uma calça de agasalho velha — e, enquanto me trocava, Danielle andou pelo apartamento, como se gozasse da prerrogativa: as pessoas em Nova York estão autorizadas, pelas convenções sociais, a fuçar em torno, a avaliar mentalmente e a fazer comentários sobre qualquer imóvel em que forem convidadas a entrar. Além do generoso pé-direito, do assoalho de madeira e dos armários embutidos, ela sem dúvida notou as fotos de família, o desmazelo de solteiro, o segundo dormitório com a tábua de passar, a cama infantil ocupada por uma pilha de camisas de executivo amarrotadas. Imagino que isso respondesse a algumas perguntas que tivesse sobre minha situação, e não de um modo particularmente desencorajador. Como portas velhas, todo homem, após uma certa idade, se depara com algumas empenas e rangidos de um tipo ou de outro que ganhou em sua história, e uma mulher que planeje seriamente voltar a pô-lo em uso deve estar disposta a trabalhar um pouco, lixando e aplainando. Mas é claro que nem toda mulher está interessada nesse tipo de projeto de restauração, assim como nem todo homem só pensa em uma coisa. Sobre Danielle, eu me lembro, meus sentimentos não eram mais específicos do que uma ansiedade agradável. Ela não me pegara, bastante obviamente, em um momento muito erótico de minha vida. Eu nunca fora muito um artista da cantada — uns poucos encontros desastrosos após os vinte anos deixaram isso claro — e a perspectiva alternativa de um romance eufórico não só se exaurira em mim como também, na verdade, me parecia impossível. Isso não era devido a nenhuma fidelidade para com minha esposa ausente ou alguma aversão ao sexo, que, gosto de pensar, me atrai como a qualquer outro. Não, era simplesmente que eu não estava interessado em tirar, do modo como eu via, uma xerox de algum antigo estado emocional. Eu estava com trinta e poucos, com um casamento mais ou menos nas costas. Não era mais alguém vulnerável ao gigantesco ímpeto da curiosidade. Não tinha nada de novo a meu respeito para murmurar para outra pessoa no tocante a mim mesmo e nem o mais remoto interesse de ser posto a par da trajetória supostamente única de Danielle — uma curva descrita sob a ação, podia-se seguramente adivinhar, dos usuais anseios materiais, maternais e emocionais, uns poucos tiques estorvantes de personalidade e alguma boa e má sorte. Uma vida parece uma velha história já contada.

Saí, todo vestido, de meu quarto. "Deixa eu mostrar o prédio para você", falei.

Juntos descemos, como faziam os hóspedes temporários, os olhos arregalados, pelos degraus de mármore com seus veios cinzentos. Enquanto Danielle observava os quadros sulfurosos e selvagemente expressivos, peguei-me pela primeira vez olhando para os canos, fios, caixas de alarme, dispositivos elétricos, rotas de fuga e sprinklers que enchiam as paredes em cada andar. Esses símbolos da calamidade e do fogo, tomados em conjunto com a arte incendiária e calamitosa, emprestavam um aspecto infernal e subterrâneo à nossa jornada descendente, que eu empreendera a pé apenas uma ou duas vezes antes, e fiquei quase que chocado quando chegamos ao fim da escadaria não para topar com o sorridente e velho Lúcifer em carne e osso mas, em vez disso, dar na superfície da terra e podendo sair diretamente para a noite clara e fria. Paramos um momento sob o toldo do hotel, batendo os pés para esquentar. Não pude pensar em nada melhor para sugerir do que jantar.

Sem nenhuma ideia clara de onde ir, seguimos pela Nona Avenida. Na 22nd Street, entramos em um restaurante italiano. Danielle tirou o casaco e vi que usava uma saia curta, meia-calça preta de lã e botas de couro na altura do joelho. Uma minúscula estrela de metal se alojava no vinco acima de uma narina.

Um garçom trouxe massa e uma garrafa de vinho tinto. A acústica do lugar, que transformava o som ambiente num rugido, forçava-nos a gritar para nos fazer ouvir, de modo que nossa conversa formalmente partilhava muitas das características de uma discussão áspera. Perto do fim da refeição, Danielle, que parecia estar se divertindo apesar de tudo, viu que eu olhava para um cartaz de primeiros-socorros pregado na parede atrás dela. "Não acha isso um pouco bizarro?", puxei conversa. Danielle virou, olhou e riu, porque a fotografia no cartaz fazia parecer que a vítima de sufocamento estava na verdade estrangulando ela mesma enquanto era atacada por trás por uma mulher mais gorda. Danielle disse alguma coisa que não escutei.

Eu disse, "Desculpe — como é?".

Ela gritou de volta: "Alguém devia escrever um livro chamado *A dieta Heimlich*. Sabe, você come quanto quiser, depois vem alguém...". Demonstrou a manobra com um gesto brusco de braços.

"Essa é boa", eu disse, balançando a cabeça e sorrindo. "*Dieta Heimlich.*"

Depois, vaguei de volta na direção da cascata de letras brancas de néon dizendo HOT L; Danielle caminhava ao meu lado, fumando um cigarro. Seria difícil para mim exagerar a estranheza desse passeio, uma estranheza dificilmente suavizada pela cena que nos aguardava ao entrarmos de novo no hotel. Uma festa ocorria no lobby. A ocasião era o terceiro aniversário de uma terrier chamada Missie que morava no segundo andar, e o dono de Missie, um sujeito amigável com sessenta e poucos que eu conhecia apenas de ver no elevador, pôs copos de champanhe em nossas mãos e disse, "Missie insiste, vamos". O lobby estava abarrotado de residentes do hotel, humanos e caninos. O anjo estava lá, assim como o libretista eminente, e também reconheci um artista que usava óculos escuros dia e noite, e duas irmãs adolescentes que certa vez serviram de baby-sitters para Jake, e um pianista e concertista do Delaware, e um sujeito com um assento na Bolsa de Valores, e o casal de iranianos cujos baseados emprestavam a determinado andar seu peculiar aroma, e o astro de cinema que se separara recentemente de sua esposa estrela de cinema, e um casal que fazia papel de parede barroco, e a viúva murmurante. Quem quer que tivesse um cachorro desceu com seu cachorro para o lobby. Um borzói enormemente meigo caminhava a esmo, e se a memória não me engana havia um vira-lata com manchas cor de canela, um par de pugs minúsculos de pelo curto e olhos brilhantes, um affenpinscher, spaniels, um chow-chow velho e alquebrado que ficava lambendo a pata e, parado perto da lareira, um exemplar de uma dessas raças miniaturizadas que aparentemente são programadas para tremer em miserável desamparo. De tempos em tempos um coro de latidos prorrompia e os donos dos cães baixavam o rosto e então era a vez deles de latir reprimendas em uníssono. Minha vontade imediata foi engolir a bebida de uma vez e cair fora. Danielle, porém, entrou em uma discussão com um fazedor de bonecos de papier mâché e depois com um fotógrafo de cenas africanas, e eu de meu lado me vi em longas conferências primeiro com um dentista que atendia em um apartamento do hotel e depois com um sujeito de barba cor de ferrugem que eu já vira por ali e que declarava estar em um "encontro canino" com um meio-beagle, meio-Rottweiler.

"Como está indo?", perguntei.

"Até agora tudo bem", disse o homem de barba ferrugem. "É só nosso segundo encontro." Deu de ombros. "A gente vai passar uma semana morando juntos. Vai ser nossa prova de fogo."

Ambos olhamos para o animal. Parecia muito amigável. Sua cauda balançando ficava permanentemente na vertical, expondo o cuzinho rosa pálido.

"Às vezes me pergunto se não devia ter um cachorro mais masculino", disse o homem, pensativo.

Estávamos parados junto a uma pintura de cabeça de cavalo, que só de lembrar me dá vontade de voltar até lá para examiná-la mais uma vez, pois aquela cara de cavalo, com seu focinho branco e doloroso contrastando com a escuridão, parecia conter a promessa, a quem o examinasse por tempo bastante, de uma revelação transcendental. "Já esfregou um cavalo?", perguntou o barba de ferrugem, a partir do que foi levado a comentar sua infância no Colorado, quando passara mais de um verão trabalhando no rancho de um morador da cidade. Ele me contou que você esfrega o cavalo com uma variedade de escovas, e que o pelo do cavalo solta umas nuvenzinhas de sujeira, que ele usava uma escova de crina especial para escovar a crina, mas bem delicadamente, porque o pelo da crina sai muito fácil. Meu olhar ficou o tempo todo fixo no cavalo pintado, e foi só quando meu amigo parou de falar que me voltei para ele e vi que limpava uma lágrima.

Quando Danielle e eu voltamos a ficar juntos — com o propósito, assim presumi, de nos despedir —, eu bebera quatro ou cinco copos de plástico de champanhe. Fosse pelo álcool, fosse pela incomum composição da noite (ela disse, fingindo amargura, "Finalmente sinto que estou mesmo em Nova York. Só levou quatro anos"), Danielle estava em um estado de excitação alegre, e pareceu simplesmente lógico que me seguisse pelo elevador e até meu apartamento e que começássemos a nos beijar para, logo em seguida, trepar.

Vendo de perto, nossas ações iniciais foram incomuns apenas na medida em que minha parceira parecia determinada, por um lado, a se deixar agarrar e, por outro, especializada em uma manobra de contorcionismo que me forçava a dar o bote e, na verdade, a persegui-la pelo chão conforme serpenteava se afastando de mim e deslizava em direção à beirada da cama. Por todo o tempo pareceu terrivelmente estonteada por alguma cadeia particular de pensamentos, e essa ambiguidade conjunta de corpo e espírito tornou para mim inteiramente inesperado que acabasse deitada a meu lado tranquilamente fumando um cigarro.

Ela disse, "Você não lembra mesmo daquele táxi?".

Abanei a cabeça.

"E como é que ia lembrar?", ela disse, soprando um zéfiro enevoado para o teto. "Não tenho certeza nem se eu lembro."

Então se seguiu uma pausa durante a qual, concluí, essa mulher ficou considerando a significação retrospectiva de uma viagem de táxi pela Edgware Road muitos anos antes. Sua mão se encaminhou até minha coxa e suavemente fez uma pressão ali. "Sei lá, acho que é por isso que confiei em você", ela disse, seu olho mais próximo dardejando para mim e depois voltando para o teto. "Porque você foi um perfeito gentleman." A frase fez com que risse alto, e começou a fazer um movimento lânguido, mais sensual com a mão. Estiquei o braço para tocar seus seios, e fiquei perplexo com o prazer que isso me deu. De repente, a despeito de todas as teorias que eu usara para rejeitar a possibilidade, aquela mulher conquistara minha atenção. Eu estava inteiramente alerta, agora, e inteiramente consciente de sua singularidade. O fluxo prateado de cabelo fluindo bravamente de uma nascente no cume de sua cabeça, os lábios de sua vagina como barras enrugadas de alcaçuz, os intrincados meandros de sua ascendência anglo-jamaicana, os poucos detalhes que me contou de sua existência nova-iorquina (seu apartamento em Eldrigde Street; seu trabalho com criação no departamento de arte de uma agência de publicidade; seu hábito de comprar lingerie numa respeitável lojinha judaica na Orchard Street) agora me pareciam um precioso bem a guardar. Nossos toques progrediram para um contato mais deliberado, mais arrebatador, e foi no meio desse acontecimento subjetivamente notável — eu estava sendo beijado! Beijado por uma bela mulher que queria me beijar!

— que me tornei consciente de uma espécie de vertigem. Ela brotou da própria completude de minha felicidade, que estava apagando, além de minha miséria, tudo mais ligado à miséria, que era a única coisa importante para a pessoa que eu julgava ser. Certa vez, num passado distante, um antigo colega meu de universidade, gay, confidenciou-me que sobrevivera por muito pouco a uma catastrófica depressão provocada por um relacionamento amoroso com uma mulher, cujo efeito fora esmagar completamente a identidade que a muito custo construíra para si mesmo e seus pais. Eu agora me arriscava a subir a bordo do mesmo barco. Com a cabeça girando, sentia que minha vida até o presente momento era reduzida a zero — ou deixada de pernas para o ar, uma vez que me via confrontado com uma imagem de cabeça para baixo rodopiando de minha última década, que muito possivelmente eu interpretara da forma mais equivocada, e cujo verdadeiro escopo, agora era possível conceber, ia de uma esquecida noite londrina em 1995 a uma serendipitosa manhã de inverno em Nova York, 2003. Essa foi, talvez, uma reação extrema diante de minha situação; mas foi todavia minha reação, que assim presumo me inclui no time dos românticos.

Estávamos mais uma vez fazendo amor quando Danielle sussurrou alguma coisa que não captei. "Quero que você seja um gentleman mais uma vez", ela sussurrou. "Vai fazer isso por mim?"

Devo ter sinalizado algum assentimento para esse pedido incompreensível, porque ela deslizou para fora da cama e se agachou para remexer as roupas empilhadas no chão — eu não fiquei olhando — e depois de alguns segundos voltou com um calor renovado. Então soprou em meu ouvido a afirmação, "Não esquece, confio em você", e ergueu com um pequeno tilintar o cinto que puxara de minha calça. Apanhei o cinto, um objeto de couro negro ao mesmo tempo familiar e estranho, vi Danielle deitada de bruços na cama e comecei a praticar o ato que compreendi que ela necessitava. Cada golpe era respondido com um pequeno gemido. Se isso me trouxe alguma satisfação incomum, não consigo lembrar agora. Do que me lembro era de uma ansiedade como em um túnel a respeito de onde e quando tudo aquilo ia acabar, e de que meu braço começou a se cansar, e de que no fim, conforme eu me matava de açoitar aquela mulher nas costas, e nas nádegas, e no dorso trêmulo das coxas, olhei pela janela em busca de alguma forma de alívio e vi as luzes de apartamentos distantes mescladas em um reflexo do quarto. Não fiquei chocado com o que vi — um branco claro castigando uma negra clara —, mas sem dúvida me perguntei o que acontecera, como podia ser de eu estar morando num hotel em um país onde não havia ninguém para se lembrar de mim, golpeando uma mulher que voltara como um bumerangue de um tempo que eu não podia reclamar como meu. Lembro, também, de tentar sacudir de meu espírito uma tristeza nova e aguda, que apenas hoje sou capaz de identificar sem hesitação, quero dizer, a tristeza gerada quando o mundo espelhado não mais oferece uma superfície na qual a pessoa possa reconhecer a própria e autêntica imagem.

Mas, como disse, não fiquei chocado. O choque veio mais tarde, quando Danielle não respondeu as duas mensagens que deixei em seu telefone.

Ocorreu-me um dia que a primavera chegara. Eu dirigia o velho Buick de meu instrutor pelo West Village quando notei flores espargindo suas cores ao pé de uma árvore. Uma ideia me veio à cabeça. Perguntei a Carl, meu instrutor — aquele era o início de uma aula de duas horas, a primeira de três que eu agendara para meu teste de direção —, se podíamos dar um pulo em Staten Island.

"Por mim tudo bem", disse Carl, meio desconfiado.

Carl era um guianense escrupuloso com reluzentes sapatos de couro e um paletó verde de tweed que ele nunca vestia, mas sempre pendurava em um gancho acima do banco traseiro. "Muito complicado dirigir aqui", advertiu-me no início. À parte isso, descobri, relutava em divulgar qualquer informação específica relativa às práticas motorizadas de Nova

York. Era contudo propenso a conversar sobre sua tentativa em curso de conseguir marcar no Bureau de Serviços de Cidadania e Imigração uma sessão de impressão digital: isso era exigido, ele me lembrou, de todos os candidatos à condição de Estrangeiro Residente Permanente. Carl me contou, conforme percorríamos a uma velocidade respeitosa a BQE,* que vinha esperando havia dois anos que colhessem suas impressões digitais. "Eles perderam o arquivo", disse Carl. "Um dia dizem está em Texas, no outro dia dizem está em Misery."

"Misery?", falei.

"Misery", repetiu Carl. Ele chiou. "Eu não gosto aquele lugar. Não gosto nem um pouquinho."

Pelo que entendi, ele se referia aqui não ao Missouri,** mas à sede do Bureau, na Federal Plaza. Eu mesmo havia ido até lá no começo daquele mês a fim de remediar o erro tipográfico em meu *green card*. Numa manhã bem cedo, ainda escuro e ventando, juntei-me à fila de estrangeiros em uma bacia de cimento ao pé da torre. Uma espera gelada. Nuvens corriam como ratos pelo céu. Finalmente um homem uniformizado surgiu e capatazmente rabiscou uma marca sensível à luz na mão que cada um lhe estendeu, como se estivéssemos entrando em uma boate vagabunda — e de fato, dentro da jurisdição do prédio federal, uma *rave* às avessas era a dança do momento, proibindo qualquer gesto, por mais instintivo e inocente: no transcurso daquela manhã vi um homem sendo retirado do prédio por olhar pela janela, outro, por se curvar sobre os aquecedores, outro, por atender uma ligação. Recebi devidamente meu *green card* corrigido, que me habilitou a voltar ao DMV para conseguir minha licença provisória, restando agora, como derradeiro obstáculo entre mim e o teste de direção, uma apresentação compulsória sobre segurança no trânsito. Isso significou quatro horas trancado em um porão na 14th Street com carteiras ridiculamente pequenas, atrás das

---

* Brooklyn-Queens Expressay. (N. do T.)
** *Misery*, "sofrimento". O inglês estropiado do homem pode levar as duas palavras a soar da mesma forma. (N. do T.)

quais os alunos — éramos quase todos estrangeiros em avançada idade adulta — sentavam como gigantes imbecilizados. Nosso palestrante, um homem de aspecto destruído lá pelos sessenta e poucos, apareceu humildemente diante de nós, e tenho certeza de que um entendimento compassivo tacitamente se instalou entre os alunos de que deveríamos fazer de tudo para ajudar aquele indivíduo, um sujeito afável e sem dúvida inteligente cuja vida obviamente o conduzira a uma espécie de derrocada. Desse modo, mostramo-nos uma classe bem-comportada e razoavelmente interativa e, depois de uma hora ou qualquer coisa assim, fizemos o melhor possível, conforme pediu, para não dormir durante a exibição de dois filmes, o primeiro sobre a impossibilidade de dirigir com segurança sob a influência de drogas ou álcool, o segundo sobre os terríveis perigos de dirigir à noite. As luzes foram apagadas, uma tela foi baixada e o porão se transformou em um bioscópio ordinário. Diferentemente de muitos outros, consegui me manter acordado; e não pude deixar de pensar, sendo submetido àquela ominosa dramatização da perda de visão produzida pelo álcool e o escuro da noite e as desastrosas consequências subsequentes, na vida de meu pai terminando em um acidente de carro presumivelmente do jeito exato daquilo apresentado na tela, e no fato, nunca antes considerado por mim, de que mais do que qualquer outra coisa, sua morte precoce acarretara uma qualidade injustamente morganática ao seu casamento: ele fora postumamente privado, nos sentimentos de seu filho, de um posto igual ao de sua esposa. *It's our lucky day*, meu progenitor aparentemente costumava dizer com aquele amor holandês por se valer de expressões em inglês. Vi que chegaria em um ponto em que Jake me perguntaria sobre os avós paternos e o que me restaria seria repetir exatamente esses fragmentos ligados a meu pai, e conversar com ele sobre sua avó e talvez até sobre o falecido irmão único dela, tio de Jake, Willem, que nunca conheci, e com esses pequenos sopros de fatos ajudar a dissipar a deliciosa cerração de seu mundo — deliciosa, ao menos, em retrospecto. Pois minhas idas e vindas eram mistérios assustadores para meu filho de três anos de idade. Minha chegada, por mais ansiosamente aguardada que fosse, o deixava sobressaltado; e desde nosso primeiro momento juntos éramos assombrados pelo temor de minha partida, que ele era incapaz de compreender ou situar no tempo. Ele receava que a qualquer minuto eu pudesse ir embora; e sempre o que mais temia acabava acontecendo.

Carl e eu tomamos a pista superior da Verrazano Bridge para Staten Island. Um vento de través soprava forte quando flutuamos acima das águas pardacentas do Narrows.* Eu queria olhar para a esquerda, além das torres de Coney Island, porque o oceano visto de Nova York é uma coisa do outro mundo, uma laje de estranheza difícil de acreditar; mas Carl, sentado à minha direita, continuava a exigir minha atenção.

"Me fazem esperar dois anos", disse mais uma vez. "E meu advogado diz que podem ser mais dois anos depois disso."

"Acho que você tem que ser insistente", eu disse, na esperança de pôr um ponto final no assunto.

Ele sorriu inexplicavelmente. "É, é isso que eu tenho que fazer. Insistir." O sorriso foi ficando mais aberto. "Tenho que insistir."

Em Staten Island, atravessei o pedágio caótico e segui pela pista escorregadia para Clove Road, onde entrei à direita e passei pelo campo de golfe de Silver Lake, continuando até a Bard Avenue. Staten Island é cheia de morros, e a Bard percorre um morro, subindo e descendo, e no fim do morro fica Walker Park. Parei o Buick e desci sozinho.

Meu propósito imediato era descobrir o que acontecera com os bulbos de narciso que eu e alguns outros voluntários do clube de críquete havíamos enterrado em novembro último junto a um trecho da sebe do parque. O esforço não fazia nenhuma diferença para o clube em termos práticos, uma vez que as flores iriam desabrochar e voltar à terra antes que nossa própria temporada estivesse em pleno florescimento; mas ha-

---

* Estreito na foz do Hudson que separa o Brooklyn de Staten Island. (N. do T.)

via o sentimento de que um ato de intendência executado de livre vontade fortaleceria nossa pretensão à posse do parque, reivindicação que a despeito de sua longevidade encarávamos, acredito que corretamente, como estando sempre sob ameaça de forças inamistosas.

Pequenas folhas verdes de fato brotavam da terra fofa e em um ou dois pontos banhados pela luz do sol um caule sustentava o embrulho de uma flor em botão. Por um instante inspecionei-as: o palerma botânico que sou, mal podia crer em meus olhos. Então, rendendo-me a outro impulso, caminhei sobre a grama adubada até a faixa de argila no coração do campo. A argila, inteiramente repisada, estava toda marcada com poças e pegadas. Havia fragmentos de madeira enterrados. Muito em breve, no início de abril, nosso secretário do clube arranjaria dois trabalhadores mexicanos numa esquina qualquer e pagaria cem paus a cada um mais a caixinha para brandir picaretas e pás e esparramar argila nova, e então o pesado rolo compressor que invernara acorrentado junto à sede do clube seria libertado, arrastado e depois empurrado vagarosamente sobre a argila, pressionando a umidade e nivelando a superfície, embora não completamente: devia-se preservar a ligeira convexidade necessária para a drenagem da chuva. Tufos de mato crescendo na argila seriam arrancados com a mão e as incontáveis pedrinhas e pedregulhos minúsculos seriam delicadamente rastelados da superfície: depois, com alguns dias de sol cozinhando, você tinha uma extensão adequada para os arremessos e rebatidas. Com alguma sorte, o departamento de parques semearia as áreas mais carecas do campo, e num dia seco de primavera um homem com um cortador andaria pelo terreno no sentido longitudinal e abriria uma faixa fresca e tênue de grama e trevo. A essa altura do ano, a reunião geral anual do clube, realizada na sede, já terá tido lugar. Os oficiais do clube — presidente, tesoureiro, secretário, primeiro e segundo vice-presidentes, secretário de compromissos esportivos, capitão, vice-capitão, capitães de amistosos — teriam sido eleitos pelos presentes e pelos que votariam por procuração, e os resultados da eleição teriam sido anotados nas atas da reunião, que poderiam registrar ou não as questões de ordem mais truculentas levantadas por membros inflamados com doses de rum em pleno dia. Na segunda semana de abril, após toda a conversa do inverno e o planejamento e as conjeturas subsequentes; após talvez uma excursão de sábado-domingo na Flórida, cujos felizardos criqueteiros jogam o ano inteiro; após todas as ligações e reuniões do comitê do clube e preparativos e compras e limpeza de uniformes e tacos; após todos os nossos furores antecipatórios solitários; após os relógios terem saltado uma hora à frente; após todas essas coisas, a temporada de fato terá chegado. Cada um de nós está um ano mais velho. Jogar uma bola é mais difícil do que nos lembramos, assim como o ato de girar o ombro para lançar a bola. A própria bola parece muito dura: *skyers* executados em treinamento de interceptação são um pouco assustadores. Tacos que eram leves e como uma varinha de condão quando empunhados fantasticamente durante a pré-temporada agora tornam-se pesados e mais para uma espada. Correr entre os *wickets* nos deixa sem fôlego. Trotar e se curvar após uma bola machuca partes do corpo que julgávamos renovadas por meses de descanso. Descobrimos que fomos incapazes de prefigurar, a partir da mera existência, a dificuldade do críquete. Não tem problema. Estamos determinados a empreender uma tentativa virtuosa. Nós nos exibimos pelo campo como centelhas luminosas.

Já ouvi dizer que os cientistas sociais gostam de explicar uma cena dessas — um retalho verde da América pontilhado com os nascidos em solo não pátrio estranhamente jogando — em termos da busca dos imigrantes por subcomunidades. Como isso é verdadeiro: estamos todos longe de Tipperary, e nos reunir em clubes atenua esse fato injusto. Mas sem dúvida qualquer um pode também testemunhar outro tipo de nostalgia, menos reconhecível, que tem a ver com desenraizamentos que não podem ser localizados em espaços geográficos ou históricos; e de modo correspondente é minha crença que o fenômeno comunal, contratual, do críquete nova-iorquino está subscrito, ali onde as letrinhas são mais miúdas, pela mesma aglomeração de anseios individuais inefáveis que subscrevem o críquete jogado em qualquer outra parte — anseios concernentes a horizontes e potenciais frutos de visão ou alucinação e em todo caso há tempos desvanecidos, tantalizações que dizem respeito à anulação de perdas particulares e repreensíveis demais para a pessoa admitir até perante si mesma, que dizer perante outros. Não serei o primeiro a me perguntar se o que vemos, quando vemos homens de branco tomando um campo de críquete, não são homens imaginando um ambiente de justiça.

"Melhor ir andando", disse Carl. Ele havia se materializado junto a meu ombro. "O trânsito vai ficar pesado."

Ele tinha razão; ficamos presos em um congestionamento na BQE sob Brooklyn Heights. Não tinha importância. As nuvens em movimento acima do porto haviam deixado uma porta rósea entreaberta e partes visíveis de Manhattan captavam lindamente a luz, e aos meus olhos pasmos era como se uma ilha menina se movesse na direção de brilhantes irmãs elementais.

Eu continuava receptivo, aparentemente, a certas dádivas. E comecei, em minha segunda primavera no Chelsea, a tomar um vago interesse deambulatório por minha vizinhança, onde o sol matinal pairava acima do quartel-general maçom na Sexta Avenida com uma tal radiância que o olhar da pessoa era obrigado a se voltar para baixo, num escrutínio da calçada, ela própria granulada e brilhante como areia da praia e maculada por reluzentes discos de chiclete achatado. Os cegos eram agora ubíquos. Gays musculosos perambulavam em grande abundância, e as nova-iorquinas, chamando táxis no meio da rua, readquiriram seu ar de libidinosidade intelectualizada. Os mendigos eram livres para deixar seus abrigos e, empurrando carrinhos de supermercado carregados de entulho — incluindo, no caso de um sujeito dado a simbolismos, uma porta decrépita —, montar acampamento sobre o concreto aquecido. Fui particularmente arrebatado, agora que me detinha nessas coisas, pela aparição, uma ou duas vezes por semana, de um velho na casa dos setenta que pescava na rua. Ele era empregado da loja de equipamentos para pesca que ficava embaixo do hotel e, de tempos em tempos, mergulhava na biliosa torrente de táxis para testar varas de *fly-fishing*. Estava sempre usando suspensórios e calças cáqui e fumando uma cigarrilha. Quando meneava a vara — "Essa aqui é uma Redington de quatro partes com uma ação muito rápida. Um diabo de arma", explicou-me certa vez — era possível, na moderada hipnose induzida pelo voo recorrente da linha, conceber a West 23rd Street como um rio de trutas. Os residentes do hotel Chelsea também se puseram em movimento. O anjo, até ali engaiolado atrás de sua porta com o frio, pôs as asinhas literalmente de fora e causou uma sensação discretamente cristofânica. A Loucura de Março* atingiu seu clímax: as atividades de apostas da equipe do hotel assumiram vigor e complexidade renovados. Logo em seguida, em abril e maio, houve a peculiar questão sazonal de corpos subindo à superfície das águas em Nova York — algo a ver com correntes primaveris e temperatura da água, segundo o *Times*. Os corpos de quatro meninos afogados surgiram no estuário de Long Island. Noticiou-se, também, que o cadáver de uma mulher russa fora encontrado no East River sob o píer do Water's Edge Restaurant em Long Island City. Ela desaparecera em março quando passeava com o cocker spaniel de seu pai. O cocker spaniel também fora dado como desaparecido, de modo que quando um cão sem cabeça foi trazido pelas águas perto da Throgs Neck Bridge, as pessoas concluíram que o corpo provavelmente pertencesse ao cão da mulher russa; mas como posteriormente se viu, o cachorro sem cabeça não era um spaniel, mas um maltês, ou talvez um poodle. Na televisão, Bagdá às escuras cintilava com as bombas americanas. A guerra tinha início. O campeonato de beisebol estava prestes a começar.

    Pessoalmente, as coisas continuavam como sempre. Não passei no teste de direção. Na manhã em questão, Carl

---

* March Madness é como é popularmente chamado o prestigiado torneio nacional de basquete universitário organizado pela National Collegiate Athletic Association todo ano, na primavera, e que ocorre sobretudo durante o mês de março. (N. do T.)

apareceu num carro que eu nunca vira antes, um Oldsmobile 1990 com uma alavanca de câmbio brotando da coluna do volante — "O Buick consertando", ele disse — e a partir daí as coisas seguiram de mal a pior. Fomos sob chuva para Red Hook, um decrépito bairro junto ao rio repleto de caminhões, buracos, pistas com sinalização apagada e pedestres negligentes. "Bom dia, senhora", eu disse para a examinadora quando sentou no banco do passageiro. Ela não respondeu e, murmurando consigo mesma de um jeito que me soou psicótico, começou a batucar meus dados em um palmtop. Em seu colo, eu vi, uma pasta estava aberta em uma página da Bíblia e uma página do livrinho com as leis de trânsito. "Vamos para o trânsito", disse a mulher. Dei uma prosaica meia-volta. A examinadora suspirou e soltou uma risadinha nervosa e batucou na tela do computador com uma caneta de plástico. "Pega a esquerda", ela disse — e pelo que entendi, acabara de me mandar de volta ao ponto de partida. Eu disse, "Não quer que estacione?". Paramos. O batuque cessou e um papel de comprovante rolou para fora da máquina. Segundo esse documento, no transcurso de dirigir por uma quadra eu mostrara imprudência ao me aproximar ou entrar nos cruzamentos; dobrara à esquerda muito aberto; ao mudar de faixa, deixara de observar adequadamente ou de tomar cuidado; não dera passagem a um pedestre; deixara de prever potenciais acidentes; deixara de exercer controle adequado do veículo, i.e., pouca aceleração, freagem abrupta e mau uso das marchas. Em resumo, erro em cima de erro em cima de erro.

Carl esperou até termos chegado ao centro de Manhattan antes de abrir a boca. Esfregou o para-brisa. "Bom", ele disse, "acho que você ter que insistir". Explodiu numa gargalhada.

Nenhuma movimentação em meu casamento, tampouco; mas, voando pela função de satélite do Google, noite após noite eu furtivamente viajava para a Inglaterra. Começando com um mapa híbrido dos Estados Unidos, eu movia a caixa de navegação através do Atlântico Norte e começava a descer da estratosfera: sucessivamente, em uma Europa marrom, bege e esverdeada, delimitada por Wuppertal, Groningen, Leeds, Caen (os Países Baixos são majestosos dessa altitude, sua faixa de ilhas setentrionais dando a impressão de uma terra vaporosa singrando mar adentro); essa parte da Inglaterra entre Grantham e Yeovil; essa parte entre Bedford e Brighton; e depois a Grande Londres, seus pedaços norte e sul, um quebra-cabeça dividido pelo Tâmisa, nunca se encaixando inteiramente. Do labirinto central de estradas cor de mostarda segui o rio na direção sudoeste até Putney, dei um zoom entre as Richmond Roads, parte baixa e parte alta, e, com a imagem exclusivamente fotográfica, desci finalmente na Landford Road. Fazia um dia sempre claro e bonito — e de inverno, se me lembro corretamente, com as árvores castanho-claras e as sombras alongadas. De minha perspectiva privilegiada de balonista, uns cem metros acima, a cena era de uma profundidade insondável. A água-furtada de meu filho podia ser vista, e a piscininha inflável azul, e o BMW vermelho; mas não dava para ver mais, ou mais fundo. Eu ficava empacado.

 Coincidentemente, sempre que chegava a Londres de fato, eu era tratado como se tivesse sobrevivido a uma viagem de foguete vindo de Marte. "Estou morto", admitia durante o jantar, e os pais de Rachel balançavam as cabeças assentindo e mencionavam a dureza de minha jornada e — minha deixa para subir até o quarto de Jake — o jet lag. Todo mundo ficava grato pelo jet lag. Eu dormia com Jake, nossas costas desproporcionais encostadas uma na outra, até eu sentir as mãozinhas se apoiando em meu ombro e uma voz séria de menino me informar, "Pai, acorda, já tá de manhã". No café, expressava minhas desculpas por ter me deitado tão cedo. "Jet lag", alguém diria sabiamente.

 Muitas vezes eu não ia dormir. Deitava com um braço no espaço sob o pescoço de Jake, sentindo seu corpo ficar mais quente e mergulhar em uma respiração acelerada e sussurrada. Descia da cama e me aproximava da janela. Entre os fundos da casa dos Bolton e a rua mais próxima viam-se jardins, mas havia uma falha na vegetação pela qual os carros que passavam, eles por sua vez impossíveis de ver, projetavam fugazes trapezoides de luz no elevado muro de tijolos de uma propriedade vizinha. Eu computava uns quatro ou cinco desenhos animados desses antes de voltar para a cama e permanecer imóvel, com os ouvidos atentos como um espião para a conversa que subia do andar de baixo, junto com o estrépito de pratos e o rumor de música na tevê ligada. Eu procurava pistas sobre a vida de Rachel. Seis meses depois de voltar à Inglaterra ela arranjara emprego como advogada para uma ONG que cuidava de estrangeiros procurando asilo. Consequentemente, sua carga horária era civilizada, o que lhe permitia passar na hora do almoço por Clerkenwell, segundo ela muito mudada. Tirando essas informações, eu dispunha de muito pouco material a seu respeito. Tudo sobre o que conversávamos, na verdade, era nosso filho: seu cabelo loiro quase branco, entremeado de cachos marrons e dourados e ficando comprido, seus amiguinhos no jardim de infância, seus cativantes gestos de criança. E, agora que a invasão do Iraque realmente ocorrera, o assunto da política foi deixado de lado e, com ele, um conectivo atrito. Havia fricção sem toque. Sobre algo que se poderia supor uma questão crucial de fato — a questão de outro homem — eu não tinha conhecimento e não ousava fazer perguntas. As questões maiores e mais prementes — O que ela estava pensando? O que estava sentindo? — estavam igualmente além de meu alcance. A própria ideia de que os sentimentos de alguém pudessem dar forma à vida da pessoa se tornara uma coisa esquisita, para mim.

 Chegou um momento, não muito depois do episódio com Danielle e aos primeiros estímulos da primavera, em que fui possuído por um desejo insensato de um interlúdio de intimidade, um intervalo, por assim dizer, durante o qual pudesse me juntar à minha idealizada esposa numa suíte do Four Seasons, digamos, para nos ocupar languidamente de uma cesta de frutas, cortesia do hotel, trepar despreocupados e, o mais importante, desfrutar longas horas de conversas imbuídas de desprendimento sussurrando-segredos-e-abrindo-o-coração-sem-medo em que examinaríamos os recessos e as fissuras um do outro no melhor dos humores e na mais pura confiança. É possível que essa fantasia tenha se originado de uma revelação feita por Rachel em um sábado quando ela, Jake e eu fazíamos compras na Sainsbury's. Ela empilhou várias caixas de leite de soja no carrinho, e isso me deixou perplexo.

"Sou intolerante à lactose", explicou Rachel.

"Desde quando?", perguntei.

"Desde sempre", ela disse. "Lembra que eu vivia sentindo umas cólicas no estômago? Era a lactose."

Fiquei boquiaberto. Eu nunca considerara a possibilidade de fatores ocultos. Então, certa noite, deitado na cama de Jake com os ouvidos esticados, entreouvi uma conversa sobre as sessões semanais de Rachel com seu terapeuta, sessões que, embora de modo algum sigilosas, em geral não se prestavam à discussão. Entretanto, a mãe de Rachel, que na qualidade de membro influente do governo tóri havia desenvolvido um interesse especial pelos encanamentos e esgotos do sudoeste londrino e desse modo merecia o crédito da determinação, decidira trazer o assunto à baila. "O que ele fala sobre o Hans?", escutei-a perguntar. "A gente não está conversando sobre ele", respondeu Rachel. "Estamos conversando sobre coisas que aconteceram antes da gente se conhecer." Seguiu-se o silêncio. Rachel disse, "Mãe, não precisa me olhar desse jeito". A voz de minha esposa foi sumindo conforme ia da cozinha para a sala. "Isso não tem nada a ver com você e o papai", ouvi fracamente. "Tem outr..."

Outro o quê? Outro o quê? Eu estava baratinado demais para conseguir dormir. Até onde sabia, o transcurso da vida de Rachel, antes de confluir na minha, estava quase inteiramente compreendido nos fatos apresentados em seu apropriadamente chamado curriculum vitae: escola particular de meninas, um ano vagando pela Índia, um bom desempenho na universidade e no curso de direito e, em Clifford Chance, o estágio no escritório que levou ao trabalho litigioso que tanto almejara. O casamento de seus pais permanecera esse tempo todo intacto; desfrutara do amor de um irmão mais velho, Alex, que embora morando na China por mais de uma década sempre a incentivara à distância; passara por uns poucos relacionamentos com rapazes decentes, se não no final das contas meramente instrutivos; e, claro, crescera em uma velha Inglaterra que era à prova de desastres. Onde, então, estava o problema? Onde, a intolerância à lactose? Nas duas semanas seguintes fiquei atordoado com a novidade dessas clandestinas mágoas preexistentes de minha esposa. Eu havia presumido que alguma falha unilateral minha residisse no fundo de nosso rompimento; agora, parecia que alguma disfunção de Rachel talvez estivesse também em ação. Concluí, febrilmente, que presenciava uma mudança — uma região remota e desconhecida de nosso casamento que, se explorada em conjunto e igualdade de condições, poderia levar a descobertas que mudariam tudo; e a perspectiva me enchia com a excitação lunática de um teórico e aqueles devaneios de serviço de quarto e tardes devorando framboesas e fatias de abacaxi enquanto navegávamos pelas extensões não mapeadas de nossas psiques.

Em minha visita seguinte a Londres, portanto, permaneci acordado até os pais de Rachel irem para a cama e ouvi-la fechando a porta de seu quarto — duas portas depois da de Jake, no andar de cima. Era o início de abril; dava para ouvir a guilhotina de sua janela sendo erguida.

Esgueirei-me pelo corredor e bati na porta.

"Oi?"

Ela estava na cama, um romance nas mãos. Por um segundo ou dois olhei em volta. Ainda era o quarto de uma colegial. As prateleiras estavam abarrotadas de enormes volumes muito finos de capa dura sobre hipismo. Havia um toca-discos e uma pilha empoeirada de LPs. Nas paredes, tulipas azuis idênticas brigavam por cada centímetro quadrado. Em outros tempos, haviam causado forte impressão em nós dois, aquelas tulipas.

Ela me encarava com uma expressão determinada. Seus olhos e as maçãs do rosto e a camiseta privados de toda cor.

A roupa de cama farfalhou quando me sentei na beirada. Eu disse, "Como estão as coisas?".

"Comigo?", falou. "Tudo bem. Cansada, mas bem."
"Cansada?"
"É, cansada", disse Rachel.

E havia acontecido outra vez, uma dessas conversas planejadas que rapidamente saem dos trilhos, que o deixam sozinho com a raiva, uma raiva purificadora, nesse caso, na qual tudo voltou sob uma luz fria: nosso casamento se desmanchando, os dois anos em Nova York em que ela me sonegou todos os beijos na boca, sonegou-os quieta e firmemente e sem se queixar, desviando até mesmo os olhos sempre que os meus os buscavam em momentos de emoção, por todo o tempo cultivando uma domesticidade zelosa e uma ética maternal que a protegiam numa armadura de irrepreensibilidade, deixando-me sem ter como me aproximar, sem ter como encontrar culpa ou sentimentos, à espera de que eu perdesse o ânimo, pusesse de lado minhas necessidades e expectativas mais humanas, carregasse meus fardos secretamente, sem uma única vez em meu luto mencionar minha mãe, nem mesmo daquela vez em que chorei na cozinha e deixei cair uma garrafa de cerveja de pura tristeza. Ela simplesmente passou papel-toalha no chão sem dizer palavra, esfregando com a mão livre minha escápula — minha escápula! — conforme levava o papel encharcado até o lixo, sem nunca me abraçar, contendo-se não por falta de humanidade, mas por medo de ser levada a uma demanda por mais ternura, uma demanda que poderia apenas deixá-la frente a frente com alguma aversão fundamental, uma aversão ao marido ou a si mesma ou a ambos, uma aversão que vinha de lugar nenhum, ou vinha dela, ou talvez de alguma coisa que eu tivesse feito ou deixado de fazer, que sabia, ela não queria saber, que isso era uma decepção grande demais, muito melhor seguir cumprindo com as tarefas domésticas, cuidar do bebê, do trabalho, muito melhor me deixar ao meu bel-prazer, como dizem, deixar que me resignasse a determinados temas, me deixar desaparecer culposamente em um buraco cavado por mim mesmo. Quando chegou o momento de impedir que partisse, eu não sabia o que pensar ou desejar, seu marido que era agora o algoz que a abandonara, um bicho enfurnado, um egoísta que a deixara prover a si mesma, como ela disse, que fracassara em suprir o apoio e a intimidade de que necessitava, como se queixou, que carecia de alguma capacidade fundamental, que não mais a queria, que sob os escrupulosos gestos maritais estava furioso, cujos sentimentos haviam deteriorado a um mero senso de responsabilidade, um marido que, quando ela gritou, "Não preciso que me sustentem! Sou uma advogada! Ganho duzentos e cinquenta mil dólares por ano! Preciso é ser amada!", silenciosamente apanhara o bebê e cheirara o doce cabelo do bebê, e levara o bebê para um passeio de gatinhas pelo corredor do hotel, e que depois disso lavou as mãozinhas sujas do bebê e os joelhos macios e sujos do bebê, e pensou no que sua esposa dissera, e viu a verdade de suas palavras e uma brecha, e decidiu fazer mais uma tentativa de ser gentil, e às nove da noite, com o bebê finalmente adormecido em seu berço, voltou com o coração transbordando para sua esposa e deu com ela dormindo, como sempre, e além do despertar.

Em resumo, eu lutei contra o impulso de mandar Rachel ir tomar no olho do seu cu. Fiz alguma observação sobre Jake à qual ambos pudéssemos nos agarrar, e por um minuto ou dois foi o que fizemos, e depois voltei para junto de meu filho.

Havia se tornado um hábito meu, durante as estadias em Londres, tirar uma infinidade de fotos dele. Nos voos de volta, eu examinava esses assim chamados momentos Kodak conforme o avião cruzava o vazio ártico a uma espantosa altitude e me enchia de um nervosismo de bicho terrestre não muito atenuado pelo monitor de informação de voo e sua figura de uma aeronave milimetricamente vertendo um rastro cor de sangue conforme avançava através do nada. Ao chegar em casa, jogava os pacotes de fotos dentro de uma caixa de papelão contendo todas as minhas fotografias, incluindo instantâneos p&b datando do período misteriosamente vago dos anos sessenta e setenta e mostrando um menino de cabelo loiro a postos para soprar velas em festas de aniversário. Nunca mexi na caixa de um jeito apropriado, não fazia ideia sobre o que fazer com qualquer daquelas assim chamadas lembranças. Sabia da existência de pessoas que organizavam essas coisas em arquivos e pastas, catalogavam centenas de exemplares de trabalhos escolares e desenhos de suas crianças, criavam autênticos museus. Eu as invejava — invejava-as por sua fé naquele dia futuro em que a pessoa poderia puxar álbuns e livros de recortes e no decorrer de uma tarde retomar a posse da vida de alguém. Assim, quando a caixa de papelão começou a transbordar, corri para o escritório da namorada de Chuck Ramkissoon e encomendei seus serviços, para que pusesse as fotos de Jake numa ordem de algum tipo. As fotos de Rachel eu não tinha coragem de encarar.

"Claro", disse Eliza. "Alguma coisa especial em mente?"

"Apenas faça como você está acostumada", falei, ficando de pé.

"É desse jeito que eu gosto", disse Eliza. "Margem de manobra criativa. Assim posso examinar as fotos, examinar o cliente..." Lançou-me um olhar de soslaio confidencial e alcançou uma prateleira. "Vou mostrar do que estou falando."

Voltei a sentar e segui seus dedos conforme viravam as rígidas páginas marrons. Entre uma e outra havia folhas transparentes, a mais tênue das névoas erguida para revelar uma Eliza anterior com bocas de sino e uma bola de cabelo cacheado e um marido hippie (o termo foi dela). Esse homem, o primeiro marido, transportava cenários para uma companhia de balé, e os dois viajavam pelo país em uma jamanta: ela apontou o caminhão e, parado rígido na neve, um cachorro. "A gente tinha um cachorro em Billings, Montana, e chamamos ele de Billings", explicou Eliza. Ela largou o condenado transportador de cenários de balé (mais tarde ele morreria baleado em Rhododendron, Oregon) e juntou os panos com outro sujeito ainda mais itinerante — um pregador que também era, ela descobriu tarde demais, viciado em drogas. Isso nos levou ao segundo volume, que começava com cenas de um casamento em Las Vegas. Eliza e o pregador, com seu chapéu e barba bárbara como um perfeito sósia de Father Abraham, dos Father Abraham and the Smurfs, foram parar no Novo México, perto das montanhas Sangre de Cristo, e viraram caseiros de um rancho próximo à antiga propriedade de D. H. Lawrence. "Era intenso", disse Eliza. "Eu pintava — tava nessa de Georgia O'Keeffe, acho — e ele usava drogas. No fim morreu disso. Olha ele aqui, só uma semana antes de morrer." Os olhos do segundo marido me fitaram de um rosto exaurido. "Acho que dou azar", disse Eliza. Abriu um terceiro álbum. Esse era dedicado a seu namoro com Chuck: ali estavam os dois num passeio de bicicleta para a caridade; no topo de uma montanha, com mochilas; nas cataratas do Niágara. Contei três invernos. "Esse é meu apartamento", disse Eliza. "Parece uma casa de cigana, só que limpa e muito bem arrumada. Basicamente, sou muito boêmia."

"É, dá pra perceber", comentei.

Eliza pôs os álbuns de lado. "As pessoas querem uma história", ela disse. "Elas gostam de uma história."

Eu estava pensando na percepção miserável que temos até dessas existências que são mais importantes para nós. Testemunhar uma vida, até no amor — até com uma câmera —, era testemunhar um crime monstruoso sem observar as particularidades exigidas para a justiça.

"Uma história", eu disse, de repente. "É. É disso que eu preciso."

Não estava brincando.

Ao sair, avancei os dez passos que conduziam à sala de Chuck. Um jovem sul-asiático abriu a porta.

"Nada de Chuck?", perguntei.

"Ele não está", respondeu, ficando de guarda junto à porta. Aquele era, adivinhei, o diretor de operações de Chuck. No ar atrás dele pairava uma bruma de fumaça de cigarro.

"Diz pra ele que o Hans deu uma passada por aqui", eu disse, surpreso com minha decepção. "Só pra dar um oi."

Sim, eu queria ver Chuck Ramkissoon. Quem mais me restava?

* * *

O caso é que a morte prematura da pessoa a expõe aos olhos do mundo. O enredo de sua vida atinge um final súbito e se torna inteligível — ou, mais precisamente, convida a uma atenção especial. Alguns anos atrás, fiquei sabendo que um antigo colega de futebol no HBS, um garoto com quem joguei numa sucessão de times de juniores dos oito aos quinze anos, mas em quem nunca mais pensara desde então, havia sofrido um ataque do coração fatal. Estava com trinta e dois anos e morreu assistindo à televisão em sua casa em Dordrecht. Seu nome era Hubert e o principal fato acerca dele é que fora um excelente pequeno líbero — *laatste man* —, que deslizava entre os adversários com ofuscantes passadas velozes. Era impossível tirar a bola dele. Tinha um sorriso torto e cabelo rente, e gostava de brincadeiras brutas nos vestiários com toalhas e xampu. Hubert! Ansiando por informação, fiz umas duas ligações para Haia. Descobri o seguinte: continuara jogando futebol no HBS, por uma série de equipes seniores, até a idade de vinte e sete anos, quando conseguiu um emprego em Dordrecht como consultor em tecnologia da informação. Ele permaneceu em contato com um ou dois sujeitos do clube mas nunca mais foi visto por lá. Morava sozinho. Na hora do falecimento, não estava assistindo à televisão, mas, para ser mais exato, a um vídeo.

Por meses fui assombrado por esse resumo. Ainda penso em Hubert de vez em quando e continuo a não aceitar o pensamento de que morreu sozinho; embora ao que me diz respeito tenha permanecido até o derradeiro momento o mesmo cara feliz que sempre fora nos dias em que o conheci. Conhecer, aqui, é uma questão relativa. Nunca, nem uma vez, encontrei Hubert fora do âmbito desportivo. Essa restrição se aplicou a quase todos os meus colegas de futebol, mesmo que eu conhecesse seus pais e comparecesse às partidas nos carros de seus pais e recebesse palavras de encorajamento, até de amor, de seus pais, gritos vindos de além das linhas que até hoje posso escutar.

Goed zo, Hans! Goed zo, jongen!

Onde quero chegar, presumo, é na questão evidente de que Hubert acabou se tornando um motivo de preocupação para mim de um jeito e num grau que jamais teria alcançado se continuasse vivo. Mas, com Hubert, todos os pensamentos logo chegaram a um termo — não só por falta de informação, como também por falta de peso. O mesmo não se dava com Chuck. Ele pesa, na lembrança. Mas qual o significado desse peso? O que se espera que eu faça com isso?

Posso vê-lo agora, à minha espera nos degraus de madeira de sua varanda. Está usando um boné de sua coleção de bonés, e um calção de sua coleção de calções esportivos brilhantes, e uma camiseta de sua coleção de camisetas. Chuck encobria sua engenhosidade extrema com um guarda-roupa sugestivo de ociosidade extrema.

"E aí", ele diz, "o que você me conta?".

"Eu não tenho nada pra contar", falo, sentando a seu lado.

Ele olha para mim com a cabeça empinada, como se eu o houvesse desafiado. "Sempre tem uma história", ele diz. E nisso leva a mão ao peito para atender o celular vibrando.

Ele me contava sua própria história constantemente, e a autobiografia poderia ser intitulada, de forma sucinta e consonantal, *Chuck Ramkissoon: Ianque*. Sua lenda era derivada de forma cristalina da lenda local de pobres miseráveis e podres de ricos. Não podia se dar ao luxo da instrução. "Sangue, suor e lágrimas", contou-me mais de uma vez churchillianamente Chuck. "Um cule gordo vindo do nada. Sem trabalho, sem dinheiro, sem direitos." Ao chegar aos Estados Unidos com sua esposa, Anne — isso foi em 1975, estavam com vinte e cinco anos, recém-casados —, começou a trabalhar no primeiro dia do que deveria ser sua lua de mel. "Eu tinha um primo — na verdade, amigo de um primo — me ajudando. Pintura, reboco, demolição, trabalho com cimento, telhado, o que você imaginar eu fiz. Eu voltava pra Brownsville com a cara branca e as mãos cheias de pó de obra. Impossível de limpar, sabe. Por muitos anos minhas mãos ficaram sempre sujas. Daí enxerguei a grande oportunidade. Foi minha mulher, na verdade, que viu pra mim." Balancei a cabeça, encorajando-o, já relaxando com a perspectiva de mais um de seus hipnóticos monólogos. "Ela era a baby-sitter para um casal de grana em Manhattan. Eles precisavam de alguém pra reformar a casa de veraneio deles em Long Island. Ganhei a confiança dos dois e peguei o trabalho. Foi meu primeiro trabalho como empreiteiro. Daí eu reformei o apartamento novo deles na Beach Street. Logo todo mundo no prédio também me queria. Gostaram de mim. É um negócio onde você trabalha com gente, Hans. Eu tinha uma equipe de cimento de bangladeshianos. Pintores irlandeses — bom, o chefe da equipe era irlandês, um cara sensacional, os homens dele eram guatemaltecos —, russos que cuidavam do reboco, italianos pra fazer o telhado, carpinteiros de Granada. Todo mundo do Brooklyn. Todo mundo feliz. Ganhei grana de verdade pela primeira vez na vida. Foi por essa época que consegui minha cidadania e finalmente rastejei pra fora do buraco. Sabe, vou dizer uma coisa, até durante a quebradeira imobiliária eu tive trabalho. Foi aí que decidi comprar e reformar prédios por conta própria — em 92. Eu sabia que os preços iam voltar. Sabia que dava pra fazer dinheiro. Eu previ o *boom* do Brooklyn, Hans. Vi tão claro quanto você está me vendo agora. Eu foquei em Williamsburg, que estava cheio do tipo de edifício comercial arruinado que eu tinha em mente, umas construções que podiam dar muito lucro. Só que os donos eram judeus. Não tinha como chegar. Ninguém quer ter um senhorio preto na vizinhança. Então me aproximei do Abelsky. Conheci ele nas saunas dos russos, um sujeito gordo enorme que nunca parava de gemer." Chuck começou a rir. "Sabe como a gente chama um tipo desses em Trinidad? Um pobrecito. Ai-de-mim-como-eu-sofro. O cara era insuportável. Uma área de desastre. Ninguém ali no banho queria conversa com ele. Ninguém queria bater nele com os galhos.* 'Vamo, gente, dá um tempo. Dimitri, tô pedindo. Boris — vamo, Boris. Por favor. Só um pouco.' Não. Não queriam chegar nem perto." Chuck ria com satisfação.

---

* Em uma sauna russa, costuma-se usar um punhado de ramos secos de carvalho ou bétula aromatizados (um *venik*) para desferir leves vergastadas terapêuticas na pele. (N. do T.)

"Estou dizendo pra você, aqueles russos preferiam até minha companhia. E olha que não ficam nem um pouco felizes de me ver por perto, estou dizendo. Então eu vi aquele sujeito, aquele pária, e disse pra mim mesmo, 'Taí um cara tão desesperado que trabalhava até pra um cule.' Então me aproximei e fiz amizade. Foi pra isso que comecei a frequentar os banhos, antes de mais nada, pra conhecer judeus. Onde mais podia me encontrar com um? Lembra — pense fantástico." A gente estava andando de carro, e ele sentava muito ereto no banco do passageiro, empertigado de orgulho. "Então montei uma empresa imobiliária com o Abelsky e dei vinte e cinco por cento pra ele ser meu representante. Claro, eu cuidava de tudo. A função do Abelsky era ficar nos bastidores e bancar o manda-chuva ocupado demais pra cuidar dos detalhes. E escuta o homem falando hoje: ele acha mesmo que é um manda-chuva! Quando tudo que fez foi me emprestar seu nome de judeu! E que nem é tão judeu assim!" Chuck, sem achar graça, disse, "O negócio do sushi? Abelsky & Co. A empresa imobiliária? Abelsky Real Estate Corporation. A gente ganhou dinheiro, claro. Ainda temos três prédios, em lugares privilegiados. Temos seis pessoas na Avenue K e queremos contratar mais duas". Chuck sacudiu um dedo. "Mas esse negócio do críquete, a história é diferente. Essa coisa é grande. Não preciso do Abelsky pra isso. Não quero ele envolvido. O que o Abelsky entende do mercado de críquete? Não, esse projeto é meu, esse vai ter meu nome nele."

Isso me deixou desconfortável, esse tipo de conversa, e pude sentir um impulso de bom samaritano para ajudá-lo. Foi um impulso passageiro. Eu tinha meus próprios problemas, e a companhia de Chuck funcionava como um refúgio. E se aconteceu uma noite, o momento em que invadi esse seu abrigo, foi na noite da festa de gala anual de 2003 da Associação de Ligas de Críquete de Nova York, realizada no Elegant Antun's, em Springfield Boulevard, Queens.

Peguei-me em uma sexta à noite no fim de maio em uma limusine com um motorista quirguiz sem noção, mas com boa vontade. Na Long Island Expressway orientei-o ao passar pelos letreiros de néon vermelho de Lefrak City e por um certo Eden Hotel, depois Utopia Parkway e então, seguindo as instruções que lhe forneci, descemos pelo desvio na saída 27. Lá ficamos instantaneamente confusos com a sucessão de sinalizações colocadas de acordo com uma bizarra convenção de Nova York que sempre me deixava perplexo, a saber, a de que todos os lugares deveriam estar indicados e nomeados para os motoristas, de modo que todo mundo ficasse desorientado, exceto o sujeito que já soubesse para onde estava indo. Perdidos em um certo Nassau County em lugar nenhum, demos um jeito de voltar para o Queens e finalmente caímos na Hillside Avenue, a partir de onde o caminho era mais ou menos claro. Fui deixado diante de uma estrutura independente com ares residenciais. Os beirais, arranjados em uma confusão de empenas e fachadas em recesso, estavam enfeitados com fieiras de luzes delicadas, e as paredes estavam cobertas por uma substância pálida que parecia como um açucarado glacê pronto para ser percorrido pelo dedo em colher de Joãzinho. Eram dez horas. Passei por dois seguranças usando casacos compridos e entrei no Elegant Antun's.

Um grupo de adolescentes irrompeu às risadas através de portas duplas e por um segundo avistei uma noiva girando. Meu evento era no andar de cima. À minha frente na escada andava um sujeito imenso com sapatos creme, terno creme e chapéu-coco creme. Acompanhavam-no um par de mulheres com mais de um e oitenta em vestidos longos vivamente cintilantes e salto alto. Os ombros desnudos das mulheres eram largos e fortes e os laços cruzando suas costas estavam muito tensionados por músculos negros que vibravam a cada degrau. "Essas jamaicanas", alguém me confidenciaria mais tarde, "parece que acabaram de vir correndo de Belmont".

Era, como dizem, uma noite especial. Uma mesa fora reservada para a fraternidade dos juízes, que compareceram em smokings brancos e sentaram lado a lado como um conclave de camareiros de navio. Uma vereadora pelo Brooklyn estava presente, assim como representantes do departamento de parques e, conforme nos foi assegurado, do gabinete do prefeito — este último um indivíduo com um projeto de bigode que mal parecia saído da adolescência e, ouvi dizer, visto mais tarde vomitando no banheiro masculino. A Air Jamaica estava presente, e a Red Stripe, e outras empresas que apoiavam o esporte. Mas a maioria dos convivas era formada por criqueteiros e suas mulheres — jogadores e diretores da American Cricket League, Bangladeshi Cricket League, Brooklyn Cricket League, Commonwealth Cricket League, Eastern America Cricket Association e Nassau New York Cricket League; da New York Cricket League, STAR Cricket League, New Jersey Cricket League, Garden State Cricket League e Washington Cricket League; da Connecticut Cricket League e Massachusetts State Cricket League; de minha New York Metropolitan and District Cricket Association; e, por convite particular, o sr. Chuck Ramkissoon, de quem eu era convidado.

Entrei bem no momento em que uma voz anunciava, "Por favor, todos de pé para o hino nacional", e todo mundo ficou de pé para uma gravação de *The Star-Spangled Banner*. Imediatamente em seguida o mestre de cerimônias solenemente propôs uma oração para "nossas tropas no exterior" e as pessoas fizeram silêncio por alguns segundos antes de sentar para jantar.

Mas eu continuei de pé, incapaz de achar minha mesa. Então, em um canto, vi Chuck acenando com o braço.

Juntei-me ao meu grupo no momento em que uma garçonete com um crachá dizendo PERGUNTE-ME SOBRE EVENTOS PARA O ANO-NOVO anotava pedidos de frango ou salmão e, dependendo da resposta, punha uma ficha de jogo vermelha ou azul ao lado do prato da pessoa. Chuck, de smoking preto, me apresentou — "Hans van den Broek, do M—— Bank" — a um sorridente homem de negócios indiano chamado Prashanth Ramachandran, e ao dr. Flavian Seem, um patologista aposentado de Sri Lanka que era, informou-me Chuck quando pedíamos coquetéis no balcão do bar, quem gerenciava os fundos doados para seu empreendimento. Havia dois irmão guianenses (importadores de açúcar queimado, essência de amêndoas, xarope de azeda e, contaram-me com o maior prazer, queijo edam baby) e suas esposas, mas a presença mais impressionante em nossa mesa era uma jovem elegante de vestido prateado que, se não me engano, chamava-se Avalon. Viera com Chuck e, a despeito de ser uns doze centímetros mais alta que ele e pelo menos vinte anos mais nova, transmitia um prazer inexplicável em sua companhia e na de seus convidados. A ficha só caiu quando Chuck explicou que Avalon era, como explicou, "a garota top de linha do Mahogany Classic Escorts. Já usou o serviço deles?".

"Acho que vou começar a usar", falei.

"Devia mesmo", disse Chuck. "As garotas têm refinamento, vêm das ilhas. Alunas de faculdade, enfermeiras. Não essas tranqueiras americanas."

A essa altura, era meia-noite e sentávamos meio de fogo em nossa mesa vendo Avalon dançar com um extaticamente estático dr. Seem. A pista de dança estava lotada. Todo mundo fora liberado após uma hora de apresentações em que troféus colossais exibindo criqueteiros dourados rebatendo e lançando e formando uma horda divina na mesa mais alta foram gradualmente distribuídos entre os centuriões,* *hat-trickers*, campeões e outros vitoriosos sentados nas mesas mais baixas, de modo que onde quer que se olhasse, conforme o frango ou o salmão era deglutido, uns sujeitinhos dourados golpeavam atrevidamente bolas invisíveis ou punham-se precariamente na ponta de um pé ao se inclinar para a frente no ato de arremessar a bola. Quanto mais eu bebia, mais enlevado ficava com o mundo paralelo dessas estatuetas, cuja devoção reluzente a sua ocupação de críquete tornava-se mais comovente a cada minuto. Devo ter passado uma impressão de desamparo, porque um estranho que alegava me reconhecer gentilmente sentou ao meu lado e, tendo apurado que eu vivera em Londres, relembrou longamente seus anos em Tooting.

---

* *Centurion*: rebatedor que marcou uma centúria (cem *runs*) em um único *innings*. (N. do T.)

Avalon agora dançava com Chuck. O dr. Seem, sentado do meu lado, disse, "O senhor é um cientista?".

Pareceu satisfeito quando lhe disse que não era. "Devotei minha vida ao estudo científico", ele me contou. Era esguio e com dedos finos, como tantos nativos de Sri Lanka, e abria a mão delicadamente sobre a toalha de mesa. "Sou treinado para ver as coisas como elas são. A compreender as realidades biológicas. Quando olho para isso", me mostrou as pessoas que dançavam, "vejo a realidade biológica".

"E qual seria ela?", perguntei, refletindo que eu era possivelmente a única pessoa compreendida dentro de um mundo de aparências incapaz de ver através dele.

"Ilusão", disse Seem. "Ilusão ditada pela natureza. Nossa amiga dançarina, por exemplo", disse Seem, referindo-se a Avalon. "É falsa!", exclamou com raiva. "Falsa!"

Ficou de pé e foi se servir de outra bebida. Olhei para a pista e me lembrei da queixa de Rachel de que eu nunca dançava. Isso foi muito tempo antes. Havíamos voltado de alguma festa. Jake, com uns seis meses, talvez, estava dormindo em seu berço perto de nossa cama.

"Não sou do tipo que dança", eu disse. "Você sempre soube disso."

"Você dançou no nosso casamento", ela retrucou na mesma hora. "Se saiu bem. Fez aquele passinho com os pés."

Ela parecia incomodada; e presumo, já que tenho hoje plena consciência, graças ao nosso figurativamente falando conselheiro matrimonial, de que o barco a vapor do casamento deve ser alimentado incessantemente com os carvões da comunicação, que eu deveria ter explicado à minha esposa que eu vinha da Holanda, onde raramente vi alguma dança, e na verdade que ficara um pouco perplexo de ver como os jovens ingleses mergulhavam de corpo e alma na música, dançando até com outros homens, e que esse abandono era algo estranho à minha pessoa e que, talvez, ela pudesse por esse motivo querer mostrar paciência comigo. Mas eu não disse nada, achando a questão irrelevante. Teria sem dúvida me deixado atônito saber que anos mais tarde eu olharia para esse episódio e me perguntaria, como fiz no Elegant Antun's, se isso representava uma assim chamada bifurcação na estrada — que por sua vez me levou ebriamente a imaginar se os rumos de um relacionamento amoroso são verdadeiramente explicáveis em termos de tomar entradas certas e entradas erradas, e, caso sejam, se era possível retroceder àquele desvio onde tudo enveredou pelo caminho errado, ou se na verdade o fato é que estamos todos condenados a andar em uma floresta em que todas as trilhas nos levam igualmente a nos extraviar, não havendo um fim para a floresta, uma indagação cuja própria inutilidade levou a outro errático espasmo contemplativo que só terminou quando notei Chuck conduzindo um coxo dr. Seem de volta à sua cadeira perto da minha.

"Tendão", disse o dr. Seem. Ele flexionou sua perna e então dolorosamente abaixou-a. "Faz dez anos que isso me traz problemas. Dez anos."

"Que coisa chata", disse Chuck.

Seem fez um torneio de amargura com a mão. "Meus dias de dançar chegaram ao fim."

"Que bobagem", disse Chuck. "Senta um pouco, descansa, quem sabe uma bebidinha, e olha só, em cinco minutos vai estar de pé outra vez." Chuck olhou para mim com ar sério. "Hans — sua vez. Cuide da Avalon. Ela está cansada de gente velha. Vai."

Reagi automaticamente — biologicamente, poderia dizer o dr. Seem. Dancei com Avalon.

Quer dizer, movimentei-me desajeitado em sua proximidade, relanceando nos sorrisinhos dos que estavam por perto o encorajamento geralmente reservado às crianças. Eu era o único branco presente, e reforçando um estereótipo. A própria Avalon também sorria e ria e não dava mostras de notar minha canhestrosidade, e então, por pena ou profissionalismo, virou de costas para mim e girou levemente o traseiro contra minhas coxas no ritmo da *soca* rápida e metálica que agora substituía o pop americano, o DJ gritando, "Todo mundo sacudindo! Sacudindo o bumbum! Sacudindo!", e todas as mulheres de meia-idade começaram a encostar suas belas nádegas em seus homens de meia-idade com o ar mais sério desse mundo, como se uma fase particularmente solene da noite houvesse chegado. Talvez tivesse mesmo. Um Chuck arrebatado rapidamente caminhou para a pista de dança, seu rosto negro enegrecido ainda mais pelos lábios negros franzidos e as pálpebras negras entrecerradas. Aproximou-se sem hesitar de uma mulher lá pelos seus cinquenta anos e na mesma hora os dois começaram a remexer um atrás do outro ao lado de Avalon e eu. A *soca* retinia e ressoava. Uma solidariedade a meu pequeno e rechonchudo parceiro trinidadiano me invadiu. Tomado de coragem, entreguei-me à situação e sua alegria — entreguei-me à canção, ao rum com Coca-Cola, ao suave e hábil traseiro de Avalon, à hilaridade dos comentários feitos pelo dr. Flavian Seem e por Prashanth Ramachandran, à sugestão de que fôssemos juntos, após a festa, a algum outro lugar; e ao esmagamento de quadris e pernas na comprida limusine de Chuck; e, mais pra lá do que pra cá, à ideia de seguir, já que estávamos todos vestidos a rigor, para o clube de *all fours** em Utica, do outro lado da Great Eastern Parkway, onde os absolutamente mudos jogadores de *all fours* vinham jogando o dia todo e sinalizavam para os parceiros com beliscadas de orelha e esfregadas no nariz, suas mulheres andando em volta bebendo e comendo e mais do que prontas para ir embora; e a persuadir algumas figuras do clube de *all fours* a sair com a gente para festejar na casa do motorista da limusine, na Remsen com a Avenue A; e a parar no caminho na Ali's Roti Shop, para comprar *roti* e *doubles*, e parar na Thrifty Beverages para se reabastecer com cervejas e quatro garrafas de rum, e, por não haver limite para nossa fome, a parar também no Kshaunté Restaurant and Bakery para pedir bucho com feijão, torta de miúdos e bode ao curry para viagem; e ao convite, uma vez na casa do motorista, cujo nome era Proverbs, a participar de um jogo de cartas chamado *wapi*; e perder quase duzentos dólares jogando *wapi*; e à verdade de comentários como "Rapaz, foi um *wapi* e tanto aqui essa noite" e "O ser humano precisa levar a sério o jogo de

---

* *All fours*: jogo de baralho semelhante ao uíste, originado na Inglaterra e um passatempo nacional em Trinidad. (N. do T.)

wapi, cara"; e a uma boca efêmera pertencendo a uma garota diplomada em primeiros socorros e reanimação; e a seis pares risonhos de mãos que içaram meu corpo soçobrado e o jogaram sobre um sofá; e à água espargida em meu rosto às seis da manhã; e finalmente à proposta, feita por Chuck quando caminhávamos atrás de um bando ruidoso de garotos hassídicos sob o primeiro calor do fim de semana, a suar tudo aquilo pra fora em uma *banya* a poucas quadras de sua casa.

"Meia hora na sauna", argumentava Chuck, "e você vai ser um novo homem".

Um táxi amarelo surgiu fantasticamente à vista.

Os banhos russos ficavam em um edifício de cimento em forma de bloco ao lado de um posto de gasolina na Coney Island Avenue. Para chegar ao vestiário você passava por uma grande área aberta com duas piscinas — uma jacuzzi tremulante com correntes aquecidas e um tanque de água fria onde um empregado entornava gelo. Colunas estruturais eram decoradas com frisos de reboco ovais mostrando figuras helênicas e, na parede maior, havia um mural em que virgens gregas da antiguidade faziam lindas poses junto a uma imensa queda-d'água que vertia em um vale verdejante. Nada disso, até onde pude perceber, tinha qualquer relação com os frequentadores do spa, um punhado de sujeitos de pele clara sentados aparentemente exaustos em cadeiras de plástico.

Saímos do vestiário com toalhas alugadas enroladas em torno da cintura. "Aonde quer ir?", disse Chuck. Havia a opção russa, turca e americana. Chuck me mostrou primeiro o banho turco. A não ser por um homem de aspecto enfermo sentado junto a um balde d'água, o espaço estava vazio. Ao lado ficava a sauna russa, onde um sujeito batia em outro com um buquê de folhas de carvalho. "Ainda é cedo", disse Chuck.

A sala de vapor americana era o lugar certo para ficar. Pelo menos mais seis pessoas estavam ali. Usavam chapéus cônicos e jogavam água nos fornos, desrespeitando uma placa que proibia especificamente isso. Sentei perto de um sujeito em cuecas encharcadas.

O calor era extremo. Suei pesadamente e sem prazer. Estava prestes a sugerir a Chuck que fôssemos embora quando um homem de aparência incomum se aproximou. Era gordo e mesmo assim grandes dobras de pele sobrando pendiam murchas de sua barriga, das costas e das pernas. Parecia faltar-lhe estofo, um trabalho abandonado de taxidermia.

Chuck disse, "Mikhail! Vamos, senta aí".

Mike Abelsky se juntou a nós com um grande suspiro. Disse-me, com um forte sotaque, que era parte Brooklyn, parte Moldávia, "Você é o tal do holandês. Ouvi falar de você. Você", disse, apontando para Chuck, "preciso falar com você".

"A gente tá descansando", disse Chuck. "Relaxa."

"Relaxa? Tem parentes da minha mulher morando na minha casa e você me diz pra relaxar?" Abelsky enfiou um cone na cabeça. "Não quero dormir na casa de alguma outra pessoa e não quero outras pessoas dormindo na minha casa. Quero andar na minha casa de cueca. Agora preciso usar pijama: não quero usar pijama. Não quero vestir camiseta. Quando vou pro banheiro, quero sentar com o jornal. E o que me acontece? Alguém batendo na porta, 'Quero tomar banho'. Eles querem tomar banho pra quê, caralho. Vão tomar banho na casa deles!", Abelsky olhou para mim sem interesse. "Só tem um parentesco nesse mundo que eu entendo", declarou. "Os pais. O resto, só estão interessados em se aproveitar de você."

"Você tá bem", disse Chuck.

"Tô uma merda", disse Abelsky. "Mas preciso fazer a cirurgia de redução se não quiser morrer. Não posso comer mais merda nenhuma. Olha pra isso", disse. Pinçou o tecido mole do peito com nojo. "Pareço uma velha." Olhou para mim outra vez. "Eu já fui um lutador."

"É?"

"É, no Exército Russo. Em casa também, com meus irmãos. Eles apanhavam pra caralho." Tudo isso foi dito sem humor. "O único sujeito em quem eu nunca bati foi meu pai, por questão de respeito. Por dinheiro eu deixava que *ele* me batesse."

Minha ressaca estava incomodando. Não entendia do que ele estava falando.

"Eu costumava apanhar no lugar dos meus irmãos", explicou Abelsky. Esfregou o pescoço e examinou o suor em sua mão. "Se meu irmão mais velho arranhava o carro, ele me pagava pra levar a surra. Meu pai sabia o que estava acontecendo, mas mesmo assim me batia. Ele costumava me encher de porrada. Eu ria na cara dele. Ele não conseguia levar a melhor. Podia bater e bater, mas eu continuava rindo. Que diferença fazia? Eu estava rico." Acrescentou, com amargura. "Isso era a Moldávia. Um níquel faz você virar um figurão. Pra ser rico neste país você precisa acertar na Mega."

"Explica pra ele o que é a Mega", disse Chuck. Percebi o que tinha em mente: queria que eu visse o tipo de homem com quem tinha de lidar. É possível, também, que quisesse me mostrar para Abelsky — de fato, que todo aquele encontro tivesse sido planejado. Chuck tinha essa ideia de que eu era uma conquista.

"Não sabe o que é a Mega? Está de brincadeira? Começa com dez milhões. O prêmio — meu Deus, o prêmio da Mega é duzentos e dez milhões. Eu jogo, claro que jogo, por que não? Meu avô costumava dizer, "Um dólar e um sonho, é só o que você precisa". Na primeira tacada ganhei dois mil dólares. Depois disso, meu número nunca mais foi sorteado outra vez. Eu jogo a placa do meu carro, e jogo o mês e o dia do meu aniversário. Eles deixam cada vez mais difícil. Antes era sorteado só uma vez por dia. Agora eles sorteiam duas vezes por dia. Na maioria das vezes os ganhadores vêm de Idaho, Kentucky. As cidades das batatas ganham. Claro, às vezes a gente acerta aqui mesmo em Nova York. Um cara de Honduras ganhou cento e cinco milhões com um bilhete que comprou na 5th Street em Brighton Beach. Eu só queria cinco milhões, só isso. Minha esposa disse, 'O que você ia fazer?' Eu falei, 'Vou dizer o que ia fazer. Primeiro, ia comprar uma casa pra cada uma das minhas filhas. Depois ia dar quinhentos mil pra cada uma, em dinheiro. Elas podiam usar pra faculdade das crianças. Depois eu ia comprar um prédio de condomínio em Miami. Acho que ia me sobrar mais ou menos um milhão pra viver. Além do que já tenho. É razoável. Não ia fazer loucura.'"

Isso seguiu assim por dez ebulientes minutos. Quando Chuck pediu licença por um momento, um dos outros sujeitos fez algum comentário para Abelsky em russo.

Abelsky encarou o homem olho no olho e disse alguma coisa cujo teor até eu consegui entender. Houve um êxodo, e de repente Abelsky e eu ficamos sozinhos na sauna americana.

"O que aconteceu?", perguntei.

Abelsky resmungava alguma coisa sob o vapor. Em voz baixa, de-homem-pra-homem, ele disse, "Eles têm um problema aqui com os paquistaneses. Esses caras aparecem, estragam tudo pra todo mundo. É um problema, como não. Isso aqui é um banho russo, caralho. Eles deviam é fazer a própria sauna deles. Mas quando eu estava no hospital", curvou-se em minha direção, agora, apontando um polegar para a porta, "era aquele paquistanês ali das ilhas que me visitava todo dia. Foi *ele* quem cuidou da papelada do plano de saúde, conversou com minha esposa e disse que estava tudo bem. Quando fiz cinquenta anos, foi *ele* quem me deu um engradado de vinho da Moldávia. O sabor era uma merda, certo, mas tinha gosto da minha terra. Esses caras", fez um gesto outra vez para a porta, agora com desprezo, "nunca vejo eles em lugar nenhum. Esses caras? Uns babacas completos. Eu quero mais é que se fodam. Que vão se foder na casa do caralho".

Chuck voltou e nós três ficamos cozinhando um pouco mais.

"Então tá", disse Chuck. "Vamos indo."

Depois de um chuveiro, de volta à Coney Island Avenue. Eu estava pronto para ir para casa.

Chuck falou, "Vou dizer o que a gente vai fazer. Você pode praticar direção no meu carro e depois usar no seu teste".

Bem à maneira ramkissooniana, a declaração saíra do nada, ou quase isso: um fiapo de memória trouxe de volta uma conversa, da noite anterior, sobre minhas desventuras em Red Hook.

Eu disse, "Chuck, isso é absurdo. Além do mais, não posso praticar se não estiver com um motorista habilitado".

"Eu sou um motorista habilitado", comentou Chuck. "Eu vou com você. Olha", falou, "vamos combinar uma coisa. Hans, chega de papo. Vai ser assim. Agora mesmo".

"Agora?" Acho que foi nesse momento que compreendi seu modus operandi: dê um drible desconcertante no mundo. Esteja sempre à frente.

"Não há momento como o presente", aconselhou Chuck. "A menos que você tenha coisa melhor pra fazer."

Enquanto Chuck andava até sua casa para apanhar o carro, eu fui a uma lanchonete e pedi um café. Nem bem terminara ele entrou na lanchonete, chaves tilintando, e arremessou para que eu pegasse. "Vamos lá", disse.

O Cadillac estava estacionado em local proibido, do outro lado da rua. Sentei no couro trincado do banco do motorista, ajustei o cinto e o espelho e dei partida.

"Pra onde?", perguntei.

"Bald Eagle Field", disse Chuck, esfregando as mãos. "Temos trabalho a fazer."

Percorremos toda a Coney Island Avenue, essa avenida comercial plana e depauperada que compõe um contraste quase surreal com as tranquilas quadras residenciais de suas travessas, uma via pobremente alvoroçada de veículos em fila dupla diante de postos de gasolina, sinagogas, mesquitas, salões de beleza, agências bancárias, restaurantes, funerárias, autopeças, supermercados, pequenos negócios diversos proclamando proveniências de Paquistão, Tadjiquistão, Etiópia, Turquia, Arábia Saudita, Rússia, Armênia, Gana, do mundo judeu, cristão, islâmico: foi na Coney Island Avenue, em uma ocasião subsequente, que Chuck e eu topamos com um bando de judeus sul-africanos, plenamente ataviados segundo sua fé, assistindo ao críquete na televisão com uma dupla de rastafáris no escritório que ficava na frente de um depósito de madeira de um paquistanês. Essa miscelânea inicialmente passou batido por mim. Foi Chuck, no curso dos passeios instrucionais seguintes, que apontou tudo isso para mim e me fez ver parte do Brooklyn real, como chamava.

Depois da Coney Island Avenue vinha a Belt Parkway, e então havia a Flatbush Avenue, e depois o Floyd Bennett Field — no início do verão, uma planície subsaariana de arbustos, árvores esparsas e pistas de concreto quentes e cheias de mato. A não ser por um homem empinando papagaio com seu filho, Chuck e eu éramos as únicas pessoas ali. Andamos sobre asfalto até passar o último hangar. Paramos diante de placas que diziam PROPRIEDADE PARTICULAR e NÃO ENTRE e MANTENHA DISTÂNCIA.

Não pude acreditar. Diante de mim estava um lindo campo verdejante.

"Cristo", eu disse, "você conseguiu".

Um homem montava um rolo compressor andando vagarosamente pelo centro do campo. "Vamos", falou Chuck. "Vamos lá falar como o Tony."

Tiramos os sapatos e as meias. Continuávamos vestidos com as roupas de gala da noite anterior.

A grama era macia sob os pés. "Ele disse que costumava cuidar do gramado em Sabina Park", comentou Chuck, apontando Tony com o queixo. "Mas claro que tem um mundo de diferença entre a Jamaica e isso que temos aqui."

Chegamos ao retângulo. Chuck ajoelhou e passou as mãos abertas na grama aparada, como um curandeiro.

Tony, um sujeito pequeno e esquelético chegando nos sessenta, desceu do veículo e se aproximou lentamente de nós. Usava camiseta e jeans imundos e, assim descobri, como Chiqueirinho, movia-se numa névoa de gasolina, rum e maquinário. Dormia e comia ali mesmo, no contêiner convertido que ficava na beirada do campo e servia para guardar o equipamento de Chuck. Tinha uma arma ali no contêiner para garantir o que Chuck chamava de "segurança de todos os envolvidos".

"Senhor do Céu, que calor danado", disse Tony para Chuck. Tirou o boné e limpou o rosto suado e me fitou sem expressão. "Quem é esse?"

Fui apresentado. Tony disse alguma coisa para Chuck que eu simplesmente não pude entender. Da resposta de Chuck depreendi que estavam conversando sobre o cortador, a quinze metros dali. "Não aconteceu nada com ele não, chefe, tá nos trinques", falou Tony. Fez outra observação indecifrável e então ficou mais animado quando explicou algo sobre alguma "coisa idiota" que tinha acontecido que dizia respeito a crianças que "andavam bulindo" pelo campo.

Nós três olhamos para a área retangular. "A gente passou o rolo um montão de vezes", disse Chuck. "De atravessado, como uma estrela. Desse jeito fica um nivelado perfeito." Chuck disse, "Tá ficando bonito, né, Tony?".

Tony cuspiu concordando e voltou para a máquina e deu partida.

"Agora vem a parte divertida", disse Chuck.

Aparamos a grama do *outfield*. A gente se revezou no volante da levíssima máquina de campo de golfe com seu corte de oitenta polegadas e velozes discos giratórios de onze lâminas. Chuck gostava de listrar a grama em anéis verdes mais escuros e mais claros. Você começava contornando um perímetro circular e depois, voltando, fazia círculo após círculo, cada um menor que o anterior, todos com um centro comum. Eles logo sumiam, mas tudo bem. O importante era o ritmo do corte, e o cheiro do corte, e a satisfação do produtivo tempo passado no campo com uma gorgolejante máquina a diesel, e a glória e a expectativa da tarefa. Ninguém jogaria críquete nesse campo naquele verão, nem no seguinte. E em todo caso, nunca se sabe realmente como um *pitch* gramado vai reagir, nem mesmo no minuto que antecede a partida. Você não tem como saber se uma faixa de grama de vinte metros, em geral cortada tão rente que nem parece ter relva nenhuma, vai devolver uma bola rápida ou lenta ou alta ou baixa depois de pingar, se uma bola giratória vai desviar ao tocar o solo e, nesse caso, em que grau e em que velocidade. Você não tem como saber se vai virar um leito de plumas, ou uma bela de uma porcaria, ou um *pitch* de pingada baixa e lenta igualmente desanimador tanto para o rebatedor como para o arremessador. Até mesmo depois de começar a jogar nele, você não tem como saber que surpresas o aguardam. A natureza da terra, como a natureza do ar, está sujeita à mudança: *wickets* têm seu próprio clima e são propensos a deteriorar e a mudar à medida que o jogo progride. Fendas abrem-se no solo, a umidade do solo aumenta e diminui, a superfície é perturbada ou compactada. Jogadas que são executadas em um dia podem não ser executadas com segurança no dia seguinte. No beisebol, essencialmente um jogo aéreo, as condições são muito similares de uma partida para outra, de um estádio para outro: os demais fatores sendo os mesmos (por exemplo, altitude), arremessar uma *slider* no Estádio A difere pouco de arremessar uma *slider* no Estádio B. Porém no críquete, onde há contato com o terreno, as condições podem ser desiguais de um dia para outro e de um solo para outro. O Sydney Cricket Ground favorece o *spin bowling*, o Headingley, em Leeds, o *seam bowling*.* Essas diferenças não são apenas uma questão de superfícies de rebatida em grama diferenciadas. Há a questão adicional da variação das condições atmosféricas — umidade e nebulosidade, em particular — que prevalecem de uma hora para outra e de um lugar para outro e podem afetar dramaticamente o que acontece com a bola de críquete conforme ela viaja do arremessador para o rebatedor. Do mesmo modo, *outfields* macios e duros irão respectivamente preservar e encrespar uma bola. Com toda a aparente artificialidade que o cerca, o críquete é um esporte *in natura*.

E talvez seja por isso que exige quase a meticulosidade de um naturalista: a capacidade de localizar, em um grupo de homens vestidos de branco e na maior parte estáticos, a ação significativa. É uma questão de escolher onde olhar. Um dos paradoxos do esporte é que as jogadas simultaneamente dizem respeito a uma vasta área circular e ao minúsculo raio de ação do rebatedor. O beisebol também requer dilatação e contração

---

* Duas técnicas de efeito na bola: a primeira lenta, com a bola girando (*spin*) ao tocar o solo, e a segunda rápida, em que o arremessador deliberadamente faz a costura (*seam*) da bola tocar no chão ao pingar. (N. do T.)

de foco, mas a tarefa é tornada mais simples com o diamante, que age como um funil perceptivo, e o rebatedor solitário, cuja posição nos permite prontamente imaginar a minúscula caixa da zona de *strike*. Já o espectador não iniciado de um jogo de críquete, pelo contrário, fica atordoado com a alternância de dois rebatedores, dois arremessadores e duas estruturas de toquinhos — um duelo dual — e a estranha atividade que ocorre a cada seis bolas, quando os interceptadores caminham, por caóticos segundos, para posições que espelham imperfeitamente as posições que acabaram de abandonar. Pode levar alguns instantes antes que o quebra-cabeça seja solucionado a contento, em particular para o espectador americano. Sou incapaz de dizer o número de vezes que eu, em Nova York, tentei sem sucesso explicar a um curioso ocasional boquiaberto as regras básicas do jogo que se desenrolava diante de seus olhos, uma frustração de explicação e entendimento que logo me irritavam e me levavam a desistir.

Depois de uma hora ou algo assim, Tony reclamou o cortador. Chuck pegou duas Cocas na geladeira do contêiner de equipamentos e sentamos sobre a grama. Foi nessa primeira tarde em Bald Eagle Field, com Tony transformado pela distância em uma espécie de meio homem, meio máquina, e minha pele avermelhando com o calor e o vento, que Chuck me contou que nascera num certo vilarejo de Las Lomas, nº 2, que ficava no interior de Trinidad, não muito longe do aeroporto internacional, e que — aqui era o ponto onde sua memória o levara — crescera em um barraco perto do terreno onde as crianças brincavam. Essa área era o típico lugar sujo e poeirento. De ambos os lados havia quintais, com galinhas, galos, cachorros em correntes, latrinas e, bordejando tudo mais, pomares de cajueiros e hortas de mandioca. Por toda parte havia árvores: coqueiros, orelhas-de-diabo, tamarindos.

Chuck fez um aparte, "Eles diziam que o galho do tamarindo serve de cura para a estupidez humana. Sabe por quê? O professor te dá uma surra com aquilo".

Bebi um gole de Coca. "Então foi nessa que me estrepei", comentei.

Quando Chuck era pequeno, o Las Lomas Cricket Club decidiu passar o arado no velho terreno e construir um campo de críquete de verdade. Ele recordou que levou quatro anos arando, cavando, comprimindo, terraplanando e semeando para conseguir deixar o terreno plano e gramado do jeito certo; e depois veio a luta para drenar e manter, com sucesso limitado: o *wicket*, feito de terra preta, era muito lento, e as bolas que pingavam nele tendiam a subir. Trinidad é uma ilha tropical, ele me lembrou. As chuvas são pesadas e as coisas crescem quase o tempo todo. Os animais que pastam — burros, gado — precisam ser mantidos à distância do gramado. Era necessário trabalho e dinheiro para lutar contra essas forças e alguns moradores do lugar não gostaram muito disso. "Isso é Trinidad", declarou Chuck com ar sombrio. "Cheia de gente contra isso ou aquilo. A negatividade é um mal nacional. Vou dizer uma verdade: pra eles, o copo nunca está metade cheio. Sério! Eles *sempre* veem a metade vazia."

O pai de Chuck, fiquei sabendo, era ferrenhamente contra o clube de críquete — tão contra que não deixava seus dois filhos mais novos pisarem no campo; e assim Chuck nunca jogou realmente. Chuck se lembrou dele e do irmão apoiados na cerca nos fundos de sua casa, observando o jardineiro ceifando o *outfield* nos sábados de manhã, e as borboletas e passarinhos voando entre a grama aparada, e as marcas luminosas sendo pintadas no *wicket* escuro, e os tocos sendo enfiados na terra do *wicket*, e os jogadores entrando no campo, e o brilho radiante dos jogadores no campo, e seu pai puxando os dois meninos para longe da cerca e enfiando facões em suas mãos e mandando-os trabalhar no canavial — o mesmo canavial, contou-me Chuck, em cujo barracão ele escutou a BBC pela primeira vez: a narração bola a bola da excursão da Índia pelo Caribe. Quando os caribenhos foram para a Austrália com o grande Frank Worrell, em 1960-61, Chuck fugia de fininho no meio da noite para se encontrar com um vizinho e escutar as transmissões do *test match*. O menino de onze anos e o velho ficavam sentados lado a lado na penumbra, bebendo café enquanto as vozes dos comentaristas, viajando em ondas através do oceano Pacífico, iam e vinham, ora mais fortes, ora mais fracas, no radinho Philips vermelho. Você adquire um senso do vasto mundo dessa forma. Ouve falar de Sydney, Calcutá, Birmingham. Foi com locutores de críquete como John Arlott, contou-me Chuck Ramkissoon, que ele aprendeu a imitar e finalmente aperfeiçoar o "inglês gramatical", aprendeu palavras como "*injudicious*", "*gorgeous*" e "*circumspect*": e sempre sussurrava uma locução de corrida para si mesmo, disse, toda vez que conseguia fugir de seu pai para assistir a uma partida de críquete.

A conversa (ou, antes, dissertação de Chuck) terminou com o assunto da grama: o puro azevém que era cultivado no *outfield* e a mistura especial — sete partes de festuca-vermelha para três partes de agróstis — cultivada no retângulo. Ele me falou sobre colmagem, oxigenação e irrigação. Falou sobre o pH da terra de plantio, uma mistura de humo, areia, sedimentos e argila, sobre como você podia sentir o solo se comprimindo sob os rolos da máquina, sobre como passar o rolo compressor no *outfield* na estiagem da primavera e sobre a camada de terra arenosa sob a camada superficial do retângulo central. Ele me contou sobre as amostras de solo que enviara a um par de especialistas em grama da State University of New York e dos conselhos que lhe deram. Chamou minha atenção para os perigos da compactação do solo, das minhocas e do *dollar spot*,* para a necessidade de limpar o orvalho do retângulo a fim de impedir o crescimento de fungos, para a marca quase imperceptível deixada pela bola de críquete ao beijar a pista preparada com tanta perfeição. Consideremos, também, a profundidade e a densidade das raízes da grama e a desproporcionalidade crucial de uma folha de grama no *wicket* com milímetros de altura penetrando seis polegadas sob a terra, e sem dúvida estamos falando da batalha constante que é travada para derrotar o musgo, a poa, o trevo e outras ervas daninhas. Um campo gramado é um demônio a ser controlado, e se deixado por si só crescerá variegado e inculto.

* * *

---

* Um fungo, *Sclerotinia homeocarpa*. (N. do T.)

Em fins de semana alternados, portanto, Chuck se tornou, como dizia, meu mentor ao volante — elegendo-me desse modo um pobre Telêmaco — e em troca tornei-me seu assistente de jardinagem, pois nossos passeios motorizados invariavelmente terminavam com uma sessão cortando, comprimindo ou regando seu campo de críquete. Ele e eu acabamos passando muitas horas juntos naquele carro, muito mais do que se fazia necessário para me preparar para um teste de direção. Que alívio era, após a semana trabalhando, pegar o trem Q para Union Square e descer a milhas de Manhattan na estação Cortelyou Road, com seu pavilhão suspenso sobre os trilhos sempre brilhantes e passear ao longo da Cortelyou Road até as sombras verdes amalgamadas da Rugby Road. Da esquina, eram trinta passos até a casa de Chuck. O Cadillac estaria esperando na frente da garagem e Chuck, por sua vez, com invariável frequência, aboletado na varanda, ao telefone. Então lá íamos nós em nossa pequena odisseia. Conforme bancava seu chofer pelas redondezas, ciosamente parando com um pequeno solavanco de cruzamento em cruzamento, fui me familiarizando com o cenário local: o caminhão de sorvete dirigido por um turco, que peregrinava incansavelmente com seu toque sonoro; a funerária muçulmana na Albemarle Road, de cujo interior cautelosos afro-americanos saíam aos montes, em óculos escuros e ternos pretos; os jardineiros hispânicos que trabalhavam nos shoppings; o corpo de bombeiros na Cortelyou que vagarosamente engolia carros de bombeiros vindos de ré; os judeus ortodoxos *flâneurs* na Ocean Parkway; os galhos de luz que se acumulavam nas árvores como se fossem parte do crescimento generalizado. Lush Flatbush...*

A primeira vez que viajei sozinho para lá, fiquei perdido. Em pânico, eu descera do trem com duas estações de antecedência. Em vez da paisagem suburbana que esperava, deparei-me com uma rua barulhenta e cenas da África selvagem: a parede que cercava a estação do metrô exibia uma pintura des-

---

* *Lush*, "profuso, opulento, luxuriante", jogo de palavras com Flatbush, uma das áreas mais multiétnicas do Brooklyn. (N. do T.)

cascada do Kilimanjaro, com neve no cume e circundado por nuvens. Ao fundo, viam-se enormes folhas, arbustos e samambaias, e a média distância — as perspectivas tinham sido mal concebidas, de modo que a distância equivalia canhestramente ao tamanho — fora pintado um rinoceronte com seu filhote. Um asno selvagem corria pela planície. Um leão, a cara destruída por buracos no reboco, pisava sobre uma pilha de matacões. No lado direito dos portões da estação havia um mural ainda maior em que uma floresta tropical florida e verdejante se destacava. Vi um leopardo rosnando; um abutre; um macaco pendurando-se pela cauda em uma árvore; girafas minúsculas, presumivelmente distantes, galopando; uma manada de gnus sob o céu pálido; um estudo de beija-flor inserindo seu bico numa flor. Um elefante com presas apontava para Prospect Park. Um bando de flamingos voava no rumo sul para Flatbush.

"Você está perto do zoológico", disse Chuck quando telefonei. "Desce a Flatbush até a igreja grande. Encontro você lá."

Eu nunca estivera naquela parte da Flatbush Avenue. Um em cada dois estabelecimentos parecia devotado à beatificação, alguém poderia dizer veneração, das partes corporais que continuam a prosperar após a morte: havia palácios do cabelo, palácios da unha, barbeiros, especialistas em tranças afro, fornecedores de peruca e aplique, salões de beleza, cabeleireiros unissex. As empresas caribenhas dominavam. Os pontos ligados a alimentação — mercearias, lojas de tortas, padarias, um ou outro restaurante — eram quase exclusivamente caribenhos e a música saindo da portinha minúscula era reggae. Nesse momento as torres da Erasmus Hall High School assomaram fabulosamente à vista, uma promessa de Trebizonda ou Tashkent; e então avistei o pináculo da velha Reformed Protestant Dutch Church. Chuck estava à minha espera na porta da igreja, um celular encostado no ouvido. Quando terminou, pegou no meu braço e disse, "Deixa eu mostrar uma coisa pra você, meu velho".

Levou-me para o adro nos fundos da igreja. Lápides antigas ilegíveis, arruinadas e caídas, enchiam o pátio enlameado. Aqueles, ele me contou, eram os túmulos dos primeiros colonos do Brooklyn e seus descendentes. "Toda essa região", disse Chuck, "tudo, por milhas e milhas em torno, tudo isso eram fazendas holandesas. Faz só duzentos anos. Seu povo". A própria palavra "ianque", assim fiquei sabendo, vinha do nome holandês mais comum de todos — Jan.

Ele achou que isso me deixaria emocionado. Mas aquilo me pareceu um pequeno drama abstruso, aquele punhado negligenciado de fazendeiros holandeses branquelos que haviam, descobri com meu amigo, desmatado densas florestas de nogueira e carvalho, e repelido os índios de Canarsie e Rockaway, e cultivado os pastos de Vlackebos e Midwout e Amersfoort, e rezado nessa antiga igreja de povoado, construída em 1796 com versões precedentes remontando a 1654. Caminhamos entre as lápides. Alguns nomes não haviam sido completamente apagados: Jansen, van Dam, de Jong... Eu praticamente ouvia tamancos ressoando nas lajes. Mas e daí? O que se pode fazer com uma informação dessas? Eu não tinha ideia do que pensar ou do que sentir, nenhuma ideia, em resumo, do que poderia fazer para me livrar da obrigação de lembrança que se fixava em quem andasse naquele lugar anômalo, oferecendo tão pouca sombra contra os raios incompreensíveis do passado. Além do mais, ocorrera-me muito recentemente e de maneira um tanto quanto contundente que eu não fazia questão de me juntar aos mortos de Nova York. Eu associava aquela multidão com os vastos cemitérios que se podem ver das vias expressas do Queens, em particular aquele cemitério miseravelmente povoado com os monumentos e túmulos erguidos, como milhares de motoristas são levados diariamente a contemplar, em uma réplica necropolitana do skyline de Manhattan ao fundo. Uma qualidade de negligência e lugubridade anormal ligada a essa proliferação de túmulos urbanos, e cada vez que eu passava apressado, invariavelmente a caminho da cidade vindo do JFK, era lembrado da tradição de esquecimento vigorando naquela cidade — na qual, ambulâncias ululando à parte, permaneci por anos sem nunca ver o menor sinal de atividade funerária. (O momento chegou, como todo mundo sabe, quando aquilo mudou.)

Os pensamentos de Chuck evidentemente iam por caminhos semelhantes. Andando pela Church Avenue, ele me disse: "Sem brincadeira, Hans, já pensou em fazer planos pro seu enterro?"

Vindo de qualquer outro, a pergunta teria me parecido bizarra.

"Não", eu disse.

"Eu já fiz meus planos."

Dobramos uma esquina na Church, e num segundo a barulhenta avenida caribenha, com suas lojinhas de um e noventa e nove, outlets de roupas, vendedores de manteiga de cacau, suas mercearias oferecendo inhames, bananas verdes, bananas-da-terra, mandioca, batata-doce, dera lugar a ruas diferentes de tudo que eu já vira em Nova York. Casas antigas e imensas — vitorianas, aprendi a chamá-las — despontavam de ambos os lados de uma alameda arborizada, cada uma exibindo sua personalidade única. Havia uma casa sulista com gigantescas colunas neoclássicas. Havia uma casa em estilo alemão com janelas de caixilhos verde-escuros ocupada, segundo todas as aparências, por um mestre do mal de um filme de Hitchcock. Havia um espraiado solar amarelo com incontáveis chaminés de tijolo amarelo e, surpreendentemente, uma mansão em estilo japonês com beirais invertidos e uma cerejeira fotogenicamente em flor. Mas o que causava mais estranheza era a quietude. Nova York ali era tão silenciosa quanto Haia.

O lugar onde Chuck morava era numa quadra ligeiramente menos nobre. "É aqui", ele disse, e por um momento pensei que fôssemos entrar em um casarão geminado com telhado de vinil e alpendre de tijolos e com a janela da frente ostensivamente tapada por uma bandeira dos Estados Unidos que quase obstruía inteiramente a vista do mundo exterior. Mas a casa de Chuck ficava um terreno depois, um lote mais amplo. Tinha varanda de madeira por todo o entorno, seis quartos, revestimento de tábuas lindamente pintadas e uma pequena torre.

Chuck conduziu-me diretamente até o jardim e me instalou em uma poltrona de vime enquanto entrava por um minuto. Manhattan parecia distante. Lilases floriam, um cardeal voou por entre as árvores e uma mangueira enrolada entre os canteiros floridos de Chuck começou a espirrar água de centenas de furinhos. O próprio dia era perfurado pelo metralhar de um pica-pau.

Dei um pulo de minha cadeira. Agachado junto a meu pé estava o maior e mais repulsivo sapo que eu já tinha visto.

Chuck, voltando nesse momento da casa, gritou alguma coisa, rindo. Abaixou e segurou o torso gordo monstruoso com suas pernas compridas e as perturbadoras membranas natatórias; parecia, na verdade, que agarrava um minúsculo e rotundo homem-rã. "Essa aqui é a rã-touro americana", disse Chuck. "Ela come de tudo, praticamente. Cobra, passarinho, peixe..." Segui-o até a cerca de plástico que delimitava o terreno com a casa de vinil. "Tem um laguinho ali. Essa aqui deve ter escapado." Presas na cerca, vi, estavam os corpos de outras rãs vizinhas que haviam morrido tentando passar para o jardim com a água. Chuck largou a rã-touro no devido lugar.

Eu estava pensando em contar a Chuck a única história de rã que conhecia — a paralisação anual da Duinlaan, que dava para ver da minha casa, feita para permitir a travessia segura das pequenas rãs de Haia — quando Anne Ramkissoon apareceu na porta dos fundos. Era uma mulher afro-caribenha com cerca de cinquenta anos, marcadamente mais clara que Chuck, com cabelo muito curto. Vestia um moletom verde folgado, jeans e tênis brancos de corrida. Sorriu timidamente quando Chuck nos apresentou.

"Querida", disse Chuck, "Hans e eu estávamos admirando uma rã bem agora".

Anne disse, "Pode mudar de assunto? A gente tá acabando de comer".

"Verdade", admitiu Chuck. "Rã é uma coisa nojenta. Nem em Trinidad as pessoas comem rã."

"Tem gente que come rã", corrigiu-o Anne. "Frango da montanha, eles chamam."

"Já ouvi falar, mas nunca vi", disse Chuck. "Rapaz, e olha que em Trinidad a gente come quase tudo que é carne selvagem. Paca, cotia, gambá, tartaruga, iguana — a gente caça e come com curry, pra disfarçar o gosto de carne de caça. Iguana com curry e leite de coco é uma delícia."

Entramos e sentamos à mesa da cozinha. Anne começou a servir café.

Puxei conversa. "Como vocês caçam iguana?", perguntei.

"Iguana", disse Chuck, pensativo. "Bom, tem gente que espeta com uma lança, ou atira, mas nós subíamos nas árvores e sacudíamos os galhos pra elas caírem. Sabe, a iguana aparece de manhã e sai pra tomar sol no galho da árvore. É a chance que você tem. Um cara sacode o galho, e o outro agarra a iguana depois que ela caiu. Estou dizendo, você precisa ser rápido, porque a iguana é muito ligeira. Meu irmão Roop era especialista em pegar iguana."

Estava de pé, agora, apertando metades de laranja em um espremedor manual. "Roop não tinha medo de nada — e como era ágil. Meu Deus, ele podia subir em qualquer coisa. Esse bordo aí fora? Ele dava um jeito. Chamavam ele de macaco de Las Lomas. Eu costumava ter muito orgulho desse apelido", disse Chuck. "Parecia que era famoso ou algo assim. Então meu pai me ouviu um dia usando ele e me deu uma bofetada. 'Nunca mais chama seu irmão com esse nome de preto outra vez.'" Chuck passou os copos de suco de laranja. "Ele morreu caçando iguana — Roop. Estava com catorze — ou era quinze?", Anne disse, baixinho, "Quinze." "Quinze", disse Chuck. "Isso mesmo. Eu estava com doze. Um dia ele e uns amigos viram o lagarto verde no alto de uma sumaúma. Essa árvore é a maior da floresta, a mais imponente, uma gigante que cresce mais que todas as outras na direção do céu. Sabe de qual eu estou falando, não sabe? A maior parte do povo em Trinidad acredita que na sumaúma moram espíritos. Ninguém em perfeito juízo pensaria em derrubar uma. Só de subir numa árvore dessas a pessoa já está errada — e ela é praticamente impossível de subir, falando nisso: o tronco é imenso e liso e os galhos são cobertos de pinhas que rasgam a carne. Mas Roop foi em frente. Ele subiu em uma outra árvore e pulou pra sumaúma. Começou a rastejar de barriga na direção da iguana, rastejando por um galho comprido. Daí veio aquela explosão horrível — como se o mundo tivesse explodido. Encontraram o corpo do meu irmão no chão. Tinha parado de respirar. Saía fumaça de sua pele. Quando os velhos do lugar ficaram sabendo, é claro, disseram que foram os espíritos que viviam na árvore. Mas foi um raio. Um raio matou meu irmão."

Olhei para Anne. Estava bebendo seu café e olhando para o marido.

Chuck disse, "Eu admirava tanto ele. Sabe como é, quando você é criança, você tem heróis? Bom, ele era meu herói. Meu irmão Roop". Mexeu o café ruidosamente.

Anne veio e trouxe um prato cheio com uma papa cor-de-rosa esquisita. "É de peixe salgado", disse Chuck, satisfeito. "Pra comer com pão. Prova. Comprei hoje de manhã no Conrad's. É o melhor lugar pra peixe salgado e coisas de padaria."

Enquanto Chuck e eu tomávamos o café da manhã, Anne cortava um frango com o cutelo, dando ruidosas pancadas. Perguntei o que estava fazendo. "Frango ensopado", disse. "Corto assim e tempero. Alho e cebola. Tomilho. Cebolinha. Coentro."

"Fala pro Hans do barulho que faz quando você põe no caramelo", disse Chuck.

Anne riu abafado.

"Chuuáááá!", soltou Chuck. "O frango faz, Chuuáááá!"

A risada dos dois encheu a cozinha.

"Esse frango, Hans?", disse Chuck. "Não é pra você, e com certeza também não é pra mim. É pro bispo." O bispo era o pastor da igreja de Anne, em Crown Heights. O aniversário dele estava perto e sua congregação preparava uma semana de festividades. "Eles chamam de semana do reconhecimento", disse Chuck. Emitiu um ruído de escárnio. "Quem devia mostrar reconhecimento era ele. Quatro filhas em escolas particulares, todas pagas por seus fiéis."

"Ele bom homem", disse Anne com firmeza. "Você pode chamar a hora que quiser, de noite ou de dia. E ele enterra qualquer um, até estrangeiro. Você não tem isso no Tabernáculo. Nosso bispo diz, 'Não é minha igreja, é de Deus. Todo mundo bem-vindo'."

"Bom", disse Chuck, "tem um negócio que eu quero conversar com você. Anne? Escuta. Está escutando? Vou dizer uma coisa importante. Escuta bem". "Estou escutando", disse Anne. Ela estava cobrindo uma tigela de arroz com curry com filme plástico. "Deixa isso pra lá um minuto", falou Chuck. Sem pressa, Anne guardou a tigela na geladeira. "O que foi?", disse, agora se encaminhando à pia. Chuck disse, "Quero que meu descanso final seja aqui. No Brooklyn. Não em Trinidad, não em Long Island, não no Queens". Anne não reagiu. "Ouviu o que eu disse? No Brooklyn. Uma cremação, depois o sepultamento das cinzas. Um enterro de verdade, estou dizendo. Nada de columbário, nem de jardim de urna. Quero uma lápide de verdade, no meio de grama de verdade, com uma inscrição apropriada. Não apenas 'Chuck Ramkissoon, nascido em 1950, morto' — sei lá — '2050'." Ele olhou para mim como se tivesse acabado de fazer uma lavagem cerebral. "Por que não? Por que não morrer um centenário?"

Anne enxaguava os pratos.

"Vai respeitar meu desejo?", disse Chuck para ela.

Ela permaneceu impassível. Mais tarde escutei, no decorrer de alguma conversa, que Anne já fizera os arranjos para ser enterrada em Trinidad com suas três irmãs solteiras. Um jazigo fora comprado nos arredores de San Juan, sua cidade natal. As quatro mulheres haviam combinado até que roupa cada uma usaria no caixão. Como Chuck se encaixaria nessa irmandade subterrânea não estava claro.

"Bom, de qualquer jeito você me ouviu declarar o que queria com Hans como minha testemunha", disse Chuck. "Vou pôr por escrito, pra não ter confusão."

Anne falou, provocando, "O cemitério na cidade é todo cheio. No Brooklyn, cheio, no Queens, cheio. Quer ser enterrado neste país, vai ser enterrado em Jersey".

"Quem disse isso pra você?", exclamou Chuck. "Tem espaço no Green-Wood Cemetery. Tenho certeza disso. Andei perguntando."

Anne não falou nada.

"Que é isso? Você acha que eu ia passar o resto da eternidade em Jersey?"

Anne começou a rir. "Só fiquei pensando naqueles periquitos. Você com os periquitos."

Eu disse, "Periquitos?".

Chuck, sorrindo para a esposa e balançando a cabeça, não respondeu imediatamente. "Tem periquitos no cemitério", ele disse. "Caturritas, pra ser mais exato. Às vezes a gente vê eles por aqui no verão — uns pássaros verdes, pequenos. Na verdade, a gente ouve", disse Chuck. "Gritando nas árvores. É inconfundível."

Devo ter feito cara de desconfiado, porque Chuck insistiu, "Tem outra colônia a umas poucas quadras daqui, no Brooklyn College, e outra lá em Marine Park. Faz anos que aparecem. Por que não? Tem perus silvestres em State Island e no Bronx. Falcão e bútio-de-cauda-vermelha no Upper East Side. Racuns em Prospect Park. Estou dizendo, um dia, e não vai demorar muito, a gente vai ver urso, castor, lobo dentro dos limites da cidade. Não esquece o que eu disse". Chuck, limpando a boca, acrescentou, "De um jeito ou de outro, você vai ver os periquitos por si mesmo".

Anne disse, "Ele não quer ser levado pra passeio em cemitério".

"Não é um cemitério qualquer", disse Chuck. "É um lugar histórico."

Levantamos e saímos para um treino de direção.

Quer dizer, eu dirigia e Chuck falava — incessantemente, infatigavelmente, virtuosisticamente. Se não estava falando comigo estava falando ao telefone. Um elenco intercontinental de personagens passava pelo velho Cadillac. De

Bangalore vieram ligações de um homem chamado Nandavanam, que, numa associação com o sr. Ramachandran, que eu conhecera no Antun's, aparentemente estava no processo de finalizar um negócio de patrocínio de um milhão de dólares com uma corporação indiana. De Hillside, Queens, houve George el-Faizy, um copta alexandrino que produzira esboços preliminares da arena e dos hangares restaurados a um custo quase zero e ainda dirigia um táxi quatro dias por semana, e que na verdade conhecera Chuck quando este entrara em seu táxi na Terceira Avenida. E, de um jatinho particular indo e vindo entre Los Angeles e Londres, havia Faruk Patel, o guru de cuja participação multimilionária top-secret dependia a posterior expansão do negócio do críquete. Até eu já ouvira falar de Faruk, autor de *Caminhando na luz* e outras arquilucrativas bobagens multimídia sobre protelar a morte e a doença aceitando nossa unicidade com o cosmos. Eu não conseguia acreditar que Chuck estivesse com aquele magnata no celular (e de fato Chuck muitas vezes conversava com os sócios de Faruk); mas estava, porque foi Chuck Ramkissoon quem descobrira que sob a charlatanice mística californiana havia um louco por críquete com milhões de dólares para brincar, e que rastreara Faruk em Beverly Hills e chegara até ele para lhe vender a ideia da Copa do Mundo de críquete em Nova York e extraíra dele uma carta de intenções que orgulhosamente exibiu para mim. E depois havia personagens estritamente locais — advogados, corretores imobiliários, pintores, construtores de telhado, peixeiros, rabinos, secretários, funcionários de expedição. Havia um que trabalhava no Bureau para Esportes Imigrantes e um sujeito da Accenture e o dr. Flavian Seem, do fundo de doações. Ele, Chuck, convencia toda essa gente a participar — e, se necessário, a não participar: quando Abelsky ligava, o que fazia sem parar, Chuck invariavelmente ignorava a ligação. "Deixei esse homem rico", disse uma vez, "e é isso que sobra pra mim. Sabia que quando conheci o cara ele estava dirigindo uma limusine? Um zé-ninguém da Moldávia sem dinheiro nem pra limpar a bunda". Se o celular, em vez de tocar, cantarolava umas notas de *Für Elise*, ele raramente atendia, porque era o ringtone de Eliza. "Limites", me disse. "Essas coisas têm que ter limites. Mas não nos negócios. Limites nos negócios são limitações." O que ele mais gostava era de pôr o pé descalço no painel e vir pra cima de mim com um aforismo. Ou um fato. Chuck era um sabe-tudo em qualquer assunto, desde variedades de grama sul-africana a tintas industriais. Seu ímpeto pedagógico podia vir do nada: ele não hesitava, por exemplo, em me informar sobre a história de inundações da Holanda, ou de chamar minha atenção para a importância de algum oleoduto em construção. Mais do que tudo, porém, adorava a oratória. Comecei a compreender como fora capaz de improvisar aquele discurso no dia em que o conheci: pois estava constantemente formando monólogos de suas ideias, lembranças e descobertas de fatos como se a qualquer momento pudesse ser convocado para se dirigir às casas do Congresso. Em junho me contou dos preparativos de sua apresentação de dezembro para o Serviço Nacional de Parques a fim de apoiar sua requisição para construir a arena de críquete (Fase Dois de seu grande plano, Fase Três sendo a operação das instalações). O conteúdo preciso era ultrassigiloso. "Não posso contar nada a respeito", disse, "a não ser que vai ser dinamite pura". Dinamite? Que total falta de noção da parte de Chuck! Nunca acreditou inteiramente que as pessoas não iam querer ouvir tão cedo falar de explosões, nem mesmo para ser iluminadas por Chuck Ramkissoon.

"Qual era a inclinação política dele?", pergunta Rachel um dia.

Quando acontece essa conversa, ela está na fase de mastigar talos de aipo, e tritura exatamente um desses talos. Espero terminar o som crocante, e então penso cuidadosamente, pois nesse tipo de assunto, na verdade em quase qualquer assunto, minha esposa invariavelmente vai direto ao ponto com precisão cirúrgica. É minha característica predileta nela.

"A gente não conversava realmente sobre política", eu digo. Decido não mencionar as observações pontuais, possivelmente circunstanciais, que ele fez naquele primeiro e fatídico jogo de críquete, porque ele nunca mais disse nada similar outra vez — o que para mim não fazia diferença. O ponto determinante, se pretendo ser honesto em relação a isso, era que Chuck estava se saindo bem nas coisas. O sushi, a amante, o casamento, os negócios imobiliários e, praticamente inconcebível, o Bald Eagle Field: tudo isso acontecia bem diante de meus olhos. Enquanto o país se atolava no Iraque, Chuck corria. Isso era político o suficiente pra mim, um homem se esforçando em dar um passo de cada vez.

"Então sobre o que vocês conversavam?"

"Críquete", eu digo.

Rachel pergunta, "E sobre nós? Você conversava sobre nós?".

"Em uma ou duas ocasiões", eu falo. "Mas não, na verdade não."

"Isso é meio esquisito", diz Rachel.

"Não, não é", eu digo. Fico tentado a observar que nossa relação, por mais incomum e próxima que fosse, era a relação de homens de negócios. Minha despreocupação com esse estado de coisas sem dúvida revela uma fraqueza de minha parte, mas é essa mesma qualidade que me permite progredir no trabalho, onde tantos homens cheios de energia, duros, bem-sucedidos que conheço sofrem secretamente de dores estomacais mais ou menos a cada trimestre, estão sendo comidos vivos pelos chefes, clientes, esposas onipresentes e filhos moralistas, e estão, em suma, desesperados por serem valorizados pelo que são e muito contentes de retribuir a cortesia. Essa tendência crônica à humilhação, a meu ver peculiarmente masculina, explica a débil afeição que une tantos de nós, mas tal afeição depende de uma certa reserva. Chuck observava esse código de conduta, assim como eu; ninguém pressionava ninguém sobre assuntos delicados.

Eu me abstinha, em particular, de perguntar sobre a única categoria de comunicações telefônicas que não compreendia, ligações chegando em um celular separado (Chuck carregava um misterioso segundo aparelho) e que suscitavam as mais sucintas das respostas de Chuck; ligações que em pouco tempo tive razão para relacionar a paradas inexplicáveis que fazíamos nas regiões subterrâneas do Brooklyn.

Pois desde o início ele executava incumbências, por assim dizer. Desse modo, sem explicação, Chuck me orientava, seu motorista, a ir para Midwood e East Flatbush e Little Pakistan em Kensington, uma ou duas vezes levando-nos até a distante Brighton Beach. O que acontecia, quando chegávamos, era sempre o mesmo. "Estacione logo ali", Chuck dizia. Ele entrava em um prédio e voltava depois de cinco minutos. "Vamos andando", dizia, batendo a porta do passageiro. E então começávamos a conversar outra vez.

Foi apenas no fim de junho que decidiu me dar uma dica sobre o que estava acontecendo.

Recebeu uma ligação em seu telefone misterioso; disse, "OK, entendido"; então virou para mim. "Chinatown."

"Chinatown?"

"Chinatown do Brooklyn", disse, adorando ter me confundido.

Eu não tinha conhecimento de nenhum bairro chinês no Brooklyn. Mas existia, descobri, em uma vizinhança onde você podia olhar para cima e ver, além dos terraços esparramados para oeste, a Verrazano Bridge. Paramos diante de um restaurante chinês sinistramente prosaico. "Que tal um almoço mais cedo?", disse Chuck.

Sentamos perto da janela do restaurante miserável. Não havia nenhum outro cliente. Um auxiliar de cozinha raspava restos de macarrão da noite anterior em uma panela.

"Meu pai nunca ia se sentir à vontade num lugar desses", observou Chuck.

"Ãh?" Nenhum sinal de garçom.

"Ele nunca entrava em um café a não ser a negócios, e nunca fazia negócios a não ser que houvesse uma saída. Olhe." Chuck apontou por sobre meu ombro. "Nenhuma saída nos fundos. Se alguém entra pela porta da frente, você fica preso."

Tentei imaginar do que estava falando.

"Essa era a primeira coisa que meu pai pensava: Como eu saio daqui?"

Antes que eu pudesse responder, dois sujeitos, chineses ou talvez coreanos, entraram no restaurante. Chuck se aproximou deles e apertaram as mãos, e os três homens sentaram nos fundos do restaurante, onde eu não pudesse escutá-los. Conversaram por um ou dois minutos de forma amigável, com muitos sorrisos. Chuck escreveu alguma coisa em um pedaço de papel, rasgou o papel em dois e deu um dos pedaços para os homens. Um deles lhe passou um envelope embrulhado.

"Então?", eu disse para Chuck no carro. Deixáramos o almoço pra lá. "O que foi tudo aquilo?"

"Eu estava anotando um pedido de comida", ele disse, ridiculamente. "O que mais podia ser?"

"Restaurante chinês pede sushi, agora?"

"Peixe", disse Chuck. "Todo mundo precisa de peixe. Vamos indo."

A meu modo lento, fui compreender tudo aquilo muito depois. Ao me levar para o restaurante, ao me falar sobre seu pai e me fazer ver sua transação com os chineses/coreanos e me contar uma história furada qualquer, Chuck estava me pondo a par. A par do quê? Do fato de que alguma coisa que não cheirava muito bem estava em andamento. De que eu tinha a opção de interromper nossa relação. Ele adivinhou que eu não ia fazer isso. Adivinhou que eu continuaria a vê-lo enquanto quisesse vê-lo, que eu lhe ofereceria uma piscadela de olho que a pessoa oferece àquele tio desajeitado tentando fazer seu truque de salão.

Rachel, que às vezes suspeito possuir poderes de leitura de mente, está é claro inteirada disso. "Você nunca quis realmente conhecê-lo", ela observa, ainda mastigando seu aipo. "Estava bastante feliz de entrar no jogo dele. A mesma coisa com os Estados Unidos. Você é como criança. Não olha sob a superfície."

Minha reação ao que ela diz é pensar, Olhar sob a superfície de Chuck? Pra quê?

Em um espírito de imparcialidade legal, Rachel continua, "Embora eu presuma que, no caso de Chuck, você diria, como seria de se esperar que o conhecesse? Vocês eram pessoas completamente diferentes, de contextos completamente diferentes. Não tinham nada importante em comum".

Antes que eu possa objetar a isso, ela aponta com o talo de aipo para mim e diz, mais achando divertido do que qualquer outra coisa, "Basicamente, você não o levava a sério".

Ela me acusava de estar exoticizando Chuck Ramkissoon, de lhe dar um desconto, de deixar de reservar a ele uma dose respeitosa de desconfiança, de cometer a elevação infantilizante de um homem negro por parte de um homem branco.

"Não é nada disso", respondo, com veemência. "Ele era um bom amigo. A gente tinha muita coisa em comum. Eu o levava muito a sério."

Sem sinal de crueldade, ela ri. De repente, ergue o olhar: acha que ouviu um chamado do andar de cima, para de mastigar e escuta. E então vem o grito de Jake outra vez — "Água, por favor!" — e lá vai ela. No começo da escada, porém, ela se vira para um último aparte. "Sabe por que vocês dois se davam tão bem? Pedestal."

Não dá pra não sorrir com isso, porque é uma piada de Juliet Schwarz. A dra. Schwarz é nossa terapeuta de casal. Rachel e eu a visitamos uma vez por semana durante o primeiro ano depois que voltamos e ainda a vemos uma vez por mês em seu consultório em Belsize Park, ainda que eu felizmente me sinta cada vez mais perdido sobre o que conversar. A dra. Schwarz acredita piamente na ideia de casais como possuidores de uma estima recíproca, acima de tudo. "Este é seu marido!", ela gritou uma vez para Rachel. "Pedestal!", gritou, erguendo um braço na horizontal. "Pedestal!"

No início, Rachel não dava bola para esse tipo de opinião. Chamava Juliet Schwarz de antiquada e autoritária e pendia a meu favor. Questionava seu status profissional. Mas evidentemente estava ouvindo o que dizia, porque um dia eu cheguei em casa e encontrei um considerável bloco de calcário no corredor.

"O que é isso?"

"Um plinto", disse Rachel.

"Um plinto?"

"É pra você."

"Você me comprou um plinto?"

"Pedestal!", rugiu Rachel. "Pedestal!"

Voltando: é verdade que eu não fazia sondagens profundas sobre as atividades de Chuck Ramkissoon. Também é verdade que Chuck era um amigo, não uma curiosidade antropológica.

Em todo caso, não havia necessidade de conduzir sondagens. Nada deixava Chuck mais feliz do que fazer revelações sobre si mesmo.

Ele decidiu, por exemplo, me introduzir em seu esqueminha lucrativo.

Eu passava o rolo pelo *outfield* numa quente manhã de domingo quando um homem se aproximou. Era um sujeito comum lá pelos quarenta, negro, de tênis e camiseta, e parecia pouco à vontade. Desci da máquina e fui até ele.

"Chuck está?", ele perguntou.

Levei-o até o hangar onde Chuck tirava fotos e medidas. Não dava para ver onde estava e já íamos saindo quando sua voz chamou de algum lugar, "Nelson!".

Apertaram as mãos. Chuck disse, "Tô com ele bem aqui, rapaz", e de um bolso de trás puxou um pacote de notas. Observei-o contar um punhado e estender para Nelson com um grande sorriso. Nelson também sorria. Chuck o acompanhou até o carro. Houve um bate-papo rápido e então o carro manobrou e foi embora.

"Bem, ele parece bastante contente", eu disse.

"E não é pra menos", falou Chuck.

Tony não estava por perto. Eram apenas Chuck e eu naquele campo. Subimos no rolo compressor, um pedaço de equipamento antigo e descascando que se movia sobre dois tambores cheios de água. Chuck sentou no banco e eu fiquei a seu lado, numa pequena plataforma de metal. O motor rugiu e começamos a rolar lentamente na direção do barracão de contêiner.

Chuck gritou, "Você é chegado num jogo, Hans?". Quando abanei a cabeça, ele disse, "Nem mesmo raspadinha?".

"Pode ser que uma ou duas vezes", eu disse. Lembrei-me de esfregar uma moeda numa grade de caixas prateadas, na esperança de que o mesmo número de dólar aparecesse três vezes na prata riscada. Não apareceu, e não me importei; mas o negócio fora suficientemente fascinante para dar uma ideia de por que a metade duranga de Nova York era viciada na experiência — sendo essa a impressão que eu tinha praticamente toda vez que havia algum motivo para pôr os pés numa *deli*.

  Agora entrávamos com a máquina dentro do barracão. Começamos a passar a corrente nela. Chuck disse, "E que tal weh-weh? Já ouviu falar?". Chuck e eu sentamos em duas cadeiras que ele guardava ali. Abrimos um refrigerante cada um e bebemos avidamente. "É um antigo jogo de Trinidad", falou Chuck. O homem do weh-weh, também conhecido como a banca, explicou ele, escrevia um número de um a trinta e seis em um pedaço de papel, dobrava o papel e o depositava em um lugar acessível — uma loja, digamos, ou um bar, ou numa esquina qualquer. "Meu pai era um homem do weh-weh", disse Chuck. "Ele gostava de usar um lugar perto do rio. Era popular, aquele rio. Vai ver ainda é. As pessoas iam pras bacias, onde dava pra mergulhar, uns lugares cheios de peixe, milhões. Você ia pra lá, cozinhava perto do rio. Tinha peixe-gato, pitu, na água, mas era difícil alguém pescar. A gente ia lá pra pegar passarinho. Uma vez", Chuck fez uma digressão, "meu irmão Roop saiu e roubou um pato bem tarde da noite. Levamos o pato pro rio, matamos, tiramos a cabeça. Lembro do Roop segurando o bicho pela pata e deixando o sangue escorrer. Depois depenamos e cozinhamos. Um pato branco", lembrou Chuck. "Ninguém pode reclamar um pato branco."

  Assim que o número vencedor, ou marca, era escolhido, Chuck retomou, os entregadores saíam para coletar as apostas — que naqueles dias podiam ir de cinquenta centavos a cinquenta dólares TT.* A uma hora predeterminada, a banca revelava, ou "estourava", a marca. "Lembra daquele sujeito

---
* Dólares de Trinidad-Tobago. (N. do T.)

comigo no restaurante em Manhattan? Você estava com o crítico de comida."

"McGarrell", eu disse.

"Isso mesmo", disse Chuck. "Você não esqueceu o nome dele. Bom, foi assim que eu conheci McGarrell. Ele veio à nossa casa para entregar uma aposta ao pai dele. Todo mundo jogava weh-weh, mesmo sendo ilegal. Estou falando do interior, a milhas de Port-of-Spain ou qualquer outra cidade grande. Até meu pai jogava, às vezes. Escuta isso: uma tarde, chovendo muito, estava todo mundo em casa, sentado na varanda. Uma rã caolha aparece no meio da chuva e sobe no primeiro degrau da escada. Meu pai deu um pulo." Chuck deu um saltinho para o lado, apontando o chão. "Olha essa rã! É uma marca do weh-weh." Ele enfia a mão no bolso e me dá setenta e cinco centavos. "Põe tudo no *crapaud*", disse. "E é claro que o *crapaud* ganhou."

Você escolhia seus números, contou-me Chuck, de acordo com o que via em torno ou, principalmente, com o que via nos sonhos. Havia uma arte para lembrar dos sonhos e tinha gente que era fanática por isso. "Elas acordam no meio da noite e escrevem o sonho rápido, antes que vá embora." Se você via um padre ou sacerdote, jogava no vigário, número cinco; ou se via uma faca ou um cutelo ou vidro quebrado, qualquer coisa que corta, jogava na centopéia, número um. "Os homens iam pra cama só pra sonhar com o weh-weh", disse Chuck Ramkissoon. "Quanto mais você dorme, mais você sonha, meu pai costumava dizer."

Onde ele queria chegar com tudo isso?

Chuck disse, "Depois que meu irmão morreu, eu ajudei um bocado meu pai. Virei o braço direito dele. Ele trabalhava no campo, sabe. O weh-weh era pra complementar. Mas era o que dava mais dinheiro. As pessoas confiavam nele. Gostavam do meu pai. Aprendi muita coisa só de ver como conversava com elas, como lidava com elas. Deo Ramkissoon".

Chuck se levantou e procurou alguma coisa por ali. Disse, "Quando comecei a economizar pela primeira vez, perguntei pra mim mesmo, E se eu fizesse um pequeno weh-weh aqui? As pessoas gostam de jogar, traz lembranças do velho país. Então foi o que fiz. Apostas pequenas, bem pequenas, só por diversão. *Eu* tornei divertido", disse Chuck. Ele me contou que bolara um elaborado sistema de símbolos só para o Brooklyn, com números correspondentes a coisas e cenas que cercavam o cotidiano dos jogadores: um haitiano, tiras fazendo uma prisão, uma feira de rua, um jogo de críquete ou de beisebol, um avião, um cemitério, um vendedor de drogas, uma sinagoga, "todo tipo de coisa que você vê por aí. As pessoas me procuravam com seus sonhos e eu traduzia os sonhos em números. As pessoas adoram esse tipo de coisa. Depois de algum tempo", disse Chuck, "percebi que podia tentar apostas mais altas. Mas eu não queria me meter em encrenca. Parei com o joguinho da arraia-miúda e me limitei a clientes mais sérios. Uma loteria chique, eu chamo. Muito discreta, muito seleta". Limpou as mãos para tirar toda a terra. "Agora não são só os trinis que estão jogando. Tem jamaicano, chinês. Muito chinês. Quando Abelsky virou meu sócio, os judeus se envolveram. Eles jogam cinco, dez, vinte mil. Grana preta. É em mim que eles confiam, não no Abelsky", disse Chuck. "É o meu jogo. Eu sou a banca. Eu estouro a marca."

"Por que as pessoas querem jogar?", comentei. Me senti esquisito fazendo essa pergunta, já que havia tanta coisa mais que precisava ser explicada. "Por que não jogam a loteria normal? Ou vão para Atlantic City?"

"As chances são melhores comigo", disse Chuck. Apanhou um velho taco de críquete e o encostou na cadeira. "Eu forneço um serviço de porta em porta. Torna tudo mais especial. Sabe como é, as pessoas morrem de vontade de ter alguma coisa especial."

Eu compreendia, agora, o porquê de minhas aulas de direção. Proporcionava a Chuck uma certa dose de cobertura, até de prestígio, um branco de aspecto respeitável servindo de chofer enquanto ele rodava coletando apostas por todo o Brooklyn. Aparentemente, não o incomodava o risco que me fazia eu correr de ser preso e ir parar na cadeia.

"Serviço de porta em porta", falei. "Muito bem, Chuck. Eu caí direitinho."

Ele riu. "Vamos, você nunca correu perigo de nada." Curvou-se com um gemido e apanhou uma caixa com velhas bolas de críquete.

Caminhamos juntos até o centro do campo. Era assim que encerrávamos todas as nossas sessões de cuidados com o solo: rebatendo uma dúzia de bolas para longe e estudando a consistência de cada área do campo. Estávamos fazendo progressos. O *outfield* estava cada vez mais rápido e confiável. De acordo com nossa rotina, eu apanhava o taco e rebatendo com um braço só espalhava as bolas rente ao chão em todas as direções. Circulávamos pelo campo juntos, apanhando as bolas que pontilhavam o terreno como se fossem marcadores de horas. Nenhum dos dois conversou depois, nem nunca mais, sobre sua loteria.

Depois disso, como sempre, Chuck me levava para onde quer que eu fosse jogar naquele dia — Baisley Pond Park, talvez, ou Fort Tilden Park, ou Kissena Corridor Park, ou Sound View Park. Nosso campo e esses campos eram um *continuum* de calor e verdor.

Filtrei o verão num coador que permitia o acúmulo apenas do críquete. Tudo mais passava direto. Cortei as viagens para a Inglaterra, inventando desculpas que eram facilmente aceitas por Rachel. Sempre que possível almoçava em Bryant Park, porque em Bryant Park eu podia deitar na grama e inalar o aroma do críquete, olhar para o céu e ver o céu azul dos criqueteiros, fechar meus olhos e sentir na pele o calor que cobre um interceptador. Nem uma única vez pensei no parque como o lugar onde, digamos, minha esposa e eu assistimos a uma sessão ao ar livre de *Intriga internacional* com um cobertor de cashmere aberto sob nós, e o minúsculo bebê adormecido no cobertor, e vinho, e comida comprada no caminho em uma *deli* da Quinta Avenida, cercados pela folhagem de verão e delicados ajuntamentos de luzes artificiais e, conforme a escuridão descia e Cary Grant perambulava pela Plaza, somente as estrelas mais atrevidas e exigentes.

O trabalho também desceu pelo ralo. Lembro-me de um fim de dia particularmente opressivo em El Paso. Meus anfitriões haviam passado por maus bocados. Ninguém o dizia expressamente, mas um grande contrato de corretagem estava por um fio. Quando o cliente me pediu para ficar mais um dia, eu quase ri. O dia seguinte era um sábado. Havia um campo de críquete para cuidar de manhã e uma partida de críquete a ser jogada à tarde.

Ninguém melhor do que eu sabe como era estranho e irresponsável dar esse rumo à vida de alguém. Mas estou contando o que aconteceu.

Nessa época, 2003, eu invariavelmente jogava nos dois dias do fim de semana — disputava mais partidas, talvez, do que qualquer outro em meu clube. Meu status cresceu junto com minha visibilidade. Ofereceram-me, e aceitei, um cargo na comissão de captação de fundos do clube e imediatamente bati o recorde com cinco mil dólares, fazendo um cheque que fingi ter angariado de uns indianos malucos no trabalho. Havia indianos no meu trabalho, mas não eram malucos, e mesmo que fossem eu não os teria envolvido nesse lado de minha vida, cujo isolamento era parte de sua preciosidade. Fiquei de tal modo mergulhado nos negócios do clube, uma presença tão transparentemente honesta e inevitável, que perto do fim do verão eu passara a ser cogitado — assim me foi dito — para a posição de pretendente a uma das sobrinhas do membro guianense. "Por que não?", disse meu informante. "A gente conhece você." Ele estava brincando, claro, mas também me fazendo um elogio.

Sem dúvida ele não me conhecia, assim como eu não o conhecia. Era raro que os membros do clube tivessem alguma relação que fosse além do jogo que praticávamos. Ninguém queria esse tipo de relação. Quando acidentalmente topei com um dos caras atrás da caixa-registradora de um posto de gasolina na 14th Street, foi um tanto quanto sem graça que nos cumprimentamos, com um tapinha de mãos.

Sob isso tudo, entretanto, podia haver solidariedade. Certo dia, nosso *leg-spinner*, Shiv, apareceu bêbado para um jogo. Após um colóquio com o capitão, ele revelou que sua esposa, depois de dez anos de casamento, o abandonara por causa de outro homem. Tomamos providências para que alguém ficasse com ele em sua casa vazia nessa noite e em todas as noites até o sábado seguinte. Na quarta dessa semana, saí do trabalho e tomei um trem intermunicipal para Jersey City e de lá peguei um táxi de tarifa precombinada até a casa de Shiv. Outro cara do clube já estava lá, preparando uma refeição à base de curry. Comemos juntos os três. Depois que o cozinheiro voltou para sua casa e sua família, continuei com Shiv. Assistimos à tevê.

Em determinado momento, perguntei a Shiv se podia me jogar por lá mesmo. "Estou cansado demais pra voltar", falei. Ele balançou a cabeça, olhando para o outro lado. Sabia o que eu estava oferecendo.

Eu às vezes me perguntava por que o respeito desses homens fazia tanta diferença para mim — fazia mais diferença, na época, do que o respeito de qualquer um. Depois dessa noite com Shiv, achei ter encontrado a resposta a minha dúvida: aquelas pessoas, que em si mesmas não eram melhores ou piores do que a média, faziam diferença porque, caso alguma coisa me acontecesse, eram com quem eu poderia contar para cuidar de mim assim como havíamos cuidado de Shiv. Foi apenas depois desse fato que me dei conta de que eles já estavam cuidando de mim.

Chuck se fundiu, na minha cabeça, com esses outros caribenhos e asiáticos com quem eu jogava, e presumo que a inocência deles se confundiu com sua inocência, e seu jogo de números com o que jogávamos no campo. Houve uma fusão física, também. Chuck adorava assistir a partidas de críquete e via a gente sempre que podia, ficando de olho no jogo enquanto fazia suas ligações. Agora que deixara a arbitragem, tornou-se um torcedor do time, gozando do presumido direito que todo torcedor tem de dar conselhos. Certo dia, após eu me matar como sempre para rebater a bola através do *outfield*, ele me disse, "Hans, você precisa acertar a coisa no ar. Como vai conseguir fazer *runs* se não for assim? Isso é a América. Acerta a bola no ar, cara".

Abri o Velcro de minhas caneleiras e joguei as caneleiras dentro da bolsa. "Não é assim que eu rebato", falei.

A última partida da temporada pela liga foi jogada no primeiro domingo de agosto. Fazia calor, estávamos jogando contra o Cosmos CC e eu era o segundo a rebater. Depois de quatro *wickets* derrubados seria o próximo a entrar. Puxei uma cadeira de plástico para a sombra de uma árvore e fiquei sentado sozinho, sem capacete e suando. Mergulhei naquele estado de autocontemplação que aflige o rebatedor aguardando conforme estuda os arremessos em busca de sinais de algum movimento calculado e imprevisível e, tentando lembrar o que podia significar para a rebatida, tentando extrair conhecimento a partir da memória, reencenando na cabeça antigas jogadas esplêndidas ou causadoras de desgraça. A última categoria predominou: a despeito das inúmeras partidas que eu jogara na temporada, em nenhum momento me vira naquele numinoso estado de eficiência que evocamos com uma única palavra casual, forma. Houve um punhado de jogadas que eu podia recordar com prazer — um certo movimento de pernas, uma rebatida que passou riscando o céu sobre o *extra cover* para quatro cruzadas —, mas o resto, todas as furadas e cutucadas ignominiosas e resvaladas na orelha da bola, constituía um refugo sob as camadas de memória.

E nesse dia em que estávamos correndo atrás de quase duzentos e cinquenta *runs*, uma meta alta que exigia pontuação rápida em um *outfield* tornado particularmente moroso pelo verão úmido, vi-me novamente confrontado pelo conflito aparentemente insolúvel entre, de um lado, minha percepção de um *innings* como uma progressão improvável de rebatidas ortodoxas — impossível sob as condições locais — e, por outro, o conceito local de rebatida como uma aposta no *out* beiseboldiano. Existem dilemas mais espinhosos que um homem pode enfrentar; mas a arte da rebatida não se resumia à feitura de *runs*. Havia a questão da medida de si próprio. Pois o que é um *innings* senão uma oportunidade singular de sobrepujar, por meio do esforço, da habilidade e do autodomínio, o mundo inconstante?

Um grito atravessou o campo. Um toquinho jazia tombado no chão. Baixei a proteção do capacete em minha cabeça e comecei a andar.

"Busca o fundo, Hans! Busca o fundo!", alguém gritou de fora conforme eu esboçava minha postura defensiva no retângulo. A voz era de Chuck. "Busca o fundo!", ele gritou outra vez, demonstrando o movimento com uma girada de braço. Avaliei minha situação. Havia a usual maquinação em andamento entre o arremessador e seu capitão, que fazia ajustes em seu campo, movendo um sujeito alguns passos para a direita, trazendo outro para uma posição de interceptação mais próxima. Finalmente, as ciladas foram montadas e o *wicketkeeper* bateu suas luvas e agachou atrás dos tocos. Tomei minha posição.

O arremessador, um especialista em bolas sibilantes *chinamen*,* portanto um espécime muito raro, correu e girou o braço. Bloqueei as duas primeiras.

"Vai, agora!", gritou Chuck. "Agora, Hans!"

Quando a terceira bola veio rodopiando na direção de minhas pernas, algo sem precedentes aconteceu. Acompanhando o giro, executei um alçamento imperceptível, arqueado: a bola voou sobre as copas das árvores, para seis cruzadas de taco. A torcida vibrou. Na bola seguinte, repeti a rebatida com um suingue ainda mais solto. A bola voou ainda mais alto, ultrapassando os elevados liquidâmbares: houve gritos de "Cuidado aí!" e "A cabeça!" quando ela pingou furiosamente nas quadras de tênis. Pensei que estava sonhando. O que aconteceu em seguida — logo depois fui eliminado, e no fim saímos derrotados —, em última instância, não contava. O que contava, após minha decepção com o jogo ter ido embora e as últimas cervejas terem sido bebidas e o frango com curry extrapicante à moda de Sri Lanka ter sido comido e a esteira do *wicket* ter sido enrolada e enfiada em sua caixa e eu me ver, mais uma vez, na privacidade da viagem de balsa, o que

---

* Ou o singular *Chinaman* ("china"), é um intricado estilo canhoto inortodoxo de arremesso. (N. do T.)

contava era que eu fizera aquilo. Eu acertara a bola no ar como um criqueteiro americano; e o fizera sem ferir meu senso de identidade. Pelo contrário, me senti ótimo. E Chuck vira isso acontecer e, na medida em que pudesse ter estado a seu alcance, induzira àquilo.

Tudo isso talvez explique por que comecei a sonhar com toda a seriedade com um estádio, e rostos negros e pardos e até alguns brancos nas arquibancadas, e Chuck e eu rindo em meio a drinques no camarote exclusivo e acenando para conhecidos, e bandeiras rígidas no telhado do pavilhão, e *sightscreens* alvos e brilhantes, e os capitães em blazers observando a moeda girar no ar, e a vibração expectante de todo um estádio quando os dois juízes caminham pelo retângulo de grama e as riscas cor de omelete da rebatida, momento em que, com nuvens aproximando-se furtivas a oeste, cresce o rugido conforme os astros do críquete descem rapidamente os degraus do pavilhão para pisar nesse impossível campo gramado na América, e tudo se torna subitamente claro, e estou, enfim, naturalizado.

Continuo a trabalhar no M——. Foi surpreendentemente descomplicado conseguir uma transferência para Londres e recomeçar, dessa vez em uma sala no canto que me possibilita, dependendo do modo como giro a cadeira, admirar a Catedral de Saint Paul ou o Gherkin.

Claro, é uma sensação estranha estar de volta. Na primeira semana eu me sentava em uma das compridas mesas que enchem a lanchonete — almoçamos enfileirados, como monges — quando observei um rosto de aparência familiar a alguns lugares de distância. Eu estava praticamente terminando minha refeição quando percebi, com um pequeno choque, que era o mesmo vice-presidente que ominosamente entrara em meu cubículo meia década antes.

Senti um esquisito impulso de me aproximar dele, dizer algumas palavras sobre o pedaço de terra compartilhado no exílio. Mas dizer o quê, exatamente? Era nisso que eu pensava quando ele se levantou e saiu.

Desde então eu o tenho visto com bastante frequência — está sempre com o pessoal das fusões e aquisições e de vez em quando vejo seu nome em alguma avaliação de investimento —, mas em dois anos nunca conversamos. Ainda não consegui pensar em nada para dizer.

Meu trabalho hoje em dia se direciona para as atividades ocorrendo dentro e em torno do mar Cáspio: no mapa na parede de minha sala, estrelas negras assinalam Astracã, Aktau, Ashgabat. No ano passado, o banco designou um jovem analista promissor, Cardozo, a vir para cá e me ajudar com o desenvolvimento da operação. Cardozo, um nova-iorquino de Parsippany, Nova Jersey, adora estar aqui. Ele tem um apartamento em Chelsea e uma namorada de Worcestershire indulgente com seu nome exótico. Usa camisas cor-de-rosa com abotoaduras cor-de-rosa. Anda por aí girando um guarda-chuva fortemente enrolado nos dias de sol. As listras de seus ternos são cada vez mais atrevidas. Eu não ficaria espantado se um dia desses aparecesse com um anel de sinete no dedo mínimo.

Entendo em parte o que está se passando com Cardozo, pois quando cheguei a Londres aos vinte anos eu também me senti como um figurante num filme. Havia qualquer coisa de maravilhoso em milhares de homens de terno escuro enxameando diariamente pela Lombard Street — lembro até de um chapéu-coco — e qualquer coisa de decididamente romântico nos sugestivos resquícios de império que iam da Threadneedle Street à estação Aldwich de Piccadilly e, como uma cintilação estelar tardia, proporcionavam uma ilusão temporal. Em Eaton Place, sob o chuvisco, eu meio que esperava topar com Richard Bellamy, MP;* e quando digo que na Berkeley Square certa vez escutei um rouxinol, não estou brincando.

Mas ninguém aqui se prende a esse tipo de ideias por muito tempo. A chuva logo se torna emblemática. Os ônibus de dois andares perdem seu charme elefantino. Londres é o que é. A despeito de uma nova ênfase em arquitetura e de um influxo de encanadores poloneses eficientes, a despeito, também, da importância à la Manhattan recentemente atribuída aos mercados de café e sushi e hortifrutigranjeiros, a despeito até dos tumultos de 7/7** — um acontecimento assustador, mas não a ponto de causar desnorteamento, como se revelou —, os londrinos seguem se ocupando de remar seus barcos docilmente a favor da corrente. Imutável, igualmente, é a des-

---

* Personagem de um seriado britânico popular nos anos 1970, *Upstairs, Downstairs* (MP refere-se ao status social do personagem, um *Member of Parliament*). (N. do T.)
** Atentados suicidas de extremistas islâmicos ao sistema público de transporte em 7 de julho de 2005, uma retaliação ao envolvimento britânico na Guerra do Iraque. (N. do T.)

preocupação etílica quem-estamos-enganando geral destinada a minimizar o significado de nossas realizações e nosso destino, e que contribui, assim especulei, para a cristalização bizarramente prematura das vidas por aqui, onde homens e mulheres que já passaram dos quarenta, em alguns casos até dos trinta, podem facilmente ser vistos como na meia-idade e entregues a uma ideia essencialmente retrospectiva de si mesmos; ao passo que em Nova York a ladeira da maturidade sempre pareceu um pouco mais à frente e prometendo um vislumbre de picos ulteriores, mais elevados: que você talvez não tivesse botas de escalada à mão não vinha ao caso. Quanto a determinar qual de fato era o caso, tudo que posso dizer é que envolvia anseios. Um exemplo: certa vez, no almoço, Cardozo, ruminando sobre a questão de dar aquele grave passo com sua namorada de Worcestershire, aponta uma bela mulher na rua. "Nunca mais vou poder chegar perto dela e convidá-la pra sair", diz, parecendo perplexo. Obviamente a resposta lógica é perguntar a Cardozo exatamente quando foi a última vez que (a) chamou para um encontro uma garota que passasse na rua, e (b) ela aceitou, e (c) ele e ela passaram a coisas maiores; e desse modo fazê-lo perceber como está sendo estúpido. Mas não digo nada disso. Não estamos pisando o terreno da lógica, mas dos anseios, e devo aceitar que anseios são uma condição séria e respeitável. Como, de outro modo, levar em consideração a maior parte da vida de alguém?

 Em uma sexta-feira recente, Cardozo e eu encerramos mais cedo e caminhamos na direção do rio. É um anoitecer inglês de verão da melhor espécie, em que o dia sem nuvens desliza suavemente além das nove horas e em que o preço do barril, escandalosamente desengrenando para a casa dos setenta, parece não ter a menor implicação sobre o mundo. As ruas ao sul de Ludgate Hill estão entupidas com bandos felizes de gente alcoolizada e decidimos dar uma passada no Blackfriars para um rápido happy hour. Um intervalo desse tipo é a coisa mais natural nessa cidade difícil, onde estar na própria casa é, em termos de sociedade, mais ou menos como ser o sujeito naufragado na pequena ilha com uma palmeira solitária.

Cardozo e eu tomamos nossas bebidas do lado de fora, sob a luz do sol e a fumaça dos escapamentos. Nós nos damos muito bem. Ele cunha para mim apelidos profissionais lisonjeiros, quando não ridículos (Vidente, Guilhotina), e em troca eu lhe dou dicas sobre os pequenos truques necessários para se manter como um áugure na questão dos assuntos mundanos, que mais do que nunca é o que nossa linha de trabalho exige. Ao que parece tenho uma aptidão para o número: expresse alguma opinião em primeira mão sobre o *kebab* de Baku e as pessoas vão aceitar praticamente tudo que você disser em seguida; e se em um jantar eu falo a respeito do petróleo bruto West Texas Intermediate ou do estado nojento do Volga, ou apareço com o nome Turkmenbashy (o homem, acrescento na hora, que rebatizou o mês de janeiro com seu próprio nome), até mesmo minha esposa aguça os ouvidos. Mas em geral ninguém se interessa por minha área de especialização. No referido jantar — e tanta coisa, nessa cidade, gira em torno desses crônicos encontros sociais regados a álcool e cigarros entre amigos que se conhecem desde a universidade, quando não da escola —, a conversa invariavelmente diz respeito a antigas situações cômicas particulares ou qualquer coisa feita por um velho fulano de tal, que todo mundo menos eu conhece, e só consigo entrar na roda quando o assunto muda para, vamos dizer, o trânsito, que todos concordam amargamente estar pior do que nunca e nem um pouco atenuado pelos ônibus particulares que foram soltos como gado nas ruas londrinas ou pela taxa de congestionamento, e depois, é claro, há o exasperante e espantoso fato de que a viagem de táxi de alguém sai mais cara que um voo para a Itália — observação que rapidamente enverada para a questão das férias. Hoje em dia, passo um bocado de tempo conversando sobre *gîtes*, *plages*, ruínas. Não me lembro de ninguém em Nova York falando sobre suas férias por mais de um minuto.

Isso não corresponde a dizer que há qualquer coisa errada em comparar os prazeres da Bretanha com os da Normandia. Mas em Londres, é preciso reconhecer, fugas — para o campo, para climas mais quentes, para um pub — são um tema dileto, agridoce. Às vezes, isso resulta numa discussão sobre a cidade de Nova York, e nesse caso fico plenamente satisfeito de escutar alguém falando animado sobre o prédio da Chrysler ou a riqueza do jazz ou o Village ou a distinta ampliação de experiência que uma simples caminhada por uma rua de Manhattan pode proporcionar. Nisso, também, minha opinião raramente é consultada. Embora não seja segredo que morei por algum tempo na cidade em questão, não me é concedida nenhuma autoridade particular a esse respeito. Isso não se deve ao fato de que já faz algum tempo desde que voltei, mas, antes, por me ver impedido pela nacionalidade de comentar sobre qualquer outro lugar que não a Holanda — um desses provincianismos, fico puto em redescobrir, que me fazem lembrar que, como estrangeiro, sou em essência de interesse medianamente cômico para os ingleses e privado, sem dúvida, da natividade que Nova York encoraja mesmo seu mais transitório visitante a visualizar para si mesmo. E é verdade: meu sentimento secreto, quase envergonhado, é de que *eu* estou longe de Nova York — de que Nova York se interpôs, de uma vez por todas, entre mim e todos os outros lugares de origem. Talvez seja isso que mais me agrada em Cardozo, que ele reconheça em mim o status de emigrado, seu semelhante. "Pedro", murmura ao ler as notícias de beisebol no *Herald Tribune*, confiando corretamente que nada mais precisa ser dito.

Não muito tempo antes, e em mais uma dessas reuniões íntimas, nosso anfitrião, um velho amigo de Rachel chamado Matt, faz alguns comentários sobre Tony Blair e sua desastrosa aliança com George W. Bush, que descreve como a encarnação de um traço distintamente americano de estupidez e medo. Neste lado do Atlântico, isso é uma avaliação batida, tão batida, de fato, que não desperta o menor interesse; mas então a conversa enevereda por uma direção rara nesses dias que correm, aos eventos equivalentes ao 11 de setembro de 2001. "Nada de mais", sugere Matt, "quando você pensa em tudo que aconteceu desde então".

Ele está se referindo ao número de mortos iraquianos e, no que toca à aritmética, compreendo seu ponto de vista, na verdade, até aceito. Está se referindo também à sombria perplexidade com que ele e, se minha impressão é correta, a maior parte do resto do mundo acompanhou os diversos passos do governo americano, e quanto a esse ponto novamente não sinto o mais leve impulso de contradizê-lo. Mesmo assim, decido falar.

"Não acho que não foi nada de mais", digo, interrompendo algo que alguém ia dizendo.

Matt olha para mim pela primeira vez nessa noite. É um momento embaraçoso, porque devolvo diretamente o olhar.

Rachel diz, inesperadamente, "Ele estava lá, Matt".

Na melhor das intenções, e agindo como minha leal esposa e uma inglesa, ela pretende me conceder essa posição privilegiada — a de sobrevivente e testemunha ocular. Eu me senti desonesto em aceitá-la. Já ouvira dizer que a natureza indiscriminada do ataque transformou todos nós naquela ilha em vítimas de uma tentativa de assassinato, mas definitivamente não tenho certeza se a proximidade geográfica da catástrofe confere esse status para mim ou quem quer que seja. Não vamos nos esquecer de que quando tudo aconteceu eu não passava de mais um curioso mórbido no Midtown, assistindo às mesmas imagens de televisão a que teria assistido em Madagascar. Conhecia somente três dos mortos, e apenas superficialmente (embora bem o bastante, num caso, para reconhecer sua viúva e seu filho brincando na caixa de areia em Bleecker Playground). E embora seja verdade que minha família ficou desalojada por algum tempo, e daí? Quando, se é que isso alguma vez aconteceu, por um desejo de parecer mais interessante ou simplesmente para puxar conversa, sinto a tentação de me situar mais próximo daqueles eventos — e, talvez por trabalhar no mundo financeiro e ser facilmente imaginado em uma torre alta, algumas pessoas tenham presumido que estivesse mais próximo deles —, basta-me pensar nas pequenas silhuetas acenando que foram visíveis por algum tempo e depois não mais.

Digo: "Não foi isso que eu quis dizer. É só que foi algo terrível."

"Claro, claro", diz Matt, o tom de voz dando a entender que eu era um chato procurando pelo em ovo. "Não estou discutindo isso."

"Que ótimo", eu digo, com toda a brusquidão que a situação permite. "Então estamos de acordo."

Matt faz uma cara agradavelmente aquiescente. Alguém reinicia o bate-papo e tudo volta ao normal. Entretanto, percebo que Matt se inclina e murmura algo com o canto da boca para o vizinho, que murmura de volta. Há uma sutil troca de sorrisos.

Por alguma razão, a raiva toma conta de mim.

Inclino para Rachel. Faço um gesto com os olhos, Vamos indo.

Rachel não havia acompanhado o que acontecera. Ela parece surpresa quando fico de pé e visto o paletó. É uma surpresa para todos, já que ainda não terminamos nosso frango assado.

"Vamos, Hans, senta", diz Matt. "Rachel, fala com ele."

Rachel olha para o velho amigo e depois para mim. Ela se levanta. "Ah, não enche, Matt", diz, e acena um tchau para todo mundo. É um momento dos mais chocantes, no esquema das coisas, e, claro, revigorante. Quando saímos juntos na rua úmida, as mãos dadas, há um cheiro de glória no ar.

Graças sejam dadas, Rachel não me pergunta o que exatamente se passou. Mas no táxi para casa, uma espécie de epílogo se sucede: minha esposa, olhando através da janela para a chuva em Regent's Park, diz, "Deus, lembra dessas sirenes?" e, ainda sem se virar, busca minha mão e a aperta.

É estranho o modo como um momento desses adquire cada vez mais valor ao longo de um casamento. Agradecidos, nós os enfiamos no bolso, esses vinténs de calçada, e voamos com eles para o banco como se houvesse credores batendo na porta. E de fato estão, a gente acaba descobrindo.

O que me leva de volta ao Blackfriars: Cardozo quer ter uma dessas conversas assaz britânicas sobre se mandar para terras estrangeiras, ou assim parece, conforme discutimos seu iminente fim de semana romântico em Lisboa, onde os ancestrais de Cardozo viviam e, segundo a lenda dos Cardozo, na qualidade de importadores de mástique, conheceram o próprio Colombo. Então, com as sombras rastejando em nossa direção vindas do outro lado da rua, Cardozo diz, "Vou pedir Pippa em casamento. Em Lisboa".

Ergo meu copo de cerveja preta. "Que maravilha", digo.

Brindando ao futuro matrimonial de Cardozo, damos um gole cada um e retomamos nossa observação dos veículos roncando para a Blackfriars Bridge. Tem também os pedestres para ficar de olho, centenas deles, todos descendo a colina rumo à estação de trem.

"Algum conselho?", diz Cardozo. Percebo que seu rosto exibe uma expressão cândida.

"Sobre o quê?", pergunto.

"Tudo isso. Toda essa coisa do casamento."

Cardozo não é nenhum idiota. Ouviu dizer por aí que minha esposa e eu andamos pulando de galho em galho e acha que talvez eu possa ser o Vidente nesse aspecto também — acerca da questão, melhor dizendo, do que nos aguarda no fim da floresta.

Franzindo a boca, dou uma balançada de cabeça sugestiva da dificuldade. O que posso dizer é, "Tem certeza de que é isso que você quer?".

"Absoluta", admite Cardozo.

"Bom, eu também tinha certeza absoluta", digo.

Cardozo me olha como se eu houvesse dito algo importante. "Mas e quanto a hoje?", me aperta. "O que você acha agora?"

Sinto uma grande responsabilidade para com meu interlocutor, que tem vinte e nove anos, mas dá a impressão nesse momento de ser um homem na verdade bem mais novo. Lembro do conselho pouco útil de Sócrates para seu jovem amigo — "Seja como for, case-se. Pois ou você termina feliz, ou se torna um filósofo" — e sinto que, por comparação, eu deveria ser capaz de lhe passar uma ou duas dicas do tipo de que eu mesmo teria extraído algum benefício, o gênero de conselho prático que a pessoa prontamente oferece para um viajante com destino a, digamos, algum canto do Congo que ela própria já visitou e sobre cuja água potável e mosquitos adquiriu algum conhecimento valioso. Mas é claro que as coisas são mais complicadas do que isso e a ideia da vida matrimonial como um análogo da vida no Congo é simplesmente uma estupidez. Esse viajante em particular, Cardozo, vai zarpar de Lisboa, cidade que, talvez por eu nunca ter conhecido, sempre associei com partidas pelo oceano e aventuras extraeuropeias belas e assustadoras. De modo que estou cheio de boa vontade em relação ao meu jovem amigo marujo, mas nada tenho a lhe dizer, nada muito preciso — com o que quero dizer nada que não possa ser interpretado como desencorajamento. E isso é a única coisa da qual estou certo, de ser meu dever não desencorajá-lo; e sou assombrado por um calafrio, pois ao que parece de fato cruzei o que se pode chamar de estágio da vida essencialmente exemplar, o que se pode traduzir como um termo ligeiramente trágico para a idade adulta, e tenho de fazer um esforço, na calçada ensolarada e ensombrecida, para não sentir um pouco de pena de mim mesmo enquanto por dentro desejo a Cardozo uma boa viagem.

Nesse meio-tempo ele ainda espera que eu diga alguma coisa. Então eu digo alguma coisa. Digo, "O que eu acho hoje? Acho que não tenho do que me arrepender. Nem um pouco".

Cardozo, percebo, pondera a afirmação muito seriamente. Aproveito a oportunidade para terminar minha cerveja e me mexer. Nós nos separamos, Cardozo se dirigindo ao metrô para a Sloane Square, eu indo a pé para a Waterloo Bridge e de lá para a London Eye, onde nesse lindo anoitecer de julho combinei de encontrar meu filho e minha esposa.

Certo domingo de manhã, em junho, Rachel me chama do quarto que usamos para guardar quinquilharias. Está fazendo uma faxina completa. Na dúvida, jogue fora, é seu slogan nessas situações.

Subo até lá. "Encontrei isso", ela diz. Numa das mãos está segurando meu taco. "Ainda precisa disso? E disso aqui?" Na outra vejo minha bolsa de críquete, que ela trouxe para fora do quarto.

Pego o taco da mão dela. Ainda está marcado pela terra nova-iorquina.

"Pretende jogar este ano?"

"Acho que não", digo, lambendo o dedo e esfregando a sujeira, que não sai. Não jogo desde que voltei para a Inglaterra. Iria me parecer pouco natural, é como sinto, me separar de minha família a fim de passar uma tarde com colegas de time de quem nada falo, xícaras de chá e algo essencialmente nostálgico em questão; entretanto, jogar fora o velho taco também seria contra minha natureza, ainda que sua madeira, levemente estriada por uma dúzia de grãos, esteja agora inchada pela idade e sem uma única área imaculada para contar história.

Contudo, assim que seguro o taco nas mãos, tenho dificuldade em deixá-lo de lado. Ainda estou com ele quando entro em meu quarto para ver o que Jake está fazendo. Encontro-o debaixo de nosso edredom, no lugar onde na maioria das manhãs acordo para topar, pressionado contra o meu corpo, com o seguinte pacote: menino, ursinho, cobertor. Ele está vendo *Jurassic Park* pela milésima vez.

Assistimos a meia cena juntos. Então, sem nenhum propósito particular em mente, faço uma pergunta.

"Você sabe o que é isto?"

Ele ergue o rosto. "Um taco de críquete."

Hesito. Estou me lembrando de como fiquei viciado no jogo: sozinho, com meus próprios olhos. Até a idade de nove anos eu era apenas um jogador de futebol e o esporte de verão, algo de que a gente ouvia falar, mas que não valia a pena nem ver como era. Então, um dia, eu estava andando no bosque perto do meu clube e através das árvores lampejou o brilho de garotos misteriosamente organizados em um espaço verde.

Ocorre-me que a situação de Jake é diferente. Ele tem um pai, afinal de contas. Não há necessidade de que ande sozinho pelo bosque.

Digo, "Quer aprender a jogar?".
Ele observa sonolento um tiranossauro em fúria. "Tudo bem."
"Esse ano ou no ano que vem?" Ele só tem seis anos. Quando joga futebol ainda fica sonhando acordado na ponta e só chuta a bola se alguém o chama. É como o touro Ferdinando e as flores.
Segue-se uma pausa. Ele vira para me encarar. "No ano que vem", diz.
Fico inesperadamente feliz. Não tem pressa. É só um jogo, afinal. "Certo", digo.
A voz de Rachel sobe até mim, de longe. "Chá?"
Encolho, na verdade, estremeço. A pergunta me chega como o puro eco de um oferecimento idêntico feito por ela três anos antes.
"Chá?", perguntou Rachel.
Isso foi em Londres, na cozinha dos pais dela. Eu estava sentado à mesa do jantar com meu filho e seus avós. Quero, obrigado, exclamei de volta, gratificado e um pouco espantado com sua delicadeza.
Pois durante a primeira semana daquelas férias de verão — isso foi no início de agosto de 2003 — Rachel manifestara uma disposição política. Ela estava sendo atenciosa, solícita, reservada e, como seus pais, fortemente atenta a minhas preferências. Todos faziam um esforço pelo velho Hans: um esforço injustificado e (vendo em retrospecto) suspeito, pois, como observei previamente, eu me ausentara por grande parte daquele verão.
O chá foi servido. Puxei conversa com Jake.
"Quem é seu melhor amigo no acampamento?", eu disse. "Cato?" Eu ouvira tudo a respeito de Cato. Imaginava-o grave e severo, como Cato Uticensis.
Jake abanou a cabeça. "Martin é meu amigo."
"Certo", falei. Esse era um nome novo. "Martin gosta do trenzinho Gordon? E do Diesel?"
Meu filho acenou enfaticamente com a cabeça. "Puxa, que ótimo", eu disse. "Ele parece ser um menino bem legal." Olhei para Rachel. "Martin?"

Ela se levantou às lágrimas da cadeira e subiu a escada correndo. Eu não fazia ideia do que estava acontecendo. "Melhor você subir", disse-me a sra. Bolton, trocando olhares furiosos com o marido.

Minha esposa estava deitada de bruços na cama. "Desculpe", falou. "Eu devia ter contado pra você. Isso é horrível. Desculpe."

Desabei na cadeira. "Quanto tempo faz?", perguntei.

Ela fungou. "Uns seis meses."

Me saí com um "Então é sério".

Ela deu de ombros fracamente. "Pode ser que sim." E prosseguiu rápido. "Foi só por isso que apresentei ele pro Jake. Se não fosse assim eu não teria. Querido, a gente precisa seguir em frente. Você precisa seguir em frente. Não podemos continuar desse jeito, esperando alguma coisa acontecer. Não vai acontecer nada. Você sabe disso."

"Eu não sei porra nenhuma, pelo jeito." Achei que estaria preparado para essa eventualidade; para ser mais preciso, acreditava que já não possuía mais a emoção necessária para me importar de fato.

Agora Rachel estava sentada na cama e olhando para o acolchoado. Deixara crescer o cabelo desde que voltara a Londres, e um reluzente rabo de cavalo descia por sobre um ombro.

Quando começou a falar, eu a cortei. "Me deixa pensar", eu disse.

Fechei os olhos. Não havia nada para pensar, exceto que ela não estava errada; que outro homem tinha seu amor; que nesse preciso momento sem dúvida ela me queria bem longe dali; e que meu filho em breve teria um novo pai.

"Quem é ele?", perguntei.

Ela me deu um nome. Contou, sem que eu perguntasse, que era um chef.

"Vou embora amanhã", eu disse, e Rachel aquiesceu horrivelmente com a cabeça.

Escovei os dentes de Jake com sua escova de dinossauro. Li uma história para ele — com sua insistência, *Where the wild things are*, mesmo que o deixasse com um pouco de medo, a história de um menino cujo quarto é tomado por uma floresta — e regulei a luz pelo interruptor de seu quarto segundo suas instruções. "Mais claro", ordenou uma voz suave vinda de seus lençóis, e aumentei a luz. Rachel esperava na porta, os braços cruzados. Mais tarde, enquanto eu embrulhava minhas coisas no quarto ao lado, escutei um guincho infantil de protesto. "O que está acontecendo?", perguntei. "Nada", disse Rachel. "Ele só está exagerando um pouco." Vi que ela diminuíra a luz ao máximo. Clareei o quarto, furioso. "Não quero que meu filho durma no escuro", disse para Rachel, quase gritando. "Jake", falei, "de agora em diante você dorme com a luz acesa, se preferir assim. O papai está dizendo. Tá?". Ele arregalou os olhos, concordando. "Então tá", eu disse. Tremendo, dei-lhe um beijo. "Boa noite, meu querido", falei.

Ele e eu passamos a maior parte da manhã seguinte no jardim. Por algum tempo, brincamos de esconde-esconde, cujo objetivo último, claro, não é permanecer escondido, mas ser encontrado: "Tô aqui, pai", gritou meu filho de trás da árvore atrás da qual sempre se escondia. Depois, nutrindo sua obsessão com o espaço, nós dois demos uma busca no jardim atrás de seus planetas de plástico e seu sol dourado de plástico, balões que eu soprara, minha pequena Criação, no começo da semana. Encontramos todos, menos o planeta anão, Plutão, que uma vez desaparecido tornou-se o predileto de meu filho. Eu me curvava junto a uma sebe quando Charles Bolton se aproximou. Ele me fez companhia por um ou dois minutos, enchendo seu cachimbo com tabaco enquanto eu, de quatro, mantinha a cabeça enfiada nos arbustos. Quando fiquei de pé, batendo a terra das palmas das mãos, meu sogro permaneceu ali como a perspicácia tornada carne. Tirou o cachimbo da boca.

"Que tal comer um pouco antes de ir?", disse.

Rachel insistiu em me levar até o Heathrow. Ficamos no carro em silêncio. Parecia-me que não era a mim que cabia falar.

Em algum ponto perto de Hounslow, ela começou a dizer umas coisas. Deu-me garantias sobre meu lugar na vida de meu filho e meu lugar na vida dela. Contou-me da agonia em que ela, também, se achava. Disse qualquer coisa importante sobre a necessidade de reimaginarmos nossas vidas. (O que isso queria dizer, não fazia ideia. Como você reimagina sua vida?) Cada palavra de tranquilização me castigava mais dolorosamente que a anterior — como se estivéssemos a bordo de uma ambulância perversa cuja função fosse apanhar um homem saudável e diligentemente espancá-lo até que estivesse pronto para o hospital no qual um ferimento final e terrível lhe seria infligido. Desci no Terminal 3 e me curvei para enfiar a cabeça no carro. "Até mais", eu disse, e saiu mais dramático do que eu pretendera. Mas ao que parecia finalmente chegara ao fim, nossa aventura partilhada rumo à morte, uma verdade a um só tempo denegrida e enaltecida pela desconcertante trivialidade do que me restara: um encontro com a mulher no balcão de embarque; um gole d'água num saguão de espera; um assento de avião.

Uma hora antes de pousar, uma comissária apareceu com um cesto de barras de Snickers. Peguei uma. Estava fria e dura e quando dei a primeira mordida senti uma coisa crocante indolor e a presença de algo estranho na boca. Cuspi no guardanapo. Na minha mão, em meio à gosma marrom, destacava-se um dente — um incisivo, ou três quartos de um, gasto e sujo.

Atônito, chamei uma aeromoça.

"Encontrei um dente em minha barra de chocolate", eu disse.

Ela fitou meu guardanapo com indisfarçado fascínio. "Nossa..." Então disse, cuidadosamente. "Tem certeza de que não é seu?"

Minha língua se alojou num espaço não familiar.

"Merda", eu disse.

O dente escurecia em meu bolso quando me vi de volta ao hotel. Minha primeira impressão, ao entrar no lobby, foi de que o Chelsea fora invadido por frequentadores de teatro e golfistas femininas do Meio Oeste. Mas aconteceu de aqueles homens e mulheres de aspecto esportivo vestindo bermudas e bonés de beisebol serem do FBI e estarem ali para prender o vendedor de drogas do décimo andar. Tudo isso foi explicado para mim pelo anjo. Eu mal o vira durante todo o verão, mas ali estava ele em sua poltrona favorita. Não era uma visão reconfortante. Suas asas estavam vergadas de sujeira e seus pés exibiam unhas longas e amareladas. Alguma coisa nele — as penas, ou talvez os pés — fedia. Sentada na poltrona ao lado havia uma mulher pequena de cabelos escuros lá pelos sessenta. Com o esmerado penteado, bracelete chique de ouro e bolsa Gucci, tomei-a por uma dessas infelizes que se hospedam no Chelsea sob a equivocada crença de que se trata de um estabelecimento normal com acomodações normais. "Essa é minha mãe", disse o anjo, movendo um pulso quebrado em sua direção. Apertei a mão da sra. Taspinar. "Como vai", eu disse, do modo mais convencional que fui capaz, como se uma exibição ostentosa de *comme il faut* pudesse minimizar a aberração de seu filho e o buraco escuro e desmesuradamente transtornado em meu sorriso e o colapso da lei e da ordem prognosticado pelos detetives em torno de nós e, esse declive em particular sendo um dos mais escorregadios, o caráter infernal do mundo.

Ela sorriu para mim e fez um comentário em turco para seu filho.

"Minha mãe está aqui para me levar para casa", disse o anjo. Ele desfiava a barra de seu vestido de noiva enquanto observava os agentes federais. "Ela acha que é melhor eu voltar pra Istambul e encontrar uma esposa por lá. Talvez eu vire um médico. Ou trabalhe em computadores."

A mãe do anjo soltou um risada torturada. "O senhor já esteve em Istambul?", perguntou-me numa voz feminina, ligeiramente cantarolada.

"Não", eu disse. "Ouvi dizer que é uma cidade esplêndida." Estava morrendo de pena da mulher.

"E é mesmo", ela disse. "Linda de morrer. Como San Francisco, com muitas colinas e pontes."

Houve um momento em seguida em que o anjo e sua mãe e eu formamos um triângulo emudecido.

"Bom, preciso ir andando", falei, apanhando minha bagagem de mão. "Foi um grande prazer conhecê-la."

Nesse instante ouviu-se um tumulto no balcão da recepção. Um bando de agentes saía de um elevador e, no meio do grupo, cabeça baixa e pulsos presos com uma tira plástica, estava o homem de barba ferrugem que adorava cavalos.

"Aguenta firme, Tommy", alguém exclamou para ele. Houve um momento Laurel e Hardy quando os homens se revezaram espremendo-se pelas portas de vidro e, então, o homem de barba ferrugem foi embora. Não deixou nenhum cachorro para trás. Evidentemente, seu encontro não dera certo.

No dia seguinte, uma terça, perguntei aos sujeitos da recepção sobre o dentista residente. "Ele é bom", fui informado.

Na hora do almoço, um dente novo falso, tão descolorido quanto seus vizinhos, havia se materializado sobre a lasca em minha gengiva inferior. O dentista, de máscara e luvas, entrou e saiu pairando sob a luz de sua luminária durante quase uma hora. Foi surpreendentemente tranquilizador merecer sua compenetrada solicitude. Ele papeou sobre as férias na Irlanda pescando salmão, que por coincidência era precisamente o passatempo de meu antigo dentista holandês e levou-me a considerar se não haveria uma ligação entre lançar a linha e remendar dentes. Sem dúvida parecia feliz como um pescador, esse profissional dentário nova-iorquino, e por que não? Um dos grandes consolos do trabalho deve ser essa abreviação da área do mundo, e daí se infere que deve ser particularmente consolador ter o campo de visão reduzido ao espaço de uma boca. Em todo caso, invejava-o muito.

E eu não queria ir trabalhar. Talvez operando sob o efeito de uma inspiração oral, decidi em vez disso consertar o ralo de minha banheira, que por semanas estivera quase inteiramente entupido. Fui até uma loja de ferragens e comprei um desentupidor de último tipo, atacando o encanamento como um maníaco: em vez de escoar em gradativos incrementos, a água da banheira agora ia embora num minúsculo redemoinho prateado. Isso não foi capaz de me satisfazer. Chamei um dos zeladores do hotel. Depois de avaliar sombriamente o problema, ele voltou com uma cobra de encanador, quer dizer, uma extensão de arame que fez deslizar pelas profundezas do ralo a fim de extrair o que quer que estivesse lá embaixo. Nesse instante, o banheiro ficou às escuras.

Saímos para o corredor, onde se localizavam os fusíveis, e ficou óbvio que faltava luz no hotel todo. Como se veria, a cidade inteira — na verdade, a maior parte do nordeste da América, de Toronto a Buffalo, Cleveland e Detroit — estava sem energia. Não descobrimos isso senão um pouco mais tarde; nossa sensação imediata foi de que mais uma violência catastrófica havia sido perpetrada contra a cidade. Juntei-me às pessoas que se aglomeravam pelos corredores, iluminados apenas pela distante claraboia marrom acima da escada, e alguém especulou com ares de autoridade que a usina geradora de Indian Point fora atacada e desligada. Pensei em fazer uma mala na mesma hora e tentar escapar da ilha a pé, ou por barco, ou correr até o heliporto da 30th Street e pagar o que quer que fosse para subir num helicóptero, ao melhor estilo Saigon. Em vez disso, dei comigo numa janela do décimo andar observando o tráfego em pânico e imobilizado da West 23rd Street com a ocupante do apartamento, uma mulher bonita e de aparência convencional na casa dos trinta chamada Jennifer. Nesse momento Jennifer disse, "Só existe uma coisa a fazer numa situação como essa, e é afogar as mágoas". Foi buscar uma garrafa de vinho branco resfriado e por uma hora assistimos à confusão na rua. "Vou embora desta cidade", ela declarou a determinada altura. "Já chega. Essa foi a gota d'água." Então a boa notícia chegou até nós de que na verdade nenhum desastre ocorrera, e Jennifer disse, "Só existe uma coisa a fazer numa situação como essa, e é comemorar". E apareceu com outra garrafa de vinho.

A calma desceu sobre Nova York. A Sétima Avenida estava entupida de gente caminhando tranquilamente para casa e no calor inúmeros peregrinos tiravam o paletó e até a camisa, de modo que um espetáculo de seminudez em massa se desenrolou diante de nossos olhos. Jennifer passou um tempão tentando contatar seu namorado. Os sistemas telefônicos estavam sobrecarregados e ela não conseguiu completar uma ligação. Estava preocupada com ele, porque, deu a entender, havia qualquer coisa de sem noção naquele homem, que conhecera, disse, na casa de leilões onde ela trabalhava: ele entrou certo dia e lhe deu instruções para vender um anel de diamante que lhe fora devolvido por uma ex-noiva. "Consegui para ele quinze mil dólares", disse Jennifer, cheia de autoconfiança. Entrementes, seu coração fora conquistado por inteiro pelo desamparado cliente. Ela descobriu que ele havia aceitado uma oferta da faculdade de administração em Case Western em detrimento de Harvard porque sua então noiva — a mulher para quem comprara o anel — lhe dissera que Case Western era o lugar para onde ela estava indo; mas então ela aceitou a oferta de outra faculdade, deixando-o a ver navios em Ohio. "Ele não entendeu a indireta", disse Jennifer. "Mas acho que indiretas nunca funcionam pra valer, não é mesmo?" Foi só depois de ter começado em Case Western, contou Jennifer, que ele descobriu que sua noiva estava saindo com outro. Era por isso que se preocupava com ele, disse Jennifer, porque era o tipo de sujeito capaz de meter os pés pelas mãos numa situação como aquela.

"Sabe do que estou falando, não sabe?", perguntou.

"Acho que sim", comentei.

Alguém bateu na porta e declarou que uma festa estava começando na cobertura. Assim, lá fomos nós. Era uma reunião e tanto. As pessoas arrumavam mesas, cadeiras e velas e se aprontavam para o espetáculo do anoitecer. Um homem fumando um baseado vaticinou que a cidade se transformaria num inferno. "Acho que você está subestimando completamente a situação", me disse, ainda que eu não houvesse expressado consideração de espécie alguma. "Basicamente, estamos voltando a uma época anterior à luz artificial. Todo maluco por aí vai começar a agir acobertado pela escuridão. Sabe o que significa ser acobertado pela escuridão? Tem alguma ideia?" Esse sujeito, de longos cabelos grisalhos, mas que no mais se parecia exatamente com um Frank Sinatra sexagenário, havia lido um livro sobre a história da iluminação artificial e me contou que ao longo de toda a existência humana a luz estivera associada a otimismo e progresso, e com bons motivos. A chegada da noite, nos dias que precederam a iluminação pública, marcava o aparecimento de um adverso mundo alternativo, um mundo de horrores e delícias cuja existência revelava em toda sua perturbação a correspondência entre luminosidade e códigos de comportamento humano, um mundo cujos ocupantes, afastados do escrutínio permitido por luminárias e fogo, se entregavam a uma conduta cuja dimensão moral era tão inapreensível quanto eles próprios. Tal, disse ele, seria o efeito da falta de energia. "Vai ser uma zona", previu. "Apague as luzes e as pessoas se transformam em lobos."

Era um sujeito digno de crédito, até onde sujeitos que agarram seu colarinho em coberturas podiam ser. Mas na verdade, como todo mundo sabe, o blecaute gerou uma deflagração de responsabilidade civil. Do Bronx a Staten Island, cidadãos se voluntariaram como guardas de trânsito, deram carona a estranhos, abrigaram e alimentaram os desgarrados. Também se descobriu que o tumulto provocou um número imenso de encontros amorosos, uma onda coletiva de paixão que não era vista, li em algum lugar, desde o "sexo vamos-todos-morrer" ao qual, aparentemente, todo mundo havia se entregado na segunda metade de setembro dois anos antes — análise que achei um pouco difícil de engolir, pois segundo meu entendimento todo sexo, na verdade, toda atividade humana, se encaixa nessa categoria. O que sem dúvida aconteceu de fato foi que, assim que o sol afundou e as nuvens cor de morango fulgurando acima da baía desapareceram, uma terrível escuridão desceu sobre Nova York. Os elementos físicos da cidade, às escuras salvo alguns pouquíssimos edifícios de escritórios, agiram como intensificadores da noite, gerando e disseminando uma obscuridade extrema, corpórea, que era apenas minimamente interrompida pelos automóveis que passavam, cada vez em menor número. Houve somente umas pequenas cintilações nas colinas baixas de Nova Jersey. O próprio céu parecia um povoamento imperfeitamente eletrificado.

A festa na cobertura foi ficando cada vez mais ruidosa conforme toda a população do prédio, assim parecia, se dirigia para cima para se unir às risadas na noite cálida. O namorado de Jennifer, a leiloeira, finalmente apareceu, assim como, com a proximidade da meia-noite, o anjo, sua mãe a reboque — literalmente, pois ela se agarrava a uma tira que era parte do traje de seu filho. Ele parecia de ótimo humor e usava as asas pretas, em homenagem, disse, àquela ocasião especial. Trocamos umas breves palavras e depois não o vi mais. Houve mais bebidas e mais conversas. Alguém cantou roucamente. Algum outro explicou que a fronteira entre a luz da lua e as partes escuras era chamada terminadouro. Uma mão agarrou meu braço.

Era a mãe do anjo, num estado de histeria. Ofegando, ela me arrastou até o perímetro sul do terraço, cuja borda não tinha mais que um metro e meio de altura. Estava gritando e soluçando, agora. Uma multidão se juntara no parapeito, onde algumas velas queimavam. "O anjo pulou", disse alguém. Amparei a mãe do anjo em meus braços e olhei para baixo em uma área onde, à luz do dia, daria para ver os jardins das casas na 22nd Street. Agora não havia nada a ser visto. A mãe do anjo recuperara o fôlego e estava gritando. Eu gritei, "Alguém viu ele?", e um burburinho fútil percorreu o grupo. Instruí a mãe do anjo a vir comigo, mas ela não conseguia sair do lugar, então eu a ergui e levei de cavalinho para dentro. Ela gemia e batia debilmente em meus ombros enquanto eu marchava firmemente pela escadaria de mármore à luz de velas, nossas sombras fundidas esticando e encolhendo horrendamente nas paredes. No lobby eu perguntei: "Alguém aí viu o anjo sair?", Guillermo na recepção abanou a cabeça. A sra. Taspinar pulou sobre os pés e saiu correndo e gritando, "Mehmet, Mehmet", e eu a segui rapidamente, alcançando-a diante do restaurante El Quijote. Ela continuava a gritar, "Mehmet, Mehmet". Nesse exato instante escutei cascos. Virei e vi cavalos andando. Luzes ficaram mais próximas e de sua origem emanaram dois policiais que desmontaram vagarosamente e começaram a fazer perguntas, e então ouvimos uma voz chamando, e a sra. Taspinar parou de gritar, e a voz voltou a chamar, e ela e as lanternas foram na direção da voz, e ali, sob os focos dançantes das lanternas, estava o anjo, acenando sobre a empena denteada da sinagoga adjacente ao hotel. Os policiais olharam para cima. Um deles gritou, "Senhor, desça daí! Desça agora mesmo!". O anjo recuou, ao que parecia obedecendo, e sua mãe voltou a desabar, enquanto atrás de mim os cavalos se agitavam e estremeciam numa condição de quase-insubstancialidade. Voltei para o hotel e Guillermo me explicou como chegar ao teto da sinagoga. Apanhei sua lanterna e subi correndo por vários andares até chegar à saída de incêndio. Abaixo de mim vi o corpo do pássaro preto, no vão entre o hotel e o telhado agudamente inclinado do templo.

"Sua mãe está te procurando", falei.

Uma brasa de cigarro iluminou sua boca. "Você devia descer até aqui", ele disse. Estava deitado de costas. "É bem confortável."

Baixei uma perna e muito lentamente transpus o corpo para o telhado da sinagoga. Tomando cuidado para manter uma boa distância entre mim e o anjo, deitei sobre as telhas quentes e íngremes com os braços e as pernas abertas em um X.

"Ãh, Hans", disse o anjo.

"O que foi?", perguntei.

"Será que dá pra desligar a lanterna?"

Apertei o botão emborrachado. Fiquei olhando para o alto. Tudo apagado, exceto as estrelas e a lembrança de estrelas.

Eu tinha doze anos. Estava em umas férias de verão com minha mãe e uns velhos amigos dela — Floris e Denise Wassenaar, um casal. Viajávamos de carro pelo litoral sul da Itália. Íamos parando de lugar em lugar, dormindo em hotéis baratos e observando a vista, um itinerário montado, assim me parecia de minha jovem perspectiva, com as pesadas marteladas do tédio. Então, certa noite à hora do jantar, Floris anunciou ter organizado um passeio de pesca com arpão. "Só os homens", ele disse, se juntando a mim. "As mulheres ficam em terra seca, onde é seguro."

Saímos em um barco de madeira — Floris, eu e um sujeito local com um corpo coberto de espessos pelos brancos. Os dois homens estavam armados com lançadores de arpão enormes. A mim coube um lançador menor que não exigia mais que a força de um menino para puxar a catapulta de borracha que disparava o arpão. Por horas o barco seguiu aos soquinhos paralelo à costa. Passamos por dois ou três promontórios e chegamos a um trecho do litoral que era montanhoso e verdadeiramente selvagem, sem estradas por milhas e milhas continente adentro. Lançamos âncora nas águas de berilo de uma pequena baía. Havia uma praia com seixos brancos. Um pinheiral ficava do lado direito, mais para o fim da praia. Era ali que iríamos pescar e passar a noite.

Eu nunca tinha mergulhado com um snorkel antes. Fiquei estupefato em descobrir como uma simples máscara de vidro tornava nítido e ampliado um mundo subaquático azul-esverdeado e seus assustadores habitantes: quando uma raia deslizou em minha direção, subi desesperado pelo cascalho, nadadeiras e tudo. Manejar o snorkel era difícil. Gianni, o italiano, e o branco e enorme Floris pareciam capazes de segurar o fôlego eternamente — era preciso fazê-lo, a fim de encontrar o grande peixe; o grande peixe espreitava nas sombras sob as rochas e tinha de ser desentocado — mas com meus pequenos pulmões eu conseguia mergulhar por muito pouco tempo, e raso. Afundar fazia doer meus ouvidos. Conforme o dia transcorreu, contudo, uma ousadia predatória tomou conta de mim. Netuno insignificante, tornei-me o senhor da pequena baía relvada e resplandecente, disparando meu raio de ferro fosco contra assustados cardumes de peixinhos prateados e pardos. Minha ferocidade foi aumentando e comecei a caçar com determinação. Espreitando um peixe em particular, acompanhei as rochas deixando a pequena baía. O peixe se entocou numa fenda, e mergulhei atrás dele. Então me dei conta de que a água ficara fria e escura.

Eu estava nadando no sopé de uma montanha. Projetando-se de centenas de metros no ar a montanha afundava diretamente na água e desaparecia em uma penumbra sem fim sob mim.

Como um palerma num filme de terror, vagarosamente virei para trás. A confrontar-me vi a vastidão verde ameaçadora do mar aberto.

Em pânico, disparei de volta para a angra.

"Pegou alguma coisa?", perguntou Floris. Abanei a cabeça, envergonhado. "Sem problema, *jongen*", disse Floris. "Gianni e eu tivemos sorte."

O peixe apanhado foi preparado sobre uma fogueira no acampamento e temperado com o tomilho silvestre que crescia no pinheiral. Depois disso chegou a hora de dormir. Os homens se acomodaram sob os pinheiros. A cabine de dormir do barco, mais confortável, foi arrumada para mim.

O que aconteceu em seguida, no pequeno barco de madeira, foi o que me veio à mente no telhado da sinagoga — algo que eu contara a Rachel certa vez, levando-a a se apaixonar por mim.

Ela me revelou tal coisa uma semana depois de Jake nascer. Estávamos no meio da noite. Jake não pegava no sono. Eu o segurava em meus braços.

"Quer saber exatamente quando me apaixonei por você?", perguntou Rachel.

"Quero", eu disse. Queria saber em que momento minha esposa se apaixonara por mim.

"Naquele hotel na Cornualha. A Pousada Não-Sei-das-Quantas.

"Shipwrecker's Arms", eu disse. Eu era incapaz de esquecer esse nome e o que ele trazia à imaginação: luzes traiçoeiras em terra firme, a recuperação de bens às custas dos afogados.

Minha esposa, a ponto de dormir, murmurou, "Lembra quando você me contou sobre estar naquele barco à noite, quando era pequeno? Foi aí que me apaixonei por você. Quando me contou essa história. Nesse exato momento".

Uma pequena âncora fixava o barco ao leito da angra. Deitei de lado e fechei os olhos. O balanço do barco sobre as ondas era tranquilizador, mas desconhecido. Os homens na praia estavam adormecidos. Mas o rapazinho de doze anos de idade, não. Ele se mexia de um lado para outro e deitou de costas e decidiu olhar o céu. O que viu o tomou de surpresa. Era basicamente um garoto da cidade. Nunca vira um céu noturno como de fato era. Ao observar os milhões de estrelas, encheu-se de um temor que nunca sentira antes.

Eu era apenas um menino, disse para minha esposa em um quarto de hotel na Cornualha. Apenas um menino em um barco no universo.

O anjo fora embora. Tirando a lua, tirando a Via Láctea, fiquei sozinho. Minhas mãos tatearam, buscando a superfície do telhado. "Rachel", disse para mim mesmo. Gemi suavemente, "Rachel!"

Nunca mais vi Mehmet Taspinar. Ele partiu pela manhã com sua mãe. Seu quarto vago foi limpo e alugado nesse mesmo dia para duas garotas ricas recém-matriculadas na NYU.

Em meu último agosto americano uma tempestade de relâmpagos se seguiu a outra: ainda posso ver a atmosfera subitamente verde, quase submarina, e o granizo pululando como dados no asfalto, e as torrentes riscando o Chelsea, e os imensos flashes fotográficos assombrando meu apartamento. É difícil de acreditar, de minha perspectiva anglicizada, nessas semanas subtropicais, quando a umidade do ar podia ficar tão difusa com a propagação da luz que eu me sentia como um caso ameno de daltonismo. Todo mundo corria para a fração ensombrecida da cidade. Poucas coisas eram mais maravilhosas que pular a bordo do frescor de um táxi no verão.

Com toda a chuva e calor, o Brooklyn quase regrediu ao estado selvagem. Poças se formavam nos porões, o mato tomava conta das plantas cultivadas. Mosquitos, zunindo vorazes e portando o vírus do Oeste do Nilo, esvaziavam jardins e varandas ao lusco-fusco. A uma quadra da casa de Ramkissoon, na Marlborough Road, uma árvore derrubada por um raio achatou e matou uma senhora.

E a grama no campo de críquete de Chuck continuava a crescer. Chuck me notificou desse fato uma semana ou algo assim após meu regresso da Inglaterra. "Hora de podar", ele disse.

Eu não estava no espírito. O desespero ocupa a pessoa, e meu fim de semana estava reservado: pretendia deitar no chão de meu apartamento na corrente do ar-condicionado e passar dois dias e duas noites percorrendo um circuito de remorso, autopiedade e ciúme. Eu me sentia obcecado, desnecessário dizer, com o namorado de Rachel — Martin Casey, o chef. O artigo definido é apropriado porque Martin Casey era suficientemente bem conhecido, a ponto de Vinay, para quem liguei em LA na esperança de obter informação confidencial, dizer na mesma hora, "Claro, Martin Casey".

"Já ouviu falar?"

Eu havia dado uma busca no Google e descoberto que se tratava do proprietário e chef de um pub gastronômico, o Hungry Dog, em Clerkenwell, perto do escritório de Rachel (e onde, presumi, se conheceram). Mas não fui capaz de obter um panorama claro de sua situação.

"O cara se especializou em batata cozida, nabo e beterraba", contou-me Vinay. "Ingredientes vegetais da Velha Inglaterra. Muito interessante." Disse, pomposo, "Eu o classificaria como cozinheiro, não como um chef".

Sem dúvida, pensei, também era um especialista em reviver tradições eróticas anglo-saxãs. Um sensualista que encarnava uma abordagem clássica, ainda que contemporânea, do prazer carnal.

Expliquei a Vinay o motivo.

"Ah, puta que pariu", ele disse.

"É", eu disse.

"Meu Deus. Martin Casey."

"Isso", falei, cheio de valentia.

Vinay, empolgado, disse, "O cara é baixinho. Um anão do caralho, Hans. Você vai pôr ele pra correr".

Foi gentil da parte de Vinay dizer isso, mas Vinay, a despeito de ter ele próprio seu metro e oitenta e tanto de altura, tinha um histórico terrível com mulheres e era, eu sabia por experiência, um cabeça-dura quanto a qualquer coisa que não conseguisse comer ou beber. Além do mais, não havia nada de nanico no Casey que eu investiguei pela internet, um sujeito saudavelmente rechonchudo e atraente na casa dos quarenta com um cabelo escuro ondulado e, em uma fotografia, uma equipe de sub-chefs incrivelmente bem-apanhados e de aparência talentosa que se perfilavam às suas costas como um bando de piratas alegres.

Disse a Chuck que não ia dar. "Tenho umas coisas pra fazer", falei.

"Tudo bem", ele disse com surpreendente prontidão.

No domingo seguinte, às onze da manhã, o telefone tocou. Era o você-sabe-quem, ligando do lobby.

"Já disse, não dá pra ajudar", falei. "Preciso tomar um avião."

"A que horas?"

"Às cinco", respondi, relutante.

"Sem problema. Eu cancelei a poda — está úmido demais. É um programa especial, dessa vez. Você vai estar de volta às duas, no máximo."

"Escuta, Chuck, não quero", eu disse.

"Meu carro está estacionado aí em frente", ele disse. "Desce aqui."

Dessa vez, Chuck dirigiu. Era um belo dia. O East River visto da ponte do Brooklyn era uma faixa de puro azul.

Pensei em minha mãe, em quem eu pensava sempre que atravessava aquela ponte.

Duas semanas depois de Jake nascer, ela fez sua primeira e última visita à América. Fora necessária uma série de telefonemas cuidadosamente evocativos de minha parte para convencê-la a empreender a viagem, que assumiu proporções, como era o caso entre tanta gente de sua geração, de uma terrível jornada. Do momento em que chegou, pareceu cabisbaixa e preocupada de um modo para mim pouco característico, embora eu não pudesse dizer com certeza, já que não via minha mãe havia três anos. A fim de distraí-la, propus um passeio de bicicleta; e uma vez montada sobre uma bicicleta alugada ela sem dúvida seguiu bastante vigorosamente, para uma mulher de sessenta e seis anos de idade. Fomos para o Brooklyn. Admiramos os prédios de arenito amarronzado de Brooklyn Heights ("Se eu vivesse aqui, ia ser aqui que eu ia morar", disse minha mãe), e após comer um *bagel* de salmão defumado ("Então esse é o famoso *bagel*") começamos a voltar. Era uma manhã encoberta no fim de setembro. Um vento suave soprava nossos rostos quando penosamente pedalamos pela inclinação da ponte do Brooklyn. Após percorrer um terço do caminho, paramos. Ficamos ao lado um do outro, as bicicletas encostadas, e em certa medida formalmente observamos a vista. Uma neblina espessa se formara sobre a New York Bay. Expliquei para minha mãe que a ilha diretamente diante de nós era Governors Island, e que além dela, mergulhada na escuridão prateada, ficava Staten Island. Minha mãe perguntou sobre as docas, indistintamente visíveis ao longe, e identifiquei Nova Jersey para ela.

Minha mãe disse, "E ali nós vemos a...". Irritada, tentou lembrar o nome. "A Estátua da Liberdade", falei. "Podemos ir lá, se você quiser." Minha mãe balançou a cabeça. "É", comentou. "Precisamos fazer isso." Após um momento ou dois, ela disse, "Vamos indo", e montamos de novo nas bicicletas e continuamos pela ponte. Seguimos em frente lado a lado. Minha mãe pedalava vigorosamente. Uma mulher alta, grande, grisalha. A pele exibindo um rubor vivo, levemente carnal. Usava aquela combinação de impermeável azul-escuro, cachecol de faculdade e sandálias de couro que, em minha mente, constituem o uniforme imemorial da burguesia de Haia. Depois da crista da ponte começamos a descida solta na direção de Manhattan. Da pista sob nós vinha o cacarejo rítmico de pneus de carro. No fim da ponte, perto do prédio da prefeitura, nos juntamos ao tráfego; minha mãe me seguia cautelosamente, um suor de concentração se acumulando em seu rosto. Na Broadway, de repente ela parou e desceu da bicicleta, e quando perguntei se estava tudo bem, ela meramente balançou a cabeça e foi andando, rodando a bicicleta a seu lado. Foi exatamente assim que havia me acompanhado quando, aos catorze anos, eu entregava o *NRC Handelsblad* em Boom- e Bloemenbuurt — o Bairro da Árvore e da Flor. Em meu primeiro dia de trabalho, ela me escoltou ao atravessar a parte aberta de minha área, indo comigo para Aronskelkweg, Arabislaan e Margrietstraat até se dar por satisfeita de que eu soubesse o que estava fazendo. O desafio era não se perder: eu levava um pedacinho de papel onde estavam escritos sequencialmente os endereços das entregas, a sequência determinando um trajeto que, se transcrito em um mapa, pareceria um desses labirintos cheios de riscos que as crianças pequenas fazem. Mamãe ia na frente. "Vou voltar, agora", ela dizia depois de uma hora. "Consegue terminar sozinho?" Eu conseguia, embora forçoso seja dizer que constituísse um jornaleiro pouco sistemático e que gerava inúmeras queixas. Meu supervisor, um senhor meio aposentado que extraía a maior satisfação de me entregar o envelope de dinheiro semanal, era obrigado a me chamar de lado e explicar que aquelas queixas — *klachten* — não eram nenhuma piada e que eu tinha de levar meu trabalho a sério. "Você alguma vez já leu o jornal?", ele me perguntou. Não respondi. "Devia. Ia aprender um bocado, e também ia entender por que as pessoas ficam irritadas se não recebem." Aos sábados, quando os compromissos esportivos me impediam de trabalhar, minha mãe tomava meu lugar. Ela pedalava até o depósito de jornais, carregava o pesado alforje preto e partia. Para mim isso era normal, é claro. Eu presumia que fosse papel dos pais fazer coisas como essa e que minha mãe por dentro ficava exultante de me substituir, ainda que isso a forçasse a andar debaixo da chuva e do frio por mais de duas horas e certamente aceitar um humilhante lugar inferior na vida.

Foi numa dessas entregas de jornal que conheceu seu amigo Jeroen. "Eu fiquei muito curioso", contou-me Jeroen na recepção que deu após a cremação. "Quem era aquela mulher que entregava o jornal todo sábado? Era um mistério. Não esqueça que ela era muito mais velha do que você é hoje. E tão linda: alta, loira, atlética. Sempre bem vestida. Meu tipo de mulher. Mas aparecendo na minha porta com o jornal? Que coisa estranha!" Estávamos no apartamento de Jeroen, em Waldeck, no quinto andar do bloco de apartamentos notoriamente longo chamado por todo mundo de Muralha da China. Estávamos só nós dois; todos os outros já haviam ido embora. Com mãos trêmulas, serviu-se outra dose de genebra. "Depois de duas semanas observando-a ir e vir, decidi tomar uma atitude." Jeroen acendeu um cigarro. "Não se incomoda de me ouvir contar isso, não é?"

"Não", eu disse, embora, o que é bastante natural, estivesse esperando que pulasse certos detalhes.

"Então foi isso que eu fiz", disse Jeroen, um amplo sorriso amarelo e marrom no rosto cadavérico. Dali a três meses também ele estaria morto. "Vesti minha melhor roupa. Paletó esportivo, camisa, gravata. Engraxei meu melhor sapato. Enfiei uma porra de lenço no bolso do paletó. Daí esperei. Às quatro da tarde, ouvi o portão do jardim abrindo. É Miriam. Assim que ela chega perto da porta eu abro. 'Obrigado', eu digo. Ela apenas sorri e volta para a bicicleta. Eu corro atrás e abro o portão. Também estou de saída, entendeu?, essa é minha conversa. Não quero que pense que eu estou cercando. Me apresento. 'E você, como chama...?' Miriam van den Broek, ela diz, subindo na bicicleta. E vai embora." Jeroen riu e ajeitou o óculos. "Perfeito, eu pensei. Ela era discreta mas simpática. Como você", disse, apontando o cigarro para mim. "Sabe, com gente discreta, é simples: você tem que ser direto. Daí, na outra semana, fiquei esperando ela outra vez. Cortei o cabelo. Escovei os dentes. Lá veio ela, pelo caminho no jardim. Abri a porta e peguei o jornal. 'Você aceita um convite para jantar?', eu digo. Não estou de sacanagem, entende. Estou velho demais pra isso, e percebi que ela também estava. Tem uma coisa que eu aprendi quando se trata de mulher: nunca demore. Quanto mais rápido você agir, maior a chance de se dar bem. Ela sorriu e voltou pra bicicleta. Daí ela parou ali, desse jeito, como uma colegial." Jeroen levantou da cadeira e ficou de pé, as mãos azuladas, parecendo congeladas, segurando um guidão invisível. "'Por que não?', ela diz. Por que não. Nunca vou esquecer." Uma convulsão de tossidas o sacudiu e voltou a sentar na cadeira. "O resto você já sabe", disse, exausto. O que não era bem assim, pra falar a verdade. Eu não fazia uma ideia muito clara do que houvera entre os dois. Não sabia, por exemplo, por que cinco anos depois ele e minha mãe haviam terminado.

Ela recuperara energia suficiente, ao voltarmos para Tribeca, para perguntar na mesma hora se podia dar uma volta com o bebê.

"Tem certeza?", disse Rachel.

"É, só uma voltinha no quarteirão", falou minha mãe. "Vamos, Jake", ela disse, erguendo o bebê e pondo no carrinho.

Depois de mais ou menos uma hora os dois ainda não haviam voltado. Isso era preocupante. Rachel disse que era melhor eu ir procurá-los.

Encontrei minha mãe a algumas quadras dali, com um ar aflito.

"O que aconteceu?"

"Me perdi", ela disse. "Sei lá como."

"Esses prédios parecem todos iguais", comentei, e tomei seu braço no meu e empurramos o carrinho de volta para casa.

Agora Chuck nos conduzia através do Brooklyn. Ouvi minha voz falando, "Minha mulher está saindo com outro cara".

Ele não se mostrou nem um pouco surpreso, mesmo sendo a primeira vez que eu tocava diretamente no assunto do meu casamento. Depois de um minuto, disse, "O que você quer fazer a respeito?".

"O que eu posso fazer?", eu disse, desanimado.

Ele abanou a cabeça de um modo categórico. "Não o que você *pode* fazer: primeiro tenha em mente o que você *quer* fazer. É o bê-á-bá da gestão de projetos: estabeleça objetivos, depois estabeleça meios de atingir esses objetivos." Ele me olhou de soslaio. "Quer ela de volta?"

Eu falei, "Vamos dizer que sim".

"Certo", ele continuou. "Então você precisa voltar para Londres. Agora mesmo. Simples."

"Simples?", pensei. O que ia acontecer em Londres? Sedução e flores? Corações arrebatados? E depois?

"Além do mais", disse Chuck, ficando mais enfático, "você está arriscado a cair no remorso. Meu lema é, remorso jamais".

Isso foi na Atlantic Avenue, na altura de Cobble Hill, no trânsito.

"Não seria a mesma coisa", eu disse.

"Nunca é a mesma coisa", disse Chuck. "Mesmo se tudo der certo, nunca vai ser a mesma coisa. Certo?" Deu um tapa em meu joelho. "Vou dizer um negócio pra você: essas coisas têm um jeito estranho de funcionar. Sabe qual foi a melhor coisa que já aconteceu pra mim e pra Anne? Eliza."

Eu queria conversar sobre minha situação, não a de Chuck. Também esperava alguma outra coisa além do comportamento de praxe vindo dele.

Ele estava concentrado em ultrapassar um ônibus. Chuck era um motorista veloz, sempre cortando. "Anne e eu", continuou, "a gente se conhece desde bebê. Ela passou pelo céu e pelo inferno comigo. Quando a gente morava em Brownsville com Mike Tyson dando porrada na rua, ela não se queixou nem uma vez. Então é pra vida toda. Mas minha teoria é: 'Preciso de duas mulheres'". Sua expressão foi das mais solenes. "Uma pra cuidar da família e da casa, outra pra me fazer sentir vivo. É demais pedir pra uma só fazer as duas coisas."

"Isso é muito generoso da sua parte", eu disse.

Ele deu uma bufada bem-humorada. "Ouça, o que eu posso dizer pra você? Depois de um tempo, os interesses delas mudam. Tudo gira em torno das crianças e do cuidado com a casa e o que mais for. No caso de Anne, a porra da igreja. Nós somos o sexo romântico, sabe", ele disse, segurando um arroto. "Os homens. A gente está interessado na paixão, na glória. As mulheres", declarou Chuck com um dedo no ar, "são responsáveis pela sobrevivência do mundo; os homens são responsáveis pela glória". Ele virou com o Cadillac para o sul, na Quinta Avenida.

Atravessamos Park Slope. Um sorriso conspiratório se formou em seu rosto. Entramos em um desvio acentuado, passamos por dois arcos imensos e paramos em um panorama de grama e túmulos.

Ele me trouxera ao Green-Wood Cemetery.

"Dá uma olhada ali no alto", disse Chuck, abrindo sua porta.

Estava apontando para trás, para o pórtico de entrada, uma massa de botaréus flutuantes, pináculos, quadrifólios e arcos pontudos que parecia como que arrancada na calada da noite de um dos recessos mais obscuros da Catedral de Colônia. Dentro e em torno do mais alto dos três pináculos havia ninhos de pássaro. Umas coisas confusas, elaboradas, cheias de galhinhos. Um ninho ficava acima do relógio, outro, um pouco mais alto, acima do sino verde embaciado que tocava, presumivelmente, nos enterros. Os galhos enchiam uma fachada de pedra povoada de esculturas de anjos e episódios dos evangelhos: um Jesus Cristo ressuscitado levava soldados romanos a cobrir o rosto com as mãos. Adiante, um segundo Jesus exortava Lázaro.

"São ninhos de caturrita", disse Chuck.

Olhei com mais atenção.

"Eles vêm no fim do dia", assegurou-me Chuck. "A gente vê eles andando por aí, bicando comida." Enquanto aguardávamos a aparição dos periquitos, ele me contou sobre outros pássaros — o *american woodcock*, o ganso chinês, o urubu-de-cabeça-vermelha, o *grey catbird*, o *boat-tailed grackle* — que ele e uns amigos tinham avistado entre as sepulturas do Green-Wood na época em que observavam pássaros.

Eu só estava escutando em parte, se é que escutava. Acontecia de fazer uma manhã singularmente translúcida e livre de nuvens ou de qualquer desarmonia de alguma espécie. Árvores imensas assomavam em volta, e suas folhas interceptavam a luz do sol de maneira muito precisa, de modo que as sombras das folhas pareciam dotadas de vida pulsante conforme se agitavam no chão — a insinuação de algo sobrenatural, para uma sensibilidade aberta a essas coisas.

Nenhum sinal de periquitos, ainda. Chuck disse, "Isso não é o mais importante. Tem outra coisa que eu queria que você visse".

Seguimos por um caminho tortuoso que passava entre uma extensão de colinas e gramados: evidentemente, retilineidade é indesejável em um cemitério. "Isso aqui é como um Hall of Fame do comércio", disse Chuck. "Tem Tiffanys, aqui. Tem os Brooks Brothers. Tem Steinway. Mr. Pfizer. Mr. F. A. O. Schwarz. Wesson, o cara do rifle, está por aí." O Cadillac agora andava aparentemente em círculos. Um coveiro passou com uma pá.

"Certo", disse Chuck, parando. Ele abriu o porta-luvas e puxou uma câmera. "Bem aqui. Acho que chegamos."

Eu o segui pela trilha. Pisando em grama queimada passamos por um obelisco, passamos por um anjo de asas abertas guardando um canteiro, passamos pelos túmulos de ex-indivíduos chamados Felimi, Ritzheimer, Peterson, Pyatt, Beckmann, Kloodt, Hazzell. Paramos diante de uma coluna angulosa com vários pés de altura e encimada por um globo — uma superbola de beisebol, a julgar por sua costura tortuosa. A coluna portava uma inscrição:

In Memoriam Henry Chadwick
Pai do Beisebol

"Já ouviu falar de Chadwick?", Chuck perguntou. "Ele escreveu as primeiras Regras do Beisebol." Chadwick, disse Chuck com aquela sua fluência explicativa, foi um imigrante inglês e morador do Brooklyn que, como repórter de críquete para o *Times*, inaugurou a cobertura do beisebol nesse jornal e depois popularizou e modernizou o esporte do beisebol. "O mais interessante nesse cara", continuou Chuck, esfregando um lenço na boca, "é que ele foi maluco por críquete, também. Ele não acreditava que fosse o destino da América, o caráter nacional americano, ou seja o que for, jogar beisebol. Ele jogava críquete *e* beisebol. No que lhe dizia respeito, as duas coisas eram totalmente compatíveis. Não eram uma bifurcação na estrada. Ele era como Yogi Berra", disse Chuck, sem a menor intenção de parecer engraçado. "Quando encontrava uma bifurcação na estrada, ele a tomava."

Eu já ouvira a piada de Yogi Berra um milhão de vezes antes. Minha atenção havia se desviado para o pequeno quadrado de pedra na grama — uma laje dissidente de pavimentação amalucada, é o que se poderia pensar — sobre o qual Chuck descuidadamente punha um pé. Era uma lápide. Havia uma palavra gravada nela:

DAISY

Chuck estendeu-me sua câmera e ficou ao lado do túmulo de Chadwick com as mãos às costas. Tirei a foto — tirei várias, conforme insistiu — e lhe devolvi a câmera. "Muito bom", disse Chuck, examinando o visor de fotos. Ele pretendia postar as imagens em seu futuro website, newyorkcc.com, e, disse, organizá-las no slide show que estava preparando para sua grande apresentação para o Serviço Nacional de Parques.

Começou a dizer alguma coisa sobre esse assunto quando seu telefone número dois tocou. Afastou-se de mim para atender a ligação, o chinelo pendendo de um pé. Quando fechou o celular, disse, "Então é isso que estou pensando, Hans". Suas mãos estavam nos bolsos do shorts e fitava o túmulo de Chadwick. "Estou pensando que um clube de críquete talvez não seja grande o suficiente. Para conseguir a atenção do SNP, é o que estou dizendo. Pode parecer exclusivista; sem importância. As pessoas podem achar que não tem nada a ver com elas." Acrescentou rapidamente, como se eu fosse interrompê-lo: "Mas iam estar enganadas. E é isso que a gente precisa fazer com que elas vejam. Não é só um clube esportivo. É maior do que isso. Na minha cabeça — e ouça o que eu vou dizer antes de dizer qualquer coisa, Hans, isso é um negócio que eu já pensei pra burro —, na minha cabeça os Estados Unidos não estão completos, os Estados Unidos não consumaram seu destino, não estão totalmente civilizados enquanto não aceitarem o jogo do críquete." Virou para me encarar. "Você já ouviu falar do povo das ilhas Trobriand?"

"Claro", eu disse. "As pessoas não falam em outra coisa."

"As ilhas Trobriand são parte de Papua Nova Guiné", disse Chuck, em tom professoral. "Quando os missionários britânicos chegaram lá, as tribos nativas viviam lutando entre si e se matando — foi assim por milhares de anos. Então o que foi que os missionários fizeram? Ensinaram críquete pra eles. Eles pegaram esses caras da Idade da Pedra e deram tacos e bolas de críquete e ensinaram um jogo com regras e juízes. Você pede às pessoas pra concordar com regras e leis complicadas? Isso é como um curso intensivo em democracia. Além disso — e aí é que está o segredo — o jogo forçava eles a dividir o campo alguns dias com os inimigos, forçava a dar hospitalidade e lugar pra dormir. Hans, esse tipo de proximidade muda o jeito como você pensa em alguém. Nenhum outro esporte faz isso acontecer."

"O que você está dizendo?", perguntei. "Os americanos são uns selvagens?"

"Não", respondeu Chuck. "Estou dizendo que as pessoas, qualquer pessoa, americano, tanto faz, nunca é tão civilizado como quando está jogando críquete. Qual a primeira coisa que acontece quando o Paquistão e a Índia firmam uma paz? Jogam uma partida de críquete. O críquete é instrutivo, Hans. Ele tem um lado moral. Acredito nisso de verdade. Todo mundo que joga o jogo tira vantagem dele. Então, é como eu digo, por que não os americanos?" Estava quase sombrio de convicção. Em um tom confidencial, disse: "Os americanos não conseguem ver o mundo de verdade. Eles acham que sim, mas não conseguem. Não preciso explicar isso pra você. Veja os problemas que estamos tendo. Está uma bagunça, e vai ficar pior. Digo, a gente quer ter alguma coisa em comum com os hindus e os muçulmanos? Chuck Ramkissoon vai fazer isso acontecer. Com o New York Cricket Club, podemos dar início a todo um novo capítulo na história americana. Por que não? Por que não dizer, se é verdade? Por que ficar quieto? Vou abrir os nossos olhos. E é isso que preciso dizer para o Serviço de Parques. Preciso. Se eu disser pra eles que vou abrir um parquinho pras minorias, vão me mandar passear. Mas se dissermos pra eles que estamos começando um negócio grande, dizer pra eles que estamos trazendo de volta um antigo esporte nacional, com novas ligas, novas franquias, novos horizontes..." Hesitou. "Seja como for, é isso que estou fazendo aqui, Hans. É por isso que estou pronto para fazer o que for preciso para tornar isso realidade."

Não consegui prestar atenção imediatamente na última coisa que falou. Eu estava atordoado demais com o excesso napoleônico da peroração, cuja dramatização, tanto quanto o conteúdo, me deixou perplexo: o homem preparara um discurso à beira de um túmulo, diabos me levem. Ele premeditara o momento, o ensaiara em sua cabeça, e parecia preparado para encená-lo. Fiquei lisonjeado, de certo modo, que tivesse se dado tanto trabalho; mas eu estava desnorteado, e senti que precisava dizer alguma coisa. Eu tinha de avisá-lo.

Eu disse, "Chuck, cai na real. As pessoas não operam nesse nível. Elas vão achar difícil demais reagir a esse tipo de pensamento".

"Bom, vamos ver", ele respondeu, rindo e olhando o relógio. "Eu acredito que não."

Não esqueçam que eu estava de mau humor. Eu disse, "Existe uma diferença entre mania de grandeza e pensar grande".

Foi a mesma coisa que ter dado um soco em seu nariz, porque foi a única vez em todo nosso tempo juntos que ele me olhou com expressão de surpresa e mágoa. Começou a dizer alguma coisa e resolveu que não.

Dava para perceber o que acontecera. Eu o derrubara de seu pedestal. Eu duvidara de seu direito ao supremo privilégio de nova-iorquino: portar-se de um jeito que, em seu país, seria encarado como uma impostura.

Eu disse, "Não é bem isso. Eu quis dizer...".
Ele meneou a mão num gesto afável. "Entendo perfeitamente. Sem problema." Estava sorrindo, isso eu percebi. "Melhor a gente ir. Está ficando muito quente aqui."

Saímos do cemitério. Eu estava fortemente inclinado a tomar um trem para voltar a Manhattan, mas Chuck foi direto pela BQE e disse alguma coisa sobre estar atrasado e precisar correr para cuidar de um negócio. Está claro para mim, hoje, que já se decidira sobre a forma de sua desforra.

Após cerca de vinte minutos paramos em algum lugar em Williamsburg.

"Não vai demorar", disse Chuck. Entrou lepidamente no prédio mais próximo.

Esperei no carro. Depois de dez minutos, Chuck ainda não tinha voltado. Desci e olhei em torno naquele estado de inquietação que quase todo lugar não familiar de Nova York era capaz de provocar em mim, até mesmo um lugar como aquela parte da Metropolitan Avenue, onde caminhões arfavam e gemiam passando por prédios comerciais indignos de nota. Chuck entrara em um desses, uma construção de tijolos de dois andares com uma placa anunciando a presença da ESCOLA DE LÍNGUAS FOCUS. Essa escola, que parecia fechada ou inativa, situava-se sobre um depósito funcionando. Dentro do depósito, um chinês solitário sentava sobre uma pilha de paletes e fumava um cigarro enquanto contemplava caixas de papelão marcadas com um MANEJI COM CUIDADO. Passei quinze minutos no rugido da calçada. Nada de Chuck. Uma dupla de policiais bebendo Coca passou. O chinês baixou a porta do depósito, expondo pichações de grafiteiros. Decidi comprar uma garrafa d'água na *deli* do outro lado da rua.

Eu ia saindo da *deli* quando Abelsky, judaicamente em calças pretas e camisa branca, passou gingando. Para ser preciso: vi um bastão de beisebol primeiro, carregado pela mão de um homem. Só depois me toquei de que era Abelsky. Ele foi para o prédio da escola de línguas e apertou o interfone. A porta abriu e Abelsky entrou.

Bebi minha água e esperei. Verdade seja dita, eu estava com uma sensação ruim. Depois de mais dez minutos, telefonei para Chuck.

"Vai demorar muito mais?"

Ele disse, "Não, a gente já está quase terminando, aqui. Por que não sobe? Estamos tomando um café".

Subi por uma escada coberta com uma passadeira cinza e nova. Um patamar dava para um pequeno corredor forrado de pôsteres e cartazes. Lembro da foto de um grupo de estudantes sorridentes com os polegares para cima, e a clássica foto do centro de Manhattan com a legenda, para informação do marciano de passagem, NOVA YORK.

A voz de Abelsky vinha de uma sala no fundo do prédio — DIRETOR, atestava a plaquinha na porta. Abelsky estava em um dos cantos, servindo-se de uma xícara de café da cafeteira de vidro. Ele encolhera um pouco mais desde a última vez que eu o vira na sauna e isso fazia com que parecesse ainda mais informe.

Chuck sentava atrás da mesa, balançando em uma cadeira de couro. Ergueu a mão, cumprimentando.

O escritório, uma caixa sem janelas, estava mais ou menos em ruínas. Um arquivo fora derrubado e o conteúdo, espalhado por toda parte. Havia um mapa emoldurado dos Estados Unidos no chão, o vidro estilhaçado. Alguém esmigalhara um vaso de planta na fotocopiadora.

"Você tem adoçante?", berrou Abelsky para ninguém que eu pudesse ver. "Preciso de adoçante."

Chuck disse, "Hans, lembra do Mike?".

Abelsky comentou, "Dá pra acreditar nessa zona? Olha só isso".

Uma descarga soou, e momentos depois o sujeito que a apertara, um homem de uns trinta anos, apareceu. Ele havia espalhado água no rosto, mas havia marcas de terra em volta da orelha e no cabelo, que era de uma variedade clara, quase sem cor, russa. Sua camisa azul estava imunda.

"Você tem adoçante?", repetiu Abelsky.

O homem não disse nada.

Abelsky deu um gole no café e cuspiu de volta na xícara. "Sem adoçante tem gosto de merda", disse. Pousou o café no couro da mesa. "Tudo certo aí? Não quero ter que dar um telefonema."

O homem passou a mão na boca.

Abelsky disse, irritado, "Você é o diretor aqui. Devia respeitar seu escritório, dar o exemplo".

O bastão de beisebol estava encostado na parede. Estava sujo de terra.

"Deus do Céu", falei. Saí e caminhei pela rua uns cinquenta passos, momento em que me dei conta de que não tinha forças para continuar.

Assim, naquele dia belo e fresco de agosto, atravessei a rua e me sentei na luz verde de um incorpóreo pequeno parque no cruzamento da Metropolitan com Orient. As sombras nesse pequeno parque eram exatamente iguais às sombras que eu vira o dia todo, sobrenaturais em sua nitidez. Um homem muito velho, muito pequeno, sentado como um gnomo na luz verde, olhou para mim de um banco próximo. Um passarinho furioso gritou nas árvores.

Dei um tapa em meu tornozelo. Uma mancha vermelha tomou o lugar de um mosquito.

O passarinho furioso gritou outra vez. O som veio de um lugar diferente. Talvez fossem dois passarinhos, pensei estupidamente, dois passarinhos respondendo um para o outro com aqueles guinchos.

Agora o significado do que eu vira — Chuck e Abelsky haviam aterrorizado algum infeliz, quebrado seu escritório, enfiado sua cara na terra de um vaso, o ameaçado de coisa ainda pior, pelo que pude perceber — chegava como pura náusea. Quase vomitei ali mesmo, aos pés do gnomo. Abaixei a cabeça entre os joelhos, puxando ar. Exigiu força de vontade ficar de pé e caminhar até uma estação de metrô. A violência gera reações desse tipo, ao que parece.

De volta ao hotel, tomei uma ducha, fiz a mala e entrei em um carro para o La Guardia. Acordei em um quarto de hotel em Scottsdale, Arizona.

Meu trabalho, nessa manhã, transcorreu passavelmente — participei de uma mesa de debate numa conferência com o título de qualquer coisa como "Consumo de Petróleo: O Paradigma Inconstante" — e, melhor ainda, terminou bem antes do programado. Mas quando três caras de *hedge fund* de Milwaukee descobriram que eu ainda tinha algumas horas para matar antes de voltar, insistiram, para minha estupefação, que fôssemos todos a um cassino próximo para tentar a sorte nas mesas e quem sabe até fazer umas loucuras.

"Ótima ideia", eu disse, e alguém deu um tapinha em minhas costas.

E assim lá fui eu para um deserto cheio de cactos com três sujeitos carecas usando cada um seu boné, cortesia da conferência. No caminho passamos pelo centro de Phoenix. Era ao que tudo indicava um lugar desabitado, entregue a garagens de vários andares que, com seus sucessivos vãos laterais, quase duplicavam os blocos de escritórios e suas faixas de vidro colorido. O vazio geral era aliviado pelo lento e por algum motivo patentemente sinistro movimento dos automóveis de rua em rua, como se o vaivém cuidadoso e ordenado daquelas máquinas constituísse um enigma cujo propósito fosse obscurecer o fato de que a cidade havia sido esquecida; e o tempo todo o rádio incessantemente relatando batidas e emergências nas ruas em torno. Era uma dessas situações em que o descompasso entre o íntimo da pessoa e as circunstâncias exteriores alcançam proporções quase absolutas, e mesmo enquanto eu sorria e balançava a cabeça e brindava com minha latinha de Bud Light, me sentia mergulhado na mais horrível das misérias. Fugi para o sono.

"Hora do almoço", anunciou uma voz.

Estacionáramos num trecho de terra. Nas proximidades, duas índias de cabelos brancos cuidavam de um churrasco feito no chão sob um toldo esfarrapado puxado de um barraco de blocos cinzentos. ("O que são essas aí? Apaches? Aposto que são apaches", o sujeito a meu lado disse.) Um de meus anfitriões, Schulz, ofereceu-me uma Diet Coke e duas fatias de pão com pedaços de carne gordurosa. "Estão chamando isso de carneiro", disse Schulz.

O lugar era adjacente a uma aresta. No lado mais distante da aresta havia um oceano plano de pó e pedras. No céu acima, uma nuvem, qual um cavaleiro solitário, arrastava atrás de si um esfiapado manto azul de chuva. Terras altas assomavam muito ao longe. Mais perto, pilhas negras de rocha vulcânica brotavam da vastidão avermelhada. Uma ubíqua moita cinza-azulada emprestava a tudo um acabamento de pixel, como se a região fosse uma imensa televisão defeituosa. "O Oeste Selvagem", disse Schulz, pensativamente, quando se afastava para apreciar a vista do topo de um matacão próximo. Vi que cada um de meus outros *compañeros* havia por sua vez assumido um posto próprio na aresta, de modo que ficamos todos os quatro perfilados, estreitando os olhos para o deserto como pistoleiros existencialistas. Era sem dúvida um momento de acerto de contas, uma oportunidade rara e definitivamente de ouro para um milwaukeeano ou um holandês consciente considerar determinadas tendências atemorizantes da história, da geologia e da filosofia, e tenho certeza de que não fui o único a me sentir apequenado pela imensidão da incumbência e pela pobreza de associações que a pessoa consagra ao instante, coisa que no meu caso incluía lembranças, pela primeira vez em anos, de Lucky Luke, o caubói dos quadrinhos que tantas vezes cavalgava entre mesetas e sacava a pistola mais rápido que a própria sombra. Fiquei brevemente enlevado com essa imagem seminal trazida à memória, na contracapa de todos os gibis de Lucky Luke, do caubói de camisa amarela e chapéu branco abrindo um furo na barriga de sua contraparte escura. Balear a sombra de alguém... O feito me pareceu, mastigando carneiro sob o sol, detentor de uma significação metafísica tantalizante; e não é exagero, acredito, dizer que esse curso de pensamento, embora é claro inconclusivo e logo reduzido a nada mais do que nostalgia pelos livros de aventura de minha juventude, me proporcionava um santuário: pois onde mais, senão no sagrado espaço do devaneio, eu o encontraria?

Voltamos ao ar condicionado do carro, e logo em seguida o cassino surgiu diante de nós sob a luz clara. Ele assumia a forma, à medida que nos aproximávamos, de uma gigantesca estrutura imitando adobe, vagamente evocativa das grandes construções de civilizações nativas. O interior desse *pueblo* espúrio, acessível somente por meio de uma série de rampas destinadas a jogadores em cadeiras de rodas, era dominado por uma iconografia trash de sorvetes, coroas cravejadas e personalidades do caça-níquel: o Príncipe Sapo, Austin Powers, Wild Thing, Evel Knievel, Esfinge e outras, entidades cujo vigor eletrônico barroco servia apenas para acentuar a fragilidade e solidão das figuras inexpressivas que as manuseavam. Enquanto cada um de meus amigos se aventurava com centenas de dólares em fichas, eu aceitei uma bebida da garçonete e sentei em uma mesa naquele clamor particularmente inumano de música aflautada e do tilintar de moedas pelas fendas abaixo e dos bipes e regurgitações das máquinas de azar. Para manter as aparências, reuni forças e me aproximei de uma mesa de roleta.

Parei junto às pessoas assistindo e acompanhei o jogo durante alguns giros da roda. Comecei a desejar sorte a um sujeito de camisa havaiana de bigode e olhar afável. Ele estava perdendo: e quem eu reconheceria na expressão daquele homem senão Jeroen, que exibia exatamente o mesmo rosto esperançoso e ligeiramente perspirante quando deslizava fichas pela baeta da roleta e observava a bolinha puladora prender-se a um nicho na roda: ali ela assentava, em giros tonteantes, até o número perder velocidade e entrar em foco. Do mesmo modo que aqui, onde o crupiê, uma mulherzinha de gravata-borboleta, friamente rastelava as esperanças dispersas dos jogadores em uma única pilha tenebrosa. Jeroen, depois que entrou em cena, aparecia no Dia de São Nicolau e me presenteava com algumas notas, florins alegremente coloridos que não mais circulavam, e após o jantar do feriado ele sempre me convidava, o pequeno adolescente, a acompanhá-lo ao cassino no Kurhaus, em Scheveningen. Não tinha o menor pudor quanto a sua necessidade, a palavra era dele, de jogar; tampouco escondia seu desespero pela companhia que fosse. Assim lá ia eu com ele em seu Peugeot 504 forrado de cigarros, onde ficava ouvindo suas histórias sobre a infância em Java. Jeroen parecia sempre perder. *Pech*, ele dizia quando nos víamos do lado de fora, sob o úmido ar de maresia de Scheveningen, centenas de florins mais pobres — má sorte. Ele acendia um Marlboro e dava uma tossida generosa, glamourosa. Naqueles dias Jeroen buscara minha companhia. Agora eu buscava a dele.

Acho que é o costume, no tipo de narrativa ao qual esse segmento da minha vida parece se prestar, invocar o proverbial fundo do poço — os abismos de aflição, o mergulho na merda, de onde o infeliz não tem para onde ir senão ascender a altitudes mais elevadas, de mais doce aroma. Em termos de calamidades objetivas, é claro, A Adversidade de Hans van den Broek, tal como essa história poderia se chamar, resume-se a não muita coisa. Mas não deixa de ser verdade que o chão do cassino me passou a sensação de tocar as profundezas do leito oceânico. Em minhas trevas, não tinha como perceber que estava apenas, e exatamente, a uma braça da superfície, uma braça, já ouvi dizer, a extensão de um par de braços esticados.

Ali mesmo, entre os caça-níqueis avermelhados, sofri uma guinada de orientação — como que afetado pelo abrupto consenso de movimento que redireciona um bando de pássaros. Decidi mudar de volta para Londres.

Em nossa primeira consulta, Juliet Schwarz virou para Rachel e perguntou se me amava e, caso amasse, o que havia em mim que amava. "Protesto!", senti vontade de gritar ante essa pergunta desprezível, perigosa, aterrorizante.

"Amor", Rachel respondeu em desespero, "que palavra mais ônibus".

Ali estava uma ironia de nossa separação continental (empreendida, não se esqueçam, na esperança de esclarecimento): tornara as coisas mais obscuras do que nunca. De um modo geral, nós, as pessoas que se separam, conseguimos apenas separar os sentimentos de qualquer significado que poderíamos lhes atribuir. Essa era minha experiência, se é de experiência que estamos falando aqui. Eu não tinha como saber se o que eu sentia, remoendo os pensamentos em Nova York, era uma abstração do amor ou as sobras miseráveis do amor. A ideia de amor em si mesma estava separada de um significado. Amor? Rachel definira direitinho. O amor era um ônibus superlotado com o povão.

E mesmo assim a gente subiu nele, ela e eu.

O que aconteceu — o que nos levou à estrada da dra. Schwarz e, por intermédio do referido ônibus, ao lugar em que estamos agora — foi que ela e Jake de uma hora para outra saíram do loft de Martin Casey, em Farringdon, onde haviam morado por quatro meses.

Isso foi em novembro de 2004. Eu voltara à Inglaterra havia exatamente um ano — havia, para falar a verdade, acabado de alugar um lugar para morar no Angel, de modo a ficar a uma caminhada de distância de meu filho.

"Você se separou dele?", perguntei.

"Prefiro não falar sobre isso", respondeu Rachel.

Alguns dias depois, ela voltou a me ligar. Martin não iria se juntar a ela e Jake em sua viagem de Natal para a Índia; logo, sobrara uma vaga, logo, Rachel ficou imaginando se eu não me candidatava. Cancelar a viagem estava fora de questão. Jake já fizera sua mala e notificara o Papai Noel de onde ficaria na Índia enviando um cartão-postal para o Polo Norte. "Não posso pisar na bola com ele", disse Rachel.

Comprei uma passagem na mesma hora.

Embarcamos em um avião para Colombo e dali, como os viajantes costumavam dizer, para a cidade keralana de Trivandrum, que num mapa pode ser vista bem na ponta da Índia. Eu estava preocupado que Jake pudesse pegar alguma doença indiana estranha; porém, assim que nos vimos instalados em um simples hotel de família colonizado por lépidos lagartos cor de caramelo e cercado por coqueiros repletos, a um modo incongruente, em minha concepção, de corvos, fiquei bastante satisfeito. O lugar era à beira-mar. A vista dava para uma área sem prédios. Mulheres embrulhadas em panos coloridos iam para cima e para baixo pela praia equilibrando cachos de bananas vermelhas na cabeça e oferecendo cocos, mangas e papaias. Bandos de pescadores na areia disputavam cabo de guerra com redes dentro d'água. Turistas de partes setentrionais da Índia passeavam pela orla marítima. Estrangeiros lagarteavam em cadeiras de praia, ignorando olimpicamente os vira-latas cor de areia cochilando em volta. Salva-vidas, uns homenzinhos esguios de camiseta e calções azuis, inspecionavam atentamente o mar da Arábia e de tempos em tempos sopravam apitos e sinalizavam aos nadadores para que se afastassem de águas perigosas; e de fato em uma ocasião um instrutor de ioga italiano, um sujeito de membros compridos, ficou preso em uma teia de correntes e teve de ser resgatado por um salva-vidas que deslizou através da água como um inseto voando para resgatar uma aranha.

E havia Rachel para olhar — em particular, as costas de Rachel, que, eu esquecera, eram pontilhadas de sardas invulgarmente grandes, adoráveis, como se ela fosse parte dálmata. Na maioria das tardes íamos de riquixá motorizado para a piscina de um hotel de luxo, e enquanto andávamos rapidamente pelos coqueirais que cobriam a costa inteira e davam a falsa impressão de uma selva, eu espiava minha esposa, pensava em oferecer uma rúpia por seus pensamentos, e pensava melhor. Muitas vezes, durante esses trajetos de riquixá, seus olhos ficavam fechados. Ela dormia indiscriminadamente: na praia, na beira da piscina, no quarto dela. Era como se estivesse tentando abreviar a viagem à força de sono — até na manhã de Natal, com Jake rasgando os embrulhos dos presentes que o Papai Noel deixara em minha sacada. Por recomendação de alguém, fui com meu filho a um vilarejo de pescadores para assistir a uma missa natalina da Church of India. A igreja, de longe o prédio mais imponente do lugar, ficava no topo de uma colina. O campanário era cor de creme e o interior cavernoso pintado com tons de rosa e azul. Não havia onde sentar, a não ser no chão. De tempos em tempos um corvo vinha batendo as asas juntar-se à congregação, aboletava-se numa viga do teto e partia voando outra vez. O serviço era rezado em malaiala, uma língua tagarelada cheia de zumbidos vibrantes e sons de furadeira — até que, ao final da missa, o coro de crianças subitamente começou a cantar o "Jingle Bells" e as palavras "neve" e "trenó" flutuaram no mormaço.

Eu queria contar a Rachel sobre a experiência; mas quando voltamos, ao meio-dia, ela continuava na cama.

Ocasionalmente, ela se mostrava comunicativa. A pobreza a deixava incomodada, disse — assim como sua percepção de que eu, por outro lado, não me preocupava nem um pouco. Quando pechinchei, só por pechinchar, com um comerciante de *lungi*, ela explodiu num "Ai, pelo amor de Deus, paga logo o que o homem está pedindo". Quem tinha de lidar com os mercadores de frutas era eu, pois Rachel não suportava fitar suas bocas, cheias de dentes pretos e escuros, ou seus olhos, cheios de uma necessidade impensável. Ela meio que se retratou certa noite. "Desculpe. É só que acho opressivo ser uma *economia*. A babá" — havíamos contratado uma babysitter assamesa para olhar Jake por algumas horas todas as manhãs — "os motoristas, os garçons, os meninos das cadeiras de praia, toda essa gente vendendo coisas na praia... Quer dizer, toda decisão idiota de gastar que a gente toma tem um impacto tremendo na vida deles". Estávamos dividindo uma garrafa de Kingfisher na varanda de seu quarto, pouco antes de dormir. Jake dormia em meu quarto. Diante de nós, no nível do olhar, havia copas de palmeiras. Entre as folhagens, no mar negro como um céu, avistavam-se as dezenas de luzes perfiladas dos barcos de pesca. Rachel deu um gole direto no gargalo da enorme garrafa. "Você não parece nem um pouco preocupado", ela disse. "Fica feliz só de brincar na água."

E isso era verdade. Fiquei extasiado com as ondas, que tinham um gosto doce e enjoativo e eram ideais para pegar jacaré, atividade de cuja existência eu não fazia a mais remota ideia: você fica esperando com água na altura da cintura até uma onda benigna grande o bastante carregá-lo, surfando com o torso, até o raso espumante. Seria justo dizer que me tornei um pouco obcecado. No almoço, invariavelmente feito no segundo andar de um restaurante com vista para o mar, eu interrompia o que Rachel estivesse lendo para dizer, "Olha só aquela, que grande".

Rachel dizia, bem-humorada, "Você está virando uma espécie de pentelho-do-mar, sabia disso?".

Certa tarde, na beira d'água, vi algas marinhas trazidas à areia, e também que a praia estava coberta de triângulos de alguma coisa roxa que levei algum tempo para identificar como sendo peixe. Avancei um pouco, entrando no mar. Todo tipo de coisa flutuava na água — cocos, um pente, um chinelo carcomido. Uma tempestade fora a responsável. Vendo um saco plástico perto de mim, resolvi apanhá-lo para jogar na areia. Não era um saco plástico. Era um cachorro — um filhote crescido, meio apodrecido, flutuando com as quatro patas dentro da água. Voltei correndo à praia.

No dia seguinte, mulheres vestindo deprimentes jaquetas municipais sobre os sáris varreram a areia e recolheram o lixo trazido pela tempestade. O mar ficou limpo. Quando entrei outra vez na água, à tarde, Rachel, mais minúscula, pálida e magra do que nunca, veio atrás de mim. "Certo", disse, carrancuda e sorridente ao mesmo tempo, "me mostra como faz".

"Não tem segredo nenhum", eu disse. Uma onda ligeiramente ameaçadora se aproximou, perfeita para jacaré. "Vamos lá", falei. "É só ir junto..."

Estiquei os braços, baixei a cabeça e peguei a onda. Fui parar vinte metros adiante, em êxtase.

Rachel não saíra do lugar. Voltando até onde estava, eu disse, "Pega a próxima".

"Acho que vou nadar um pouco", ela disse, e se afastou boiando de costas, os olhos fechados. Ela dormia até no mar.

No primeiro dia de 2005, eu e o garoto fomos passear nas montanhas. O motorista de nosso jipe nos conduziu através de arrozais e então, subindo, subindo e subindo, passou sucessivamente por florestas ensombrecidas de seringueiras, fazendas de chá, hortas de especiarias. Jake sentava entre mim e o motorista, empolgado e falante no começo, mas depois silencioso e nauseado com o movimento do carro. O avanço era lento, aos sacolejos. Já anoitecia quando chegamos ao velho chalé de caça colonial.

Nessa noite, com meu filho dormindo entre seus brinquedos novos — aqueles brinquedos povoaram seus murmúrios sonolentos, além dos dinossauros e macacos —, fiquei sentado na varanda, pensando em sua mãe. "Nenhum recado", o gerente do hotel viera me dizer pouco antes de partirmos, mais cedo naquele dia. "Recado?", eu disse, sem entender. Rindo, ele explicou, "Sua esposa está sempre perguntando se recebi algum recado para ela". "Recebemos?" "Ainda não", disse o gerente. "Mas se chegar, eu aviso imediatamente."

Desse modo recebi a confirmação de minha suspeita, de que fora Martin quem dera um pé na bunda de Rachel.

Eu o vira uma única vez, em um famigerado dia de sol, seis meses antes. O encontro foi uma armadilha, pois — e esse fora o único impasse de nosso esforço cooperativo parental — eu me recusara a ter qualquer contato com ele. Sem ser previamente consultado (Rachel disse, "Era pura neura sua"), me vi em meio a um churrasco no jardim de Vovó e Vovô Bolton. Conforme eu me esquivava como podia, desesperadamente prolongando minhas interações com a comida e a bebida e puxando conversa com Charles Bolton sobre o que achava da nova temporada de rúgbi, meu rival ficava inteiramente à vontade na grelha, preparando a mais modesta, recatada e familiar das refeições. Jake se voluntariou para ajudar e, vestindo um avental que lhe chegava aos pés, aguardou a ordem de virar uma linguiça. O presente que eu trouxera — um dos componentes mais prestigiosamente obscuros e difíceis de achar da turma da Locomotiva Thomas e seus Amigos — ficou jogado no quintal. Tomei consciência pela primeira vez do pontudo par de chifres em minha cabeça.

Quanto a Rachel, sorria, diplomática, evasiva, achando sempre algum pretexto para fugir pela casa. Estava usando uma saia longa, branca e coberta de rosas chamejantes. Minha vontade — à parte a de pegar a churrasqueira e jogá-la pela janela da cozinha — era ir atrás dela, apertá-la contra a parede, reclamar daquela tortura, exigir alguma consideração, protestar de um modo geral. Mas eu não tinha a menor segurança quanto à minha situação. Era um ex, restrito, embora dificilmente acreditasse nisso, às leis que governam a conduta dos ex.

Meu sogro seguia comentando o rúgbi, alheio. "Sei, entendo", eu dizia. O que estava entendendo, na verdade, era em que aspecto Rachel se sentira atraída por Martin. Era um sujeito cheio de energia. Não parava quieto. Ia de lá pra cá, cuidando de tudo.

Segurando um copo d'água com as duas mãos, meu filho se aproximou cauteloso de seu herói e derramou a água nos carvões.

"Isso está ótimo", disse Charles alegremente, pondo a última costela frugal em seu prato. E foi para outro lugar.

Fiquei sentado no gramado tomando, pelas minhas contas, minha quinta taça do melhor Grüner Veltliner do Hungry Dog. Bem no momento em que decidi deitar de costas e personificar o papai tirando sua merecida soneca, Martin se aproximou.

Brindou-me com um sorriso encabulado de macho solidário e arrancou um tufo de grama.

Ele disse, "É meio estranho, isso".

Não respondi. Acho que ficamos um minuto inteiro sentados ali sem trocar uma palavra. Jake veio correndo, pulou nas costas de Martin e começou a escalá-lo.

"Não faz cócegas, seu moleque", disse Martin, pegando-o e o pondo no chão.

"Quer brincar, quer brincar?", gritou Jake.

"Um minuto, estou conversando com seu pai, tá? Daqui a um minuto, Jake." Virou para mim e disse, "Eu também já sou pai".

Eu já ouvira falar a respeito: uma menina de quinze anos, com a primeira sra. Casey. Rachel, se eles se casassem, seria a esposa número três. Esse era meu fio de esperança. Não conseguia imaginar Rachel como terceira esposa.

"É uma ótima menina, minha filha", disse Martin. "Pus ela pra trabalhar comigo no Dog." Disse, meio sem jeito, "O negócio tá indo bem".

Não me diga, tive vontade de dizer. Venha falar comigo outra vez quando estiver tirando dez mil dólares por dia, seu babaca.

"Estamos pensando em abrir uma filial lá no seu pedaço", disse Martin. "Nova York, quero dizer."

"Você devia tentar o Flatbush", falei. "No Brooklyn. É um bairro quente. East Flatbush", acrescentei, maldoso.

"East Flatbush?"

"Muito engraçado, Hans", disse Rachel.

O grande momento chegara. Minha esposa se juntara a nós com sua saia florida. Ela abaixou em um espaço não alinhado. Éramos a perfeita *fête champêtre*, os três ali sentados.

"Prova as cenouras", disse Rachel. Eu não havia tocado na comida em meu prato. "Estão muito boas."

Eu não queria criar problema, mas também não queria comer. "Foda-se a cenoura", eu disse.

O previsível silêncio se seguiu. Martin ficou de pé. "Melhor começar a dar um jeito na bagunça que eu fiz", ele disse.

Rachel e eu ficamos olhando para ele, conforme se afastava. "Obrigada por isso", falou Rachel.

Eu disse, "Este é meu fim de semana com Jake. Eu passo como eu quero. Foi a última vez que você fez isso".

Minha esposa se levantou e limpou folhas de grama da saia. "Com certeza", ela disse, e foi até Martin e o beijou no rosto.

O beijo foi uma tentativa, muito possivelmente altruísta e certamente característica, de se portar com sinceridade.

Uma vez, na franqueza de nossos momentos iniciais, mais sólidos, ela buscara depreciar um antigo namorado descrevendo-o como um "perito".

"Como assim, 'perito'?"

"Ah, sabe, um desses caras que se gabam de conseguir fazer qualquer mulher gozar como uma atriz pornô."

"E conseguia?" Eu estava chocado.

Ela não respondeu, e ouvi minha própria voz insistindo.

Rachel disse, "Bom, conseguia, mas...".

"Então eu não sou um perito?"

Estávamos na cama, como era praticamente obrigatório, naquela época. Ela apoiou a cabeça na mão, como que considerando minha pergunta.

"Não", disse, olhando-me direto nos olhos. "Mas você é melhor. Mais apaixonado."

Ela decidira que eu podia aguentar a verdade, ou que eu *deveria* aguentar. Aguentei, ou quase. E embora não saiba dizer se isso me tornou mais forte, me tranquiliza saber, beneficiando-me de uma experiência adquirida a duras penas, que alguma coisa vai bem se eu estiver um pouco nervoso com o que minha esposa dirá em seguida.

Entretanto, no topo de minha montanha indiana, mexendo o gim-tônica e ponderando como Menelau, o rei Artur e Alexei Karenin a respeito de minha esposa errante e de coração partido, um pensamento mais estúpido e muito menos generoso me ocorreu: aqui se faz, aqui se paga.

Um macaco apareceu. Um sujeitinho cinza-esverdeado de barriga branca e pelo fofo riscado no meio e expressão de franco desagrado. Agachou na paliçada da varanda por alguns segundos, me encarou com seu rosto vermelho furioso e se afastou rolando como uma velha bola de tênis pelo terreno escuro.

A verdade, já que estávamos falando naquele assunto, minha esposa interlocutora imaginária e eu, era que o Hans van den Broek bebendo gim nos Gates Ocidentais não era o mesmo homem que o Hans van den Broek de Nova York. Em uma manhã de outono, alguns meses antes, eu acordara com um assobio nos lábios e uma sensação de que estava... ótimo. O conselho de praxe das colunistas de revistas femininas ficara provado: o tempo curara minhas feridas. Uma nota explicativa: tempo passado em Londres, minha cidade pé no chão. Uma consequência notável foi que comecei a me encontrar com outras mulheres. (Com pouco alarde, uns dois encontros foram consumados: houve uma atriz e houve uma gerente de departamento pessoal, ambas paqueras de *wine bars*, ambas alegres e dispostas, e ambas, incrivelmente, autoras da observação: "Puxa, foi delicioso.") Outra consequência, já que nos encontramos no reino das situações de praxe, era que eu não mais me concebia como o sujeito idiomático que fica entre a cruz e a espada, mas como o sujeito idiomático mais alegremente situado que podia pegar ou largar: o objeto, no caso, sendo meu casamento.

Rachel e eu mal trocamos outra palavra pelo restante das férias.

Após as férias, certa tarde de domingo em fevereiro, deixei Jake na casa de seus avós. Já ia saindo quando sua mãe correu para me pedir uma carona: o carro dela estava no mecânico e ela precisava passar no escritório.

Havia muito tempo que não ficávamos de fato a sós, só nós dois: um mês antes, na Índia, houvera Jake ou, na forma de uma sombra, o chuta-bunda. Rachel usava um casaco azul com cachecol azul e jeans azuis, uma nova combinação. A situação estava tão carregada de novidade que me pareceu natural perguntar sem mais nem menos sobre Martin.

"Está trepando com alguma outra", disse Rachel.

"Ótimo", eu disse. "Então quer dizer que posso trepar com você."

Ela parecia procurar alguma coisa no bolso de seu casaco. "Tudo bem", disse.

Fomos para meu apartamento. O arranjo se repetiu, cerca de uma vez por semana, ao longo de dois meses. A gente trepava com um mínimo de variedade e papo: nossa velha mala de truques pertencia àqueles outros pares e àqueles outros corpos. Eu não beijava a boca de Rachel e ela não beijava a minha; mas ela me cheirava, cheirava meus braços, meu cabelo, minhas axilas. "Sempre gostei do seu cheiro", afirmou, com toda neutralidade. Mal conversávamos, o que operava a meu favor. Ela comentou sobre Martin, "Ele dizia umas coisas incrivelmente estúpidas. Quase me fazia vomitar". Houve um silêncio pensativo, e então nossa primeira gargalhada em anos.

Não muito depois disso nós nos beijamos. Rachel murmurou, entre um beijo, "A gente devia fazer uma terapia de casal".

Seis meses mais tarde compramos uma casa em Highbury. Traumatizado com o preço — "Exorbitante", admitiu o corretor do imóvel —, assumi eu mesmo a incumbência de pôr o papel de parede no quarto de Jake e nos dois quartos de hóspedes. Tornei-me um perito instalador e, como consequência, uma espécie de filósofo: poucas atividades, descobri, induzem mais à reflexão do que desenrolar e medir extensões de papel de parede, cortar e passar a cola, depois colar o papel em uma parede de modo a produzir um padrão. Claro, peguei-me ao mesmo tempo achando padrões nos eventos que haviam conduzido ao misterioso e maravilhoso fato de minha pessoa pondo papel de parede enquanto a voz de Rachel soava através de uma casa que era nossa.

Não era o caso de que eu heroicamente a houvesse subjugado pelas emoções (minha esperança) ou de que ela tragicamente houvesse optado por um homem confiável (meu medo). Ela permanecera casada comigo, afirmou na presença de Juliet Schwarz, porque sentia a responsabilidade de ficar a meu lado para o que desse e viesse, e essa responsabilidade parecia um prazer.

Juliet virou para mim. "Hans?"

Fiquei sem fala. As palavras de minha esposa me desarmaram completamente. Ela pusera em palavras — na verdade, em fatos — exatamente como eu me sentia.

"É", eu disse. "A mesma coisa."

Embora não exatamente a mesma, pensei, descendo do último degrau de minha escada e fitando minha obra. Rachel via nossa reconciliação como uma continuação. Eu achava diferente: que ela e eu havíamos tomado caminhos separados e subsequentemente nos apaixonáramos por terceiros com quem, afortunadamente, já éramos casados.

Jake e eu passamos o segundo dia de nossa expedição indiana em uma reserva natural. Havia um safári de barco em um lago e do barco vimos elefantes, veados e porcos selvagens. Havia também o fato maravilhoso de saber que as montanhas em volta abrigavam tigres. Na manhã seguinte, partimos antes do nascer do sol. Não se via grande atividade, nessa hora escura, além de cachorros perambulando pela estrada. No vilarejo, a luz dos postes brilhava e a cabeça de meu filho em meu colo era uma lua reluzente e minguante; mas não tardou para que toda iluminação ao lado da estrada chegasse ao fim. O carro e seus ofuscantes precursores seguiram em frente através da floresta montanhosa. Ali, no limiar do facho, vi movimento.

Homens andavam pela beira da estrada. Estavam a caminho do trabalho. Não iam em grupos, mas sozinhos, numa fila única irregular. Eram quase imperceptíveis e, quando percebidos, isso não durava mais que um instante. Alguns desses homens usavam camisa, outros não. A maioria vestia um *lungi* à maneira de uma saia. Eram pequenos, magros, pobres, de pele escura, com braços finos, pernas finas. Homens caminhando na floresta, no escuro.

Por algum motivo, continuei a ver esses homens. Não penso em Chuck como um deles, ainda que, com sua pele muito morena, teria passado por um deles. Penso em Chuck como o Chuck que conheci. Mas, sempre que vejo esses homens, acabo vendo Chuck.

Marinello é o nome da sorveteria, ou *ijssalon*, em Haia onde, após uma eternidade de compras na Maison de Bonneterie, minha mãe me amansava com duas bolas de sorvete de chocolate. Marinello é também o nome do investigador do NYPD que me telefona para perguntar sobre Chuck Ramkissoon. Faz um mês que venho tentando falar com ele. Estamos no fim de abril. Foi no fim de março que fiquei sabendo pela repórter do *Times*.

Minha primeira reação, nessa ocasião passada, é entrar em um avião para Nova York e ir ao enterro. Mas as listas telefônicas não têm um número com o nome de Anne Ramkissoon; só encontrei o de Abelsky.

"Quando ele sumiu", foi logo dizendo Abelsky, "um cara me disse, Vai ver que ele se matou. Eu disse, Seu idiota! Chuck não é suicida! Esse cara é mais cheio de vida do que dez pessoas! Daí encontraram ele no rio com as mãos amarradas.

Falei pra esse babaca, Eu disse pra você, 'tá vendo? Eu tinha razão'". Abelsky respira asmaticamente. "Nunca disseram do que ele morreu."

"Como é?"

"Qual foi a causa da morte?", pergunta Abelsky, cientificamente. "Afogamento? Ou ele foi assassinado antes?"

Não sei a resposta. Abelsky continua, "Quando me deram a notícia, fiquei que nem uma estátua. Ele era um grande empregado. Cheio de ideias. Mesmo que o certo era eu ter mandado ele embora umas cem vezes. Eu pago o salário dele e ele me aparece com um escritório na cidade? Com mais ninguém eu ia permitir isso! Ninguém! Só o Chuck!". Muito razoavelmente, ele diz, "Mas a gente já se adaptou. Você precisa se adaptar, pra continuar no negócio. Precisa tocar a bola pra frente".

Abelsky, que me diz não saber sobre o enterro, me dá o telefone de Anne Ramkissoon.

"O que vai acontecer com a parte dela no negócio?", eu pergunto.

Pausa. "Os advogados estão investigando tudo isso. Ela vai receber o dela, é claro."

"É, claro", eu digo.

"Ou então o quê?", retruca Abelsky na mesma hora. "Ou então o quê? Quem te deu o direito de falar?"

Dou risada na cara dele, esse homem de negócios murchado.

Ele diz com voz magoada, "Tá achando que eu matei ele? Tá achando que matei o Chuck? Putamerda!", ele berra. "Só porque sou russo eu matei ele? Só porque eu gritava com o cara? A gente vivia brigando! Desde o começo, quando ele me disse como vender peixe kosher pra judeu. Que figura!" Mais tossidas e respiração chiada. Abelsky não parece bem. "Ninguém conhecia o Chuck nessa época", ele diz, todo terno e emotivo, agora. "Ele era um zero à esquerda. Um nada. Mas eu vi alguma coisa no sujeito. Um cara e tanto, o cara era demais. Se eu descobrir o arrombado que fez isso, eu mato com a minha mão. Eu prometi isso pra esposa dele." Isso o acalma, aparentemente, porque ele diz, "Não sei o que você sabe sobre o Chuck. Mas se você conhecesse ele como eu conheci, não ia falar comigo desse jeito. Mas tudo bem", ele diz, me eximindo de culpa. "Você sabe o que você sabe."

O que eu sei é que vi Chuck pela última vez no dia de Ação de Graças de 2003. Liguei uns dias antes e contei, mais para dar uma satisfação do que por qualquer outra coisa, que estava de partida para a Inglaterra em definitivo.

"Vamos nos encontrar no feriado", disse Chuck. "Sua partida não pode passar em branco."

Ficou combinado. Imaginei um almoço em Flatbush, com Anne servindo o peru e meu anfitrião dando uma conferência sobre o significado do dia nacional da gratidão. O que na verdade aconteceu foi que recebi um telefonema de Eliza. Disse que era para encontrar ela e Chuck no escritório dele na 27th Street, de onde a gente andaria algumas quadras até a Herald Square e pegaria o fim do desfile da Macy's. O resto da programação, planejada por Chuck, era segredo. Quando reagi a essa última informação com silêncio, Eliza disse, "É, eu também não sei de nada".

O dia de Ação de Graças em Nova York, nesse ano, foi límpido e com vento. Andei pelas ruas de Chelsea com a atenção alerta de um expatriado. Pela última vez contemplei detidamente a monumentalidade benevolente da Sétima Avenida, e pela primeira vez notei uma fileira de pequenas árvores douradas na esquina da Sétima Avenida com a 25th Street.

Na Quinta Avenida, Eliza me esperava do lado de fora do escritório. "Ele disse pra gente encontrá-lo na Herald Square", falou. "Vou dizer, já viu uma ideia mais louca?"

Era uma boa pergunta. A Herald Square — ou, antes, a 32nd Street, onde barreiras e carros de polícia impediam a passagem — era um cenário à beira do caos. Espectadores se espremiam em cima e pelas beiradas e janelas dos arranha-céus e nas ruas uma enorme multidão, contida por policiais e bloqueios, empurrava e se contorcia para tentar ver o que estava acontecendo na praça. Nesse aspecto, para mim não havia problema; eu contava com a vantagem da altura. O desfile parecia ter parado. Ronald McDonald, com dez metros de altura, luvas amarelas, sapatos vermelhos, boca vermelha, cabelo vermelho, pairava acima da Herald Square, o braço direito paralisado num aceno terrível. Ronald McDonalds humanos enxameavam sob ele, segurando as cordas do balão, gesticulando e rindo para o povaréu. Imediatamente atrás de Old McDonald, como Jake costumava chamá-lo, vinha um carro alegórico cor-de-rosa em que princesas acenavam freneticamente para nós, e mais além, na Broadway, outros monstros aéreos podiam ser vistos — o pobre Charlie Brown, pronto para chutar uma bola de futebol, e Chicken Little, e um feto gigante de crânio vermelho e curvado para a frente, um personagem sem significado para mim. Atrás de um prédio, os trompetes e percussões de uma banda musical chegavam aos nossos ouvidos numa bulha desconexa.

"A gente nunca vai encontrar ele", gemeu Eliza. "Onde ele está?"

O desfile finalmente voltou a se arrastar. Ronald McDonald dobrou a esquina e se escafedeu pela abertura da 34th Street.

Bati no braço de Eliza. "Bem ali na frente", eu disse.

Chuck estava no lado oposto da 33rd Street, no lado leste da praça, onde alguns membros do público haviam tido permissão de se reunir. Estava assistindo ao desfile. Abrimos caminho em sua direção. "Ei!", berrou Eliza. "A gente tá aqui!" Chuck virou na direção de sua voz e abriu um sorriso. "Oi!", gritou de volta, um som fraco. "Estou indo."

Observamos quando se aproximou de um policial e apontou em nossa direção. O policial abanou a cabeça. Chuck insistiu, e erguemos os polegares para confirmar sua história. Mesmo assim o sujeito se recusou a deixá-lo passar. "Vamos andando", um policial do nosso lado da rua disse. "Vocês precisam ir em frente. A senhora também, por favor."

"A gente só tá tentando chegar naquele cara ali", expliquei.

"Que cara?", disse o policial.

"Aquele cara ali. Tá vendo? Com uma pasta." Eu estava apontando.

"Não estou vendo ninguém com pasta nenhuma", disse o policial, sem nem olhar. "Se vocês querem chegar do lado norte, vão até a Nona Avenida. O leste está todo bloqueado."

Liguei para Chuck. "O guarda disse que a gente precisa ir pra Nona. Mas não tem como você conseguir cruzar a Broadway."

"Não se preocupe", disse Chuck, acenando. "Vou dar um jeito. Vejo vocês na Nona com a 34th. Me dá vinte minutos."

Assim, fomos para o oeste. Na Sétima Avenida, diante da Penn Station, topamos com outra aglomeração humana. Evidentemente era a última parada do desfile. Músicos de banda com tambores enormes andavam por lá, assim como um bando de elfos. Pedi desculpas a uma sereia por pisar em sua cauda. Ronald McDonald estava de volta, o traseiro gigante virado para o céu conforme era baixado para esvaziar. Eliza e eu instintivamente chegamos mais perto do espetáculo. Uma brisa considerável soprava agora e os Ronald MacDonalds em miniatura agarrando as cordas na vertical lutavam para segurar o balão. Já íamos andando quando aflorou uma exclamação coletiva de pavor. Virei bem a tempo de ver Ronald McDonald cambando de lado e chocando-se contra as barreiras. Gritos. Um sujeito com fantasia de donut foi derrubado e pelo menos duas mulheres caíram quando tentavam sair do caminho. Ronald McDonald foi puxado de volta. Então outra vez avançou, enorme, de cabeça, girando na corrente de ar de modo que seu rígido braço acenando varreu em torno em um vagaroso cruzado que dispersou um cardume hipnotizado de espectadores e acabou acertando um sujeito que tentava filmar o desastre com um celular. Esse homem caiu no chão, assim como o policial ao seu lado que tentava segurar a fantástica luva de beisebol cor de gema com as mãos nuas, sendo que esta última queda levou um jovem policial abaixado a sacar a arma e apontá-la contra o Ronald McDonald fora de controle, o que por sua vez levou a uma nova explosão de gritos e pânico e correria e multidões se dividindo pela rua e Eliza agarrando meu braço.

A rajada de vento cessou; as rédeas de Ronald McDonald foram controladas.

Eliza disse, "Isso aconteceu de verdade?".

Rimos quase o caminho todo até a Nona Avenida.

Chuck não estava no lugar combinado. Eliza me perguntou, "Então, gostou dos meus álbuns?". Eu gostei, e disse a ela. Fora um bom trabalho. A história de meu filho, palavras suas, estava agora reunida em um único livro encadernado em couro gravado com suas iniciais.

Eliza flexionou um bíceps, triunfante. "O que foi que eu disse?"

"Você leva jeito", concordei. Não contei a ela que embora o trabalho tivesse me deixado contente — quem pode resistir a imagens do próprio filho risonho? —, também documentava um autocancelamento recorrente e na verdade inaceitável. No espaço de poucas páginas seu eu de inverno era substituído por seu eu de verão, que por sua vez era atropelado pelo eu seguinte. Contada assim, a história de meu filho é uma que recomeça continuamente, até parar. Será que essa é de fato a única paginação possível de uma vida?

Chuck estava atrasado, além do mais, muito atrasado. Gritamos seu nome várias vezes, sem resposta.

"Certo, agora fiquei preocupada", disse Eliza. A gente estava esperando fazia quase uma hora.

"Ele só ficou preso na multidão", eu disse, dando um beijo de despedida em Eliza. "O celular dele deve ter ficado sem bateria."

Isso foi numa terça. No sábado, liguei para Chuck outra vez; ainda não tenho notícias dele. "Ei, sou eu", declarei no voicemail. "Estou no avião, me preparando pra voar. Onde é que cê tá? Onde você se meteu, porra? Bom, se cuida. Tchau."

A aeronave acionou o reverso; taxiou; rugiu inocente através do límpido céu de Nova York.

Não é absolutamente verdadeiro dizer que Chuck longe de meus olhos era Chuck longe de meus pensamentos. Eu pensava nele. Concluí que seu *no-show* de Ação de Graças era meramente a mais recente manifestação de sua natureza caprichosa e não levei a mal, assim como não levei a mal, nem me ressenti, que no fim tudo que tivesse dele fosse um e-mail:

> Boa sorte com tudo! Desculpe pelo feriado de Ação de Graças. Fiquei preso. A gente se fala.
>
> Chuck

Nunca nos falamos. Vez por outra, presa de uma curiosidade afetiva, eu dava uma busca na web por alguma menção a Chuck Ramkissoon. Nunca encontrei nenhuma — o que me dizia que seu projeto de críquete não dera em nada. Uma pena, mas fazer o quê? Havia mais em que pensar.

Então recebi a notícia de que seu corpo fora encontrado no Gowanus Canal e que alguém o jogara lá logo depois que parti de Nova York.

Imediatamente após falar com Abelsky, ligo para Anne Ramkissoon. Outra mulher atende e demora algum tempo antes que Anne apareça ao telefone. Estou olhando para a Catedral de Saint Paul. Mais uma tarde insossa, com nuvens brancas pontilhadas de nuvenzinhas cinzentas.

Anne recebe meus pêsames. "Precisa de ajuda com alguma coisa?", pergunto. "Qualquer coisa."

"Já está tudo cuidado", ela diz. "Eu ficava preparada pra isso. O bispo cuidando de tudo."

"E o enterro. Eu gostaria de estar presente."

Ela diz, sem rodeios, "O corpo do meu marido está voltando pra Trinidad. Vai descansar com povo dele".

Sinto que é minha obrigação falar. "Mas Anne", eu digo, "você ouviu ele. Ele queria ser cremado, no Brooklyn. Eu estava lá quando ele disse isso, lembra? Eu fui testemunha."

"Você, testemunha?", diz Anne. "Todo mundo testemunha dele. Todo mundo testemunha de Chuck. Eu mulher dele. Eu esperei ele dois anos. Ninguém mais esperando; nem você, nem polícia. Eu esperando."

Não havia me ocorrido até esse momento pensar cuidadosamente no que podia significar ser a viúva Ramkissoon.

"Eles trazem meu marido do Gowanus Canal", ela prossegue. "Quem pôs ele lá? Eu não. A testemunha dele pôs ele lá. Agora eu não tenho ele", ela diz. "Tenho que viver com isso. Você volta e vai viver sua vida. Eu faço o quê? Pra onde eu vou?"

"Sinto muito, Anne", eu digo.

Será que preciso declarar a ela, ou a quem interessar possa, como estou abalado? Que, embora não tenha sentido falta dele em dois anos, nesse momento sinto uma falta terrível de Chuck? Devo dizer como o amava? É isso que se espera?

Ou talvez mais concretamente eu deva declarar que, tendo conversado com Anne, saio do escritório mais cedo, às três e meia, e volto caminhando para casa, colinas acima e sob a chuva leve, e que em Highbury Fields eu paro em meu impermeável, pensando se não deveria entrar em um avião para Trinidad e ir ao enterro. Que quando chego em casa passo a mão na cabeça de Jake e digo a Paola, nossa babá, que vou para o meu quarto e não quero ser incomodado. Talvez eu devesse declarar que ligo para o Departamento de Polícia de Nova York e me põem para falar com o investigador Marinello, que promete ligar de volta, mas não o faz. Que quando Rachel chega em casa do trabalho percebe na mesma hora que tem algo no ar, e que às nove da noite a gente se senta perto um do outro com uma taça de vinho. Talvez eu deva declarar que conversamos sobre Chuck Ramkissoon e que o pensamento de Chuck me vem à mente a toda hora nos meses que se seguem. Que declaração é a que cabe aqui?

Não demora muito e começo a contar a Rachel sobre os bons tempos: como Chuck e eu nos conhecemos em circunstâncias extraordinárias, como ficamos em contato, como trabalhamos juntos no calor, e a grama e a fantasia. Ela escuta tudo em silêncio. É só quando conto sobre o dia dos periquitos, como rotulei mentalmente o pior dia de todos, que me interrompe.

"Vamos repassar isso mais uma vez", ela diz, examinando a sombra na garrafa de vinho e servindo metade da sombra em ambas as taças. "Me diga exatamente o que viu."

Minha esposa é uma advogada, eu me lembro. "Não sei o que eu vi", digo. "Só vi que aquele cara tinha levado umas porradas. E o escritório dele também."

"Por quê?"

Parei piscando para ela. "Não sei. Estavam armando alguma coisa. Eles tinham um negócio com imóvel, então pode ser que..." Continuo, "Chuck gostava de diversificar. Ele gostava de se meter em todo tipo de coisa. Não necessariamente...". O melhor e mais brevemente de que sou capaz, explico o wehweh e, do modo como encaro, meu papel involuntário naquilo.

Rachel não consegue acreditar no que está ouvindo. Ela retesa os lábios e se apoia em um cotovelo. "Isso não parece muito certo, parece?", decide dizer. "Você servindo de motorista enquanto ele cuida da loteria dele? O que você estava pensando?" Ela diz, "Amor, esse homem era um gângster. Não admira que tenha acabado desse jeito".

Agora, para completar tudo, estou angustiado como o diabo e passando a mão pelo cabelo, e minha mulher se inclina para pegar essa mão e segurá-la entre as suas. "Ai, Hans, seu tonto", ela fala. "Vai ficar tudo bem." Mas ela diz também que a primeira coisa que fará na manhã seguinte será ligar para um advogado em Nova York. (E é isso que faz. O advogado opina em termos práticos que não tenho com que me preocupar e cobra dois mil dólares.)

Quando prossigo com meu relato, Rachel me interrompe mais uma vez. Ela parece horrorizada. "Você continuou a vê-lo? Depois do que aconteceu?"

Reconheço a acusação na ponta de sua língua: de que, por temperamento, tenho tendência a perdoar, de modo a simplificar as coisas para mim, e que isso sem dúvida é um sintoma de preguiça moral ou alguma outra importante fraqueza de caráter. E ela tem razão, de um modo geral, pois sou um homem para quem um pedido de desculpas de praticamente qualquer tipo é aceitável.

"Me escuta, por favor", eu digo.

Em outubro — dois meses depois do que eu pensava ter sido meu último contato com Chuck —, meu diário eletrônico me avisou com uma semana de antecedência sobre o dia que eu havia agendado, ainda no verão, para um teste de direção em Peekskill, uma cidadezinha mais para o interior do estado (quanto mais longe de Red Hook melhor, raciocinei). Confirmei a data. Pra que tentar obter uma carteira de motorista americana às vésperas de ir embora do país? Isso é o que Rachel pergunta, também, e não sou capaz de dar resposta alguma a ela.

Em um carro alugado peguei a Saw Mill e depois a Taconic. Meu exame inicial do mapa rodoviário revelara nomes como Yonkers, Cortland, Verplanch e, claro, Peekskill; e contrastando com esses lugares holandeses, em minha cabeça, estavam nomes como Mohegan, Chappaqua, Ossining, Mohansic, pois, conforme eu dirigia no rumo norte através de montanhas densamente arborizadas, sobrepunha na paisagem imagens retroativas de holandeses e índios, imagens que brotavam não da reflexão histórica madura, mas do senso das coisas irresponsavelmente cinemático de uma criança, levando-me a imaginar uma menina com seu gorro puritano e vestido na altura do tornozelo em uma cabana de troncos à espera do Sinterklaas, peles-vermelhas abrindo caminho entre samambaias, pequenos túmulos cobertos de nomes holandeses, lobos, veados e ursos na floresta, pessoas patinando em um rinque natural, escravos cantando em holandês. Então, do nada, veio o toque ruidoso de uma buzina — eu desviara meio carro para a faixa do lado — e o sonho teve um fim súbito conforme eu voltava para meu lugar e prestava atenção na pista, nos automóveis e na viagem em tempo real que estava fazendo.

Minha chegada em Peekskill aconteceu, como planejado, uma hora antes do tempo previsto. Procurei me familiarizar com as ruas e praticar baliza. A cidade era construída em colinas íngremes junto ao Hudson, e logo ficou claro que o principal risco para os motoristas era o de deixar o carro descer na direção do rio — na verdade, fiquei com a impressão de que o desafio fundamental para a comunidade toda era resistir à imensa força gravitacional que arrastava tudo que havia ali, fosse orgânico ou inorgânico, na direção do abismo aquoso constantemente à vista. Essa luta aparentemente cobrara seu tributo junto ao povo da cidade, que matava o tempo diante das casas inexplicavelmente decrépitas e perambulava pelos arredores das lojas desertas com a lassidão de uma população em choque. Parecia haver uma concentração anormal de moradores negros pobres e uma ausência bizarra dos brancos de classe média satisfeitos que eu associava com os limites mais extremos da Cidade, que é como as pessoas que vivem em lugares assim se referem a Nova York, e, considerando tudo, veio-me à mente uma cidadezinha em East Anglia que eu visitara certa vez com minha esposa: chegando lá de noite, fiquei besta, à luz da manhã, quando vi a cena de pessoas exclusivamente brancas, toda cor e forma exaurida de seus rostos, arrastando os pés de um lado para outro numa vagarosidade agourenta, idiótica, de modo que me pareceram uma espécie de zumbis que haviam se estabelecido naquele lugar. Esse temor injustificado não escapou a Rachel, que disse, calmamente, após algum comentário de minha parte, "Não tem nada errado com essa gente".

Meu examinador de volante nessa ocasião foi um sujeito velho e educado que me perguntou com uma voz bizarramente derrotada se eu tinha experiência em dirigir no exterior, e eu lhe disse que sim, tinha. Gesticulou que fosse adiante com o carro, me mandou virar numa esquina e me pediu para estacionar. Fiz isso meio desajeitado, ansioso em não violar a regra ridícula segundo a qual o mais leve contato entre roda e guia resulta em reprovação automática.

"Não foi lá essas coisas", sugeri.

"É, bom", disse o velho. "Sempre digo pros meus alunos, joga sua melhor tacada na baliza. Não perde tempo tentando acertar os buracos fora de alcance." Orientou-me a voltar para o ponto de partida, e só depois que parei o carro é que me dei conta de que já se decidira a me conceder a habilitação.

"Obrigado", falei, um pouco emocionado.

"Dirija com cuidado", ele disse, e saiu do carro.

Eu estava examinando minha carteira de motorista temporária de Nova York quando escutei uma batidinha na janela. Era Chuck Ramkissoon.

Encarei-o com perplexidade conforme ele abria a porta e sentava ao meu lado. Tirou o boné de críquete indiano — azul-anil com uma faixa tricolor em açafrão, branco e verde — e fez uma pausa dramática. "O que foi?", ele disse. "Acha que eu ia perder o momento de glória do meu aluno?"

Chuck, que concordara em agosto em fornecer seu carro para a prova, não era do tipo que esquece datas; e um telefonema para o meu trabalho lhe disse tudo que precisava saber.

"Eu vim de trem", disse. "Você vai ter que me dar uma carona de volta."

O que eu poderia fazer? Chutá-lo do carro?

"É", diz Rachel. "É exatamente isso que você devia ter feito."

Nada era dito enquanto Chuck e eu seguíamos nosso caminho. Então, pegado ao rio, na periferia de Peekskill, surgiram dois imensos telhados semiesféricos acompanhados de uma chaminé espantosamente alta: de nosso ângulo, duas mesquitas e um minarete.

"Indian Point", disse Chuck.

Era uma sensação agradável rodar pelo interior. Chuck desligou o celular. Ele disse, "Sabe, nunca acabei de contar pra você a história do meu irmão". Estava fitando o vazio em seu boné. "Minha mãe ficou devastada quando ele morreu", disse Chuck. "Ela ficou inconsolável por meses. Literalmente. Nada que meu pai pudesse dizer podia melhorar as coisas. Um dia, tiveram uma discussão horrível. Meu pai, que tinha bebido um pouco de rum, ficou tão nervoso que saiu no quintal e voltou com uma galinha numa das mãos e um facão na outra. Ali mesmo, na frente de todo mundo, ele decepou a cabeça de uma galinha. Daí ele jogou a cabeça da galinha na minha mãe. 'Vai', ele disse. 'Leva isso com você.'"

Eu estava ouvindo aquilo? Ele estava mesmo me contando uma de suas histórias?

Chuck puxou um lenço do bolso de trás e esfregou a boca. "A briga", ele disse, "foi porque minha mãe queria tomar parte numa cerimônia batista pro meu irmão. Você sabe quem são os batistas? Já ouviu falar em Xangô?" Respondendo as próprias perguntas como sempre, ele falou, "A igreja batista é essa mistura em Trinidad das tradições cristãs e africanas — você vê eles no Brooklyn domingo, vestindo roupa branca, tocando uns sinos, gritando pro espírito. Eles acreditam que os espíritos tomam posse do seu corpo. Às vezes, baixa o santo num deles no meio da rua, o sujeito fica sacudindo, tremendo, cai no chão e começa a falar uma glossolalia. É um espetáculo", disse Chuck, estendendo os braços e agitando as mãos. "Outra coisa que as pessoas associam com os batistas é o sacrifício de galinhas. Então dá pra você entender o que meu pai fez. A raiva dele era porque minha mãe estava interessada nesse vodu de negros."

"Você está me devendo umas desculpas", eu disse. "Desculpas e uma explicação. Não estou interessado em ouvir sobre isso."

Chuck fez um gesto de aquiescência com as mãos e disse, "Tem um lugar que os batistas de Xangô gostam de ir, chamado cachoeira de Maracas". No sentido leste-oeste de Trinidad, ele explicou, fica a cordilheira Norte. Nessas serras tem uns vales afastados e selvagens e num deles, o vale de Maracas, fica a famosa cachoeira de Maracas. Chuck disse, "É uma visão e tanto: a água desce pela beira da montanha e cai trezentos pés. Se você for lá, vai ver as bandeiras e cabeças de galinha que os batistas de Xangô deixaram. Um negócio meio assustador, se você não sabe o que significa".

Recostando em seu banco, ele me contou que a cachoeira só era acessível caminhando por algumas milhas ao longo de uma trilha em meio a uma das últimas florestas virgens de Trinidad. É nessa floresta montanhosa que você pode escutar, e se tiver sorte até ver, ele disse, um pássaro com um dos cantos mais espetaculares de Trinidad, o gaturamo, chamado pelas pessoas da ilha de semp. O semp macho é um passarinho dourado de uns dez centímetros e, até onde alguém consegue lembrar, segundo Chuck, as crianças de Trinidad sempre os prenderam e puseram em gaiolas devido ao lindo canto, prática que quase levou a espécie à extinção. Chuck admitia envergonhado que grande parte de sua infância fora passada tentando capturar passarinhos, em geral os comedores de semente e fringilídeos que eram naquela época comuns nas planícies relvadas nos arredores de Las Lomas. "Tem vários jeitos de pegar passarinho", disse Chuck. "Meu método, com o semp, era usar um semp engaiolado como isca. Eu prendia um pau na gaiola e passava uma goma, *laglee*, a gente chama, no pau." O semp, atraído pelo canto de seu semelhante, pousava no pau e ficava preso na goma por alguns segundos. "Essa era minha oportunidade: eu pulava do esconderijo e agarrava o passarinho antes que ele conseguisse fugir."

Chuck, entrecerrando os olhos com o sol, voltou a enfiar o boné na cabeça. O dia estava luminoso. Cores outonais ardiam na mata.

Um dia, me contou, ele estava viajando para o vale de Maracas para pegar um semp. Tinha treze ou catorze anos. Estava ligeiramente familiarizado com a área, após ter acompanhado seu pai em uma excursão de caça por lá. Era um dia de semana. O jovem Chuck — ou Raj, como o chamavam — caminhava solitário pela trilha da cachoeira. De ambos os lados da trilha erguiam-se as imensas árvores da floresta. Depois de avançar uma milha ou algo assim, chegou a um lugar que se prestava a seu propósito. Ele depositou o semp engaiolado na beira do caminho e se agachou atrás de uma árvore junto à trilha. Lá de baixo, no vale, vinha o som de água corrente batendo nas rochas.

Em pouco tempo o semp começou a cantar. Chuck ficou imóvel, esperando.

Foi então que notou uma coisa incomum: uma pequena trilha de terra, penetrando na floresta, que alguém tentara disfarçar com folhas. Chuck seguiu a trilha. Ela conduzia a uma árvore. Guardados perto da árvore havia ferramentas e implementos de cultivo — ancinhos, enxadas, fertilizante, um facão. Chuck notou mais alguma coisa: sementes em um vaso. Entendeu na mesma hora o que era tudo aquilo. Um amigo lhe mostrara havia pouco tempo: você põe as sementes de maconha num vaso e elas germinam.

Nesse exato momento, Chuck escutou vozes vindo pela trilha, vozes de homem. Ele percebeu num segundo que eram os plantadores de maconha. As vozes foram ficando mais altas, e então ele os viu por entre as árvores, caminhando pela trilha principal — dois negros, um com longos dreadlocks, o outro um caribenho de óculos escuros. "O medo que eu senti nessa hora", disse Chuck, "é algo que nunca vou esquecer. Nunca. Foi como um pontapé no peito. Aqueles óculos eram de meter medo. Muito escuros, pretos — do tipo que Aristóteles Onassis costumava usar". Ele abanou a cabeça. "Eu sabia que estava em perigo", disse. "Aqueles homens são cruéis. Não iam pensar duas vezes pra me fazer em pedacinho. Tem homem que mata com muita facilidade. Eu sabia que o semp ia servir de alerta pra eles. Um semp numa gaiola, largado ao ar livre daquele jeito? Todo mundo sabe o que isso quer dizer. Então comecei a correr — descendo a montanha, na direção do som da água. Era o único caminho a seguir. Ouvi gritos nas minhas costas, o som de galhos e folhagem. Estavam vindo atrás de mim."

No momento em que você pisa na floresta, segundo Chuck, você penetra em um dossel espesso, quase impenetrável. Onde havia uma árvore caída, o sol penetrava; todo o resto era escuridão. "Você tem essas colunas brilhantes de luz do sol entre as árvores. É nesses pontos que tem vegetação rasteira. De resto, o chão é quase só terra nua. As pessoas acham que as florestas virgens são selva, mas não é nada disso, não naquelas florestas montanhosas. Dava para correr livre; eu tinha que agarrar em brotos de árvore para diminuir a velocidade, pra não sair rolando pela colina."

Chuck se ajeitou. "Meu Deus, eu quase tinha esquecido: as cobras. A área ali era território de cobras mapepire — parente da cascavel. Tem dois tipos, a z'ananna e a balsain.

Pro veneno da balsain tem soro, mas a z'ananna, uma *bushmaster*,* cinco metros de comprimento com losangos nas costas — menino, se uma dessas te pica, você já era. São animais notívagos, mas acordam fácil, fácil. Então, se eu estava morrendo de medo dos homens atrás de mim — aliás, não dava pra ouvir eles, eu só sentia eles vindo —, também estava morrendo de medo das cobras. Meu Deus, quando eu me lembro disso..." Mais uma vez, Chuck abanou a cabeça. "Lembro do som da cachoeira cada vez mais forte. Eu desço por uma ravina seca, uma ribanceira. Eu pulo a ravina e escalo o barranco, segurando nas raízes pra subir o corpo. Agora estou descendo outra vez, direto para a corredeira. É uma água clara, cheia de pedras. Eu não preciso mais me preocupar com as cobras. Nem penso: começo a descer a corrente. Não tenho outra opção — rio acima são aquelas pedras imensas, e se eu for direto é uma escarpa íngreme, depois mais cobras. Mas o pior era que não dava pra ver aonde eu estava indo. Helicônias, umas folhagens espessas de helicônias, cobriam a água, e era uma luta passar por elas. Eu estava com uma sensação horrível de que aqueles homens conheciam algum atalho — sabe como é, eu ia empurrar uma folhagem e de repente eles iam estar me esperando. Bom, então eu continuei descendo pela água, tocando os pés no leito da catarata, tentando não escorregar nas pedras. Daí — e essa parte é que foi como um filme — a cachoeira caía de seis metros dentro de um poço. Tentei ir para a beira d'água, mas não consegui. Não teve como. Daí eu ouvi vozes, perto, bem perto. 'Dread! Dread! Ele tá ali embaixo!'."

Chuck fez uma pausa. "Deixa eu perguntar uma coisa: alguma vez você já teve que correr pra salvar sua vida? Não estou falando do que aconteceu naquele campo de críquete, se bem que foi um perigo de verdade. Quero dizer, uma situação real de fugir ou morrer?"

Não lhe dei o prazer de uma resposta. Mas a gente não passava por muitas situações desse tipo em Haia.

---

* No Brasil, uma surucucu ou surucutinga. (N. do T.)

Com uma voz denotando admiração, ele disse, "O que eu penso hoje, quando lembro disso, Hans, é como, quando você está correndo pra salvar a vida, você tem uma sensação muito forte da existência da sorte. Você não se sente sortudo, não é isso que eu quero dizer. O que eu quero dizer é, você sente a sorte, boa e ruim, em toda parte. O ar é sorte. Entende o que estou dizendo? Vou falar uma coisa, é uma sensação horrível".

Fez uma pausa, franzindo o rosto. "Bom, então eu decido pular. São uns seis metros, numa água que pode ser funda ou não. A situação era séria, porque eu não sabia nadar — ainda não sei. E vou dizer uma coisa, mal consigo subir uma escada sem sentir vertigem. Mas de algum modo me obriguei a pular. Meu Deus, que medo eu senti quando caí..." Chuck estremeceu visivelmente. "Eu tive sorte. O poço era fundo o suficiente pra amortecer a queda, mas raso o suficiente pra me fazer subir de volta. Eu bati o joelho, mas dava pra andar. Passei por mais pedras e continuei em frente. Eu estava exausto, acabado. Mas me forcei a continuar, tentando respirar, tentando esquecer a dor no joelho. O que não consigo entender, pensando hoje", disse Chuck, "é os caras que estavam atrás de mim. Eu estava correndo pra salvar a vida — mas e eles? Toda aquela determinação só pra pegar um menino? Por que, Hans? Eu não era ameaça nenhuma. Era só um moleque com um semp... A única explicação, eu acho, tem a ver com a caçada. A caça desperta algum instinto escondido na gente. Aqueles caras eram caçadores, pode crer".

"Então eu continuei", prosseguiu Chuck. "Andando e tropeçando. Uns vinte minutos depois, comecei a ver pés de cacau. Pensei em sair da água, mas o medo das cobras voltou, porque uma plantação de cacau é o habitat favorito da z'ananna. Eu corri pela beira do rio, às vezes entrando na água, às vezes na terra. Então eu cheguei numa parte com uns troncos enormes caídos sobre o rio. Subi em um e finalmente parei pra tomar fôlego. Eu estava morto, vou dizer pra você. Nenhum sinal dos caras. Mas não dava pra ter certeza de que tinham desistido, porque as folhagens bloqueavam a visão. Então, nunca vou esquecer disso, uma morfo azul, uma borboleta imperador azul, veio voando na luz do sol." Ele virou para me encarar. "Você é — como é a palavra — lepidopterologista?" Eu quase ri.

"Eu adoro essa palavra. Lepidopterologista. Bom, então eu comecei a avançar outra vez. Cheguei numa velha trilha meio apagada. Será que os caras sabiam daquela trilha? Será que podiam ter passado à minha frente, me esperando? Naquela hora, não me importei. Estava cansado demais pra ligar. Segui a trilha subindo esse barranco íngreme, íngreme assim" — fez um ângulo com o antebraço — "e vi que eu estava numa fazenda de tonca. Você sabe o que é tonca? Uma fava que usa pra fazer perfume, ou rapé. Hoje em dia, eles têm produtos sintéticos, então as velhas plantações estão voltando pra floresta. O mesmo que aconteceu com o cacau. Esse negócio parou por causa das cobras. As pessoas não estavam mais a fim de se arriscar a morrer. Bom, então eu subi no alto da colina de tonca. Lá embaixo estavam as casas de Naranjos, essa aldeia de montanha. Os moradores eram fazendeiros e agricultores, uma mistura de negros e espanhóis, quase pele-vermelhas. As escrituras de alguns deles eram da época dos espanhóis. Eles têm nomes espanhóis — Fernandez, Acevedo. E a aldeia que eu falei, Naranjos, o nome vem das laranjeiras que eles plantavam entre os cacaueiros. Eu falei aldeia, mas na verdade estava mais para uma fazenda com umas casas aqui e ali, está entendendo?" Chuck respirou fundo. "Ainda assim, era uma boa hora de caminhada até chegar no centro da aldeia. Então vou mancando por uma hora, até que enfim, finalmente, chego numa loja de rum. Vou dizer uma coisa, nunca fiquei tão feliz em ver uma loja de rum em toda minha vida. Eu paro bem ali, perto de um bando de sujeitos jogando conversa fora e bebendo rum *puncheon*. O tipo de caras que fazem você se sentir seguro. Sabe como é", diz Chuck, curvando-se para a frente e dando um tapa no painel, "lembro até hoje sobre o que estavam conversando. Deixa eu ver, estavam falando sobre um sujeito que foi de bicicleta de Sangre Grande até San Juan com uma cobra de estimação enrolada no pescoço — uma jiboia. Uma ideia de jerico. A cobra começou a sufocar o cara e ele caiu da bicicleta, azulzinho da silva. Por sorte alguém apareceu e tirou a cobra dele". Chuck suspirou de leve, jovial. "Então eu voltei de carona pro litoral na traseira de uma picape carregada de café. E foi isso. Fim da história." Ele riu. "Ou começo da história."

O carro avançava, estávamos mais perto de Nova York.

Chuck disse, alegre, "Nunca contei isso pra ninguém".

Não tive a sensação de que estivesse tentando me enrolar. "Por que não?", perguntei.

Ele esfregou o queixo. "Vai saber", disse Chuck, parecendo cansado, de repente.

Pouquíssimo foi dito durante o restante da viagem até Nova York. Chuck em nenhum momento se desculpou ou deu explicações. É provável que achasse que sua simples presença no carro equivalesse a uma retratação e sua história, a uma explicação — ou, no mínimo, que havia me agraciado com uma oportunidade de refletir sobre a essência de sua alma. Eu não andava ao lado dele com isso em mente. Não estava interessado em traçar uma linha de sua infância à autoindulgência com que se permitia, como americano, fazer o que eu o vira fazer. Ele esperava que *eu* fizesse a sintonia moral — e ali estava uma sintonia que eu era incapaz de fazer. Deixei-o numa estação de metrô em Manhattan. Não tivemos mais contato até o dia em que liguei para ele e contei que estava de partida. Foi só para tornar a vida mais fácil para mim mesmo que concordei então em encontrá-lo no feriado de Ação de Graças.

"Acho isso incrível", comenta Rachel, "ele viajou aquilo tudo só pra encontrar você".

"Isso era bem dele", digo.

"Ele devia dar muito valor a você", ela comenta.

Eu e ela tomamos uma garrafa de clarete, e o que Rachel acaba de dizer me deixa feliz. Até ela acrescentar, "Quer dizer, você devia ser valioso pra ele. Ele não estava interessado em você". Ela diz, "Não de verdade. Não em *você*".

Minha resposta é ficar de pé e limpar a mesa. Estou cansado demais para explicar que não concordo — para dizer que, no final, por maior que tenha sido minha decepção com Chuck, houve diversos momentos no início em que não foi bem esse o caso e que não vejo um bom motivo para que esses momentos em que manifestou o melhor de si não servissem de base para um julgamento definitivo por parte de alguém. Todo mundo é uma decepção, ao fim e ao cabo.

Nos dias e semanas seguintes telefonei para o investigador Marinello repetidas vezes, pois estou de posse, assim acredito, de informações relevantes sobre Chuck Ramkissoon. Inacreditavelmente, leva um mês inteiro para ele me retornar a ligação. Marinello anota meus dados pessoais — endereço, números de telefone, emprego. No fim, é exasperador, ele pergunta, "Então quer dizer que o senhor tem alguma informação referente ao sr. Ramkissoon?".

Ele me orienta durante meu depoimento. Eu lhe conto tudo que sei, até fatos potencialmente agravantes para mim, e ao longo de uma hora Marinello registra cuidadosamente cada palavra que digo. Isso torna tanto mais surpreendente o fato de encerrar na mesma hora, sem nenhuma pergunta subsequente, "Obrigado, senhor, foi ótimo".

"Só isso?"

Marinello suspira. Então, talvez porque eu esteja na Inglaterra e além de sua jurisdição, ou talvez porque ele tenha me feito esperar um mês, ou talvez porque os policiais fazem isso de vez em quando para tornar a vida mais fácil para os caras bonzinhos, ele me conta algo "em off": sabem quem fez aquilo. "Só não temos provas para o tribunal", diz Marinello.

"Provas?", eu digo, estupidamente.

"Testemunhas", diz Marinello. "Não temos testemunhas."

Pela segunda vez eu digo, "Só isso?".

"Só isso", diz Marinello. Pelo tom, parece satisfeito. Sente que deu uma lição de realidade a alguém.

Verdade ou não, sinto que devo insistir. No fim de semana, ligo para Anne Ramkissoon outra vez: é quando descubro que o número de telefone dos Ramkissoon não existe mais. Desencavo uma agenda antiga e nela acho o número da casa de Eliza. Um sujeito com sotaque espanhol atende. Eliza não está, ele me diz. "Aqui é o marido dela. Posso ajudar?"

Então, para que não fique com uma impressão errada, conto ao sujeito exatamente quem eu sou. Talvez por cautela ou por não estar particularmente interessado, ele mal reage. "Eu ligo outra hora", digo a ele.

Mas não ligo. Deixo pra lá. Claro, tenho minhas teorias — Abelsky é um assassino improvável de Chuck, concluo sem grande convicção —, mas a indiferença de Marinello à minha pessoa me sugere que não tenho a menor relação pessoal com os fatos relevantes. Chuck Ramkissoon estava envolvido em coisas definitivamente além do conhecimento que eu tinha dele.

Um mês se passa, e depois mais outro. Então, em julho, um acontecimento imprevisto. Leio em algum lugar que Faruk Patel, o guru milionário que segundo Chuck era um dos que estavam bancando sua ideia, está na cidade para uma série de palestras. Decido ligar para a assessora de imprensa de Faruk e tentar uma reunião. "Diga a ele que é sobre Chuck Ramkissoon", informo à assessora.

Uma hora depois — o que me deixa de queixo caído — ela liga com uma hora marcada.

Faruk está hospedado em uma suíte no Ritz. Um assistente me conduz a sua presença. Está usando, a marca Faruk assim o exige, um agasalho branco, camiseta branca e tênis brancos. Ele democraticamente se reúne a mim em um enorme sofá branco e me diz que tenho sorte de conseguir vê-lo, pois visita Londres com muito pouca frequência e está sempre ocupadíssimo quando o faz.

"Diga-me", continua, recostando no sofá e balançando um pé, "qual exatamente era sua relação com Ramkissoon?".

"Ele foi um amigo pessoal", eu digo. Explico mais ou menos meu papel de jardineiro assistente. "Eu não tinha nada a ver com os negócios dele."

Faruk parece estar achando graça. "Ele me disse que você era um dos diretores da empresa. Depois me disse que era um diretor não executivo. Depois me disse que estava envolvido, mas só informalmente, e que você ia dar as caras assim que tivéssemos permissão para construir."

Eu ri. "Bom, talvez eu fizesse isso mesmo, pode ser", eu disse. "Quem sabe?"

Faruk ri também. "O homem era um mistério. Foi por isso que entrei nessa história, pra começo de conversa. Meus assessores me disseram pra ficar longe. Mas eu queria saber o que aquele sujeitinho gozado ia fazer em seguida. A gente nunca sabe. Fui capitão do meu time na universidade, sabe", gabou-se de repente. "Às vezes eu acho que devia ter sido um criqueteiro profissional."

Alguém serve chá. Eu digo, "Você acha que teria dado certo?".

"O New York Cricket Club", diz Faruk, erguendo as sobrancelhas, "era uma ideia magnífica — um ginásio em Nova York. A gente tinha uma chance, aí. Mas o projeto grandioso teria funcionado? Não. Existe um limite para o que o americano consegue entender. Esse limite é o críquete".

Quando, por lealdade a Chuck, eu não digo nada, Faruk diz, enfático, "Olha, ele queria levar o jogo para os americanos. Queria expandir o negócio, fazer com que assistissem, jogassem. Começar a revolução do críquete".

"É, eu sei."

Faruk diz, "Minha ideia era diferente. Minha ideia era que você não precisa da América. Pra quê? Você tem a tevê, o mercado de internet na Índia, na Inglaterra. Hoje em dia tem de sobra. América? Não é relevante. Mete o estádio ali e tá bom. Assunto encerrado". Ele bebe seu chá.

Ficamos de pé. "Foi uma tragédia", diz Faruk Patel com ar solene, pondo a mão em meu ombro: somos irmãos no pesar. "Ramkissoon era uma *avis rara.*"

À noite, não consigo pegar no sono. Saio da cama, desço até a cozinha, me sirvo de um copo de água mineral. O laptop da família está sobre a mesa da cozinha. Ligo.

Entro no Google Maps. A tela já vem carregada com uma imagem de satélite da Europa. Disparo no rumo oeste, sobre o oceano azul-escuro, para os Estados Unidos. Eis Long Island. Mergulhando verticalmente eu passo por cima do lugar e pela primeira vez em anos me vejo em Manhattan. É, necessariamente, um dia limpo e brilhante. As árvores estão verdejantes. Há carros imobilizados por todas as ruas. Nada parece acontecer.

No Brooklyn, dou uma guinada, acima de casas, parques, cemitérios, e paro em águas costeiras verde-oliva. Sigo o caminho da praia. Gravesend e Gerritsen ficam para trás, e lá está a extensão geométrica de pistas de Floyd Bennett Field. Desço outra vez, o máximo que consigo. Lá está o campo de Chuck. Marrom — a grama queimou —, mas continua lá. Nenhum vestígio de um retângulo de rebatida. O barracão de equipamento se foi. Tudo que vejo é um campo. Olho para ele por algum tempo. Luto com uma multiplicidade de reações e, consequentemente, com um simples toque no *touchpad*, saio voando rumo à atmosfera e de repente tenho diante de meus olhos a visão física do planeta, rugas submarinas e tudo mais — tenho a opção, se assim quiser, de ir a qualquer lugar. Daqui do alto, porém, um movimento humano é uma coisa dificilmente inteligível. Mover-se para onde, e para quê? Não há sinal de nações, nenhuma sensação da obra do homem. Os EUA enquanto tal não estão em lugar algum para serem vistos.

Desligo o computador. Bebo um segundo copo d'água e começo a examinar uma pilha de papéis do trabalho que imprimi. Estou acordado como nunca.

Enquanto Cardozo se desloca velozmente pelo metrô para a Sloane Square e sua futura noiva, eu ando pela Waterloo Bridge com o paletó suspenso no dedo em gancho. Estou feliz de caminhar. Embora seja o início da noite, ainda faz calor: afinal, é o verão da grande onda de calor. O verão inglês na verdade é a boneca russa dos verões, o maior dos quais sendo o verão de um desastre inequívoco no Iraque, que logo a seguir contém o verão da destruição do Líbano, que por seu turno compreende uma série de verões cada vez menores levando ao verão de Monty Panesar* e, o menor de todos, talvez, o verão do pé de Wayne Rooney. Mas nesse anoitecer de fins de julho, parece apenas um verão, pura e simplesmente, e é sem pensar de fato em coisa alguma que me separo da massa cujo destino é a Waterloo Station e desço os degraus até a margem do rio. É uma cena de alegre regozijo a que se vê na esplanada, onde as pessoas acolhem essa peculiar felicidade concedida por um rio no verão, uma dádiva de espaço, de luz e, por algum motivo, de tempo: há qualquer coisa de remordimento nas sete badaladas do Big Ben. Passo sob a Hungerford Bridge e seus ensolarados novos passeios e então confronto subjugado a London Eye, de perfil. Aqui, junto ao gramado maltratado dos Jubilee Gardens, foi onde combinei de encontrar minha esposa e meu filho. Em vez de esticar o pescoço para as alturas da roda-gigante, passo dez minutos olhando para o Tâmisa. É difícil de acreditar que foi exatamente nessas águas que, em janeiro, com os helicópteros da tevê zumbindo no céu e milhões de pessoas acompanhando cada mergulho e emersão seus, nadou uma baleia. Chuck, o homem dos passarinhos, ensinou-me o termo para uma criatura dessas: nômade, o que é diferente de migrante.

    A voz de meu filho chama. Paaii! Virando, vejo minha família e suas sombras superalongadas. Estamos todos sorrindo. Reuniões em lugares não familiares têm esse efeito e talvez até a grande roda se sinta contagiada: o círculo estupendo, carregado de ovos em toda sua circunferência, é um glorioso chafariz de raios. No devido momento, um segurança passa seu condão sobre nossos pertences; um ovo libera uma ninhada de alemães; e um bando de nós sobe a bordo. Segundo a informação autorizada, estamos voando no sentido anti-horário a menos de três quilômetros por hora. Jake, possuído de excitação, rapidamente faz amizade com um menino de seis

---

* Famoso arremessador inglês de ascendência punjabi. (N. do T.)

anos que não fala uma palavra de inglês. Conforme ascendemos acima do rio e somos gradualmente apresentados à vista leste, os adultos também vão conhecendo uns aos outros: nos apresentamos a um casal de Leeds; uma família de Vilnius (o amiguinho de Jake é um deles); e três jovens italianas, uma das quais sente vertigem e tem de permanecer sentada.

Como londrino, pego-me sendo consultado a respeito do que estamos todos vendo. No começo, é fácil — lá está a NatWest Tower, que agora tem outro nome; lá está a Tower Bridge. Mas à medida que subimos e subimos, menos reconhecível se torna a cidade. Trafalgar Square não está onde deveria. Charing Cross, bem debaixo de nossos narizes, tem de ser identificada cuidadosamente. De repente, estou virando as páginas de um guia em busca de ajuda. A dificuldade se origina da mixórdia de dimensões espaciais, claro, mas também do ataque quantitativo: a capital inglesa é imensa; em todas as direções, até as colinas distantes — Primrose, Denmark, Lavender, diz o mapa —, construções se amontoam a intervalos. À parte o tráfego na margem do rio, há pouco sinal de vida. Os distritos são compactados, sobretudo no sul de Londres: onde diabos foram parar Brixton, Kennington, Peckham? Você se pergunta como alguém é capaz de se localizar nesse labirinto, que é o que parece ser essa cidade esmagada, espremida, esparramada. "O Palácio de Buckingham?", me pergunta uma das lituanas, e não sei dizer. Noto, entrementes, que Jake começou a correr e precisa ser repreendido, e que Rachel está sozinha em um canto. Simplesmente junto-me a minha esposa. Eu me aproximo de seu lado bem no momento em que atingimos o ponto máximo de nosso circuito celestial e por esse motivo não tenho necessidade de fazer outra coisa além de passar o braço em torno de seu ombro. Um simbolismo autoevidente e pré-fabricado é inerente a essa vagarosa escalada rumo ao zênite, e nenhum dos dois é tão tolamente irônico, ou confiante, a ponto de deixar passar a oportunidade de relancear significativamente os olhos um do outro e compartilhar o pensamento que ocorre a todos naqueles píncaros, o de que, é claro, eles conseguiram chegar tão longe, a um ponto em que podem ver horizontes antes nunca vistos, e de que a velha terra se revela renovada. Tudo é ainda mais intensificado, como obscuramente devemos ter planejado, pelos sinais do ocaso solar: nas poucas nuvens acima de Ealing, Febo arma seu número mais belo e mais antigo. Rachel, uma expressão de pragmatismo cruzando seu rosto de repente, começa a dizer algo, mas eu a calo. Conheço minha esposa: sente ganas de descer, agora, voltar às ruas e aos fatos. Mas não lhe deixo outra escolha, à medida que, queiramos ou não, somos baixados na direção oeste, senão aceitar seu lugar acima de todas as coisas. Não há como vagar afastando-se do momento.

 O que acontece, contudo, é que sou eu quem sai vagando — para outro crepúsculo, Nova York, minha mãe. Estamos na balsa de Staten Island no fim de um dia em setembro. O convés à proa lotado. Uma agitação de sorrisos, dedos apontados, o entremear físico, beijos. Todos os olhares voltados para a Estátua da Liberdade, para a ilha de Ellis, para a ponte do Brooklyn, mas finalmente, inevitavelmente, todos os olhares se voltaram para Manhattan. O topo do ajuntamento de estruturas compunha uma aglomeração calorosa, familiar e, conforme suas superfícies fulguravam ainda mais violentamente sob a luz do sol, era possível imaginar que acumulações verticais de humanidade se juntavam para saudar nossa chegada. O dia escurecia em sua orla, mas e daí? Todo um mundo se iluminava perante nós, sua extremidade superior trazendo-me à mente, agora que vago à deriva, lápis novos em posição de sentido em uma caixa de Caran d'Ache saída das profundezas de minha infância, em particular o pelotão arroxeado de estiletes emergindo grau a grau dos vermelhos e, passando ao azul e depois mais azul e depois mais azul, esmaecendo rumo ao nada; um mundo concentrado mais glamourosamente do que tudo, é quase desnecessário dizer, nos acres lilases de duas torres assombrosamente altas ascendendo acima de todas as demais, no topo de uma das quais, conforme o barco se aproximava, o sol começou a riscar uma confusão de brilhos dourados. Especular sobre o significado de um momento como esse seria uma atividade impura, suspeita, mas não há, acredito, necessidade alguma de especular. Asserções factuais podem ser feitas. Posso afirmar que não fui a única pessoa naquela balsa a ter visto um crepúsculo róseo aquoso em seu tempo, e posso afirmar que não fui o único ali a divisar e aceitar uma extraordinária promessa no que estávamos vendo — o elevado promontório se aproximando, um povo erguendo-se na luz. Tudo que se tinha a fazer era olhar para nossos rostos.

O que me traz à lembrança minha mãe. Lembro de como me virei e a peguei — como fui capaz de me esquecer disso até esse momento? — olhando não para Nova York, mas para mim, e sorrindo.

E é por isso que me ponho a encarar minha família com o mesmo sorriso.

"Olha!", está dizendo Jake, apontando freneticamente. "Tá vendo, pai?"

Estou vendo, digo a ele, olhando de seu rosto para Rachel e depois de volta a ele. E então me viro para olhar o que era para estarmos vendo.

Substanciais trechos deste livro foram escritos em Ledig House e em Yaddo. No que se refere a santuários artísticos, sou também profundamente grato à família Bard; a John Casey, e, mais profundamente ainda, a Bob e Nan Stewart.

Este livro foi impresso na
LIS GRÁFICA E EDITORA LTDA.
Rua Felício Antônio Alves, 370 – Bonsucesso
CEP 07175-450 – Guarulhos – SP
Fone: (11) 3382-0777 – Fax: (11) 3382-0778
lisgrafica@lisgrafica.com.br – www.lisgrafica.com.br